LES AVANTURES DE TELEMAQUE, FILS D'ULYSSE.

Composées par feu Messire

FRANÇOIS DE SALIGNAC, DE LA MOTTE FENELON,

Precepteur de Messeigneurs les Enfans de FRANCE. Et depuis Archevêque-Duc de CAMBRAY, Prince du St. Empire.

NOUVELLE EDITION.

Augmentée & Corrigée

Sur le Manuscrit Original de l'Auteur.

TOME SECOND.

A ROTTERDAM,

Aux depens de DANIEL BARTHELEMY,

M DCC XIIX.

AU ROI.

SIRE,

J'Ai cru que voulant faire paroître cet Ouvrage dans toute sa perfection, je devois commencer par avoir l'honneur de le présenter à VOTRE MAJESTE'. Il eut le bonheur de plaire à VOTRE AUGUSTE PERE, pour qui il fut composé. Et dans le tems que les rares vertus de ce GRAND PRINCE l'avoient rendu l'attente & l'admiration des peuples, il ne dédaignoit pas de faire une lecture sérieuse de ce qui avoit amusé son Enfance. Animé, SIRE, du même zele qui fit entreprendre cet Ouvrage, je viens Vous l'offrir aujourd'hui. Il

Vous ſera un gage des vœux que formoit l'Auteur pour un regne que nous commençons à voir renaître ſous Vos Loix. Puiſſe, SIRE, tout ce qu'on voit déja reluire dans VOTRE MAJESTÉ, & qui fait l'eſpérance de la Nation, faire longtems ſon bonheur. Ce ſont les ſouhaits ardens de celui qui eſt avec un tres-profond reſpect,

SIRE,

DE VOTRE MAJESTÉ,

Le très-humble, très-obéiſſant & très-fidele Serviteur & ſujet.

FENELON.

LES SOMMAIRES DES LIVRES

Contenus en ce Second Tome.

LIVRE TREIZIEME.

IDomenée raconte à Mentor sa confiance en Protesilas, & les artifices de ce Favori, qui étoit de concert avec Timocrate pour faire périr Philocles, & pour le trahir lui-même : il lui avouë que prévenu par ces deux hommes contre Philocles, il avoit chargé Timocrate de l'aller tuer dans une expedition où il commandoit sa flote ; que celui-ci ayant manqué son coup, Philocles l'avoit épargné, & s'étoit retiré en l'Ile de Samos, après avoir remis le commandement de la flote à Polimene, que lui Idomenée avoit nommé dans son ordre par écrit ; que malgré la trahison de Protesilas, il n'avoit pû se résoudre à se défaire de lui. Pag. 223

LIVRE QUATORZIEME.

MEntor oblige Idomenée à faire conduire Protesilas & Timocrate en l'Ile de Samos,

mos, & à rappeller Philocles pour le remettre en honneur auprès de lui. Hegesippe qui est chargé de cet ordre, l'execute avec joye: il arrive avec ces deux hommes à Samos, où il revoit son ami Philocles content d'y mener une vie pauvre & solitaire. Celui-ci ne consent qu'avec beaucoup de peine à retourner parmi les siens: mais après avoir reconnu que les Dieux le veulent, il s'embarque avec Hegesippe, & arrive à Salante. Idomenée, qui n'est plus le même homme, le reçoit avec amitié. Pag. 241

LIVRE QUINZIEME.

TElemaque au camp des Alliez gagne l'inclination de Philoctete, d'abord indisposé contre lui, à cause d'Ulysse son pere. Philoctete lui raconte ses avantures, où il fait entrer les particularitez de la mort d'Hercule, causée par la tunique empoisonnée, que le Centaure Nessus avoit donnée à Dejanire: il lui explique comment-il obtint de ce Heros ses flèches fatales, sans lesquelles la ville de Troye ne pouvoit être prise; comment-il fut puni d'avoir trahi son secret par tous les maux qu'il souffrit dans l'Ile de Lemnos;

LIVRE SEIZIEME.

LIVRE DIX-SEPTIEME.

 renverse

renverse d'abord Iphicles fils d'Adraste, repousse l'ennemi victorieux, & remporteroit sur lui une victoire complette, si une tempête survenant ne faisoit finir le combat. Ensuite Telemaque fait emporter les blessez, prend soin d'eux, & principalement de Phalante. Il fait l'honneur des obseques de son frere Hippias, dont il lui va presenter les cendres qu'il a recueillies dans une urne d'or. Pag. 282

LIVRE DIX-HUITIEME.

TElemaque persuadé par divers songes que son pere Ulysse n'est plus sur la terre, execute son dessein de l'aller chercher dans les enfers : il se dérobe du camp étant suivi de deux Crétois jusqu'à un temple près de la fameuse caverne d'Acherontia : il s'y enfonce au travers des ténebres, arrive au bord du Styx, & Caron le reçoit dans sa barque : il se va presenter devant Pluton qu'il trouve préparé à lui permettre de chercher son pere : il traverse le Tartare, où il voit les tourmens que souffrent les ingrats, les parjures, les hypocrites, & sur tout les mauvais Rois. Pag. 300

LIVRE

LIVRE DIX-NEUVIEME.

TElemaque entre dans les Champs Elisées, où il est reconnu par Arcesius son bisaieul, qui l'assure qu'Ulysse est vivant ; qu'il le reverra à Ithaque, & qu'il y regnera après lui. Arcesius lui dépeint la félicité dont joüissent les hommes justes, sur tout les bons Rois, qui pendant leur vie ont servi les Dieux, & fait le bonheur des peuples qu'ils ont gouvernez : il lui fait remarquer que les Heros, qui ont seulement excellé dans l'art de faire la guerre, sont beaucoup moins heureux dans un lieu séparé. Il donne des instructions à Telemaque ; puis celui-ci s'en va pour rejoindre en diligence le camp des alliez.

LIVRE VINGTIEME.

DAns cette assemblée des Chefs, Telemaque fait prévaloir son avis, pour ne pas surprendre Venuse laisée par les deux partis en dépôt aux Lucaniens : il fait voir sa sagesse à l'occasion de deux Transfuges, dont l'un nommé Acante avoit entrepris de l'empoisonner ; l'autre nomé Dioscore, offroit aux alliez la tête d'Adraste. Dans le combat qui s'engage ensuite, Telemaque porte la mort par tout où il va pour trouver Adraste ; & ce Roi qui le cherche aussi, rencontre & tue Pisistrate fils de Nestor. Philoctete survient ; & dans le tems où il va percer Adraste,

 il

LIVRE VINGT-UNIEME.

LIVRE VINGT-DEUXIEME.

la

la maniere de bien gouverner les peuples ; entre autres celles de connoître les hommes, pour n'employer que les bons, & n'être point trompé par les mauvais. Sur la fin de leur entretien, le calme de la mer les oblige à relâcher dans une Ile, où Ulysse venoit d'aborder. Telemaque l'y voit & lui parle sans le reconnoître. Mais après l'avoir vû embarquer, il sent un trouble secret dont il ne peut concevoir la cause. Mentor la lui explique, le console, l'assure qu'il rejoindra bientôt son pere, & éprouve sa piété & sa patience, en retardant son départ pour faire un sacrifice à Minerve. Enfin la Déesse Minerve cachée sous la figure de Mentor, reprend sa forme & se fait connoître. Elle donne à Telemaque ses dernieres instructions, & disparoît. Après quoi Telemaque arrive à Ithaque, & retrouve Ulysse son pere chez le fidele Eumée. Pag. 404

Fin des Sommaires contenus en ce II. Tome.

LES AVANTURES DE TELEMAQUE, FILS D'ULYSSE.

TOME SECOND.

LES AVANTURES DE TELEMAQUE, FILS D'ULYSSE.

LIVRE TREIZIEME.

Eja la réputation du gouvernement doux & moderé d'Idomenée, attire en foule de tous cotez, des peuples, qui venoient s'incorporer au ſien, & chercher leur bonheur ſous une ſi aimable domination. Déja ces campagnes, ſi longtems couvertes de ronces & d'épines, promettent des riches moiſſons, & des fruits juſqu'alors inconnus. La terre ouvre ſon ſein au tranchant de la charuë, & prépare ſes richeſſes pour récompenſer le laboureur. L'eſperance reluit de tous cotez. On voit dans les valons & ſur les colines

lés troupeaux de moutons qui bondissent sur l'herbe, & les grands troupeaux de bœufs & de genisses, qui font retentir les hautes montagnes de leurs mugissemens. Ces troupeaux servent à engraisser les campagnes. C'est Mentor qui a trouvé le moyen d'avoir ces troupeaux, Mentor conseille à Idomenée de faire avec les Peuceres, peuples voisins, un échangé de toutes les choses superflues, qu'on ne vouloit plus souffrir dans Salente, avec ces troupeaux qui manquoient aux Salentins.

En même tems la Ville & les Villages d'alentour étoient pleins d'une belle jeunesse qui avoit langui longtems dans la misere, & qui n'avoit osé se marier de peur d'augmenter leurs maux. Quand ils virent qu'Idomenée prenoit des sentimens d'humanité, & qu'il vouloit être leur pere, ils ne craignirent plus la faim, & les autres fleaux, par lesquels le Ciel afflige la terre. On n'entendoit plus que des cris de joye, que les chansons des Bergers & des Laboureurs qui celebroient leurs Hymenées. On auroit crû voir le Dieu Pan avec une foule de Satyres & de Faunes mêlez parmi les Nymphes, & dansant au son de la flûte à l'ombre des bois. Tout étoit tranquille & riant. Mais la joye étoit moderée, & les plaisirs ne servoient qu'à délasser des longs travaux. Ils en étoient plus vifs & plus purs.

Les Vieillards étonnez de voir ce qu'ils n'auroient osé esperer dans la suite d'un si long âge, pleuroient par un excès de joye mêlée de tendresse. Ils levoient leurs mains tremblantes vers le Ciel. Benissez, disoient-ils, ô grand Jupiter, le Roi qui vous ressemble, & qui est le plus grand don que vous nous ayez fait. Il est né pour le bien des hommes, rendez-lui tout le bien des hommes, rendez-lui tout le bien que nous recevons de lui. Nos arrieres-neveux venus de ces mariages qu'il favorise, lui devront tout jusqu'à leur naissance, & il sera veritablement le pere de tous ses sujets.

Les

Les jeunes hommes & les jeunes filles qu'ils épousoient, ne faisoient éclater leur joye qu'en chantant les louanges de celui de qui cette joye si douce leur étoit venuë. Les bouches & encore plus les cœurs étoient sans cesse remplis de son nom. On se croyoit heureux de le voir. On craignoit de le perdre. Sa perte eut été la désolation de chaque famille.

Alors Idomenée avoüa à Mentor qu'il n'avoit jamais senti de plaisir aussi touchant que celui d'être aimé, & de rendre tant de gens heureux. Je ne l'aurois jamais crû disoit-il ; il me sembloit que toute la grandeur des Princes ne consistoit qu'à se faire craindre; que le reste des hommes étoit fait pour eux; & tout ce que j'avois oüi dire des Rois, qui avoient été l'amour & les délices de leurs peuples, me paroissoit une pure fable. J'en reconnois maintenant la verité. Mais il faut que je vous raconte, comment on avoit empoisonné mon cœur dès ma plus tendre enfance sur l'autorité des Rois. C'est ce qui a causé tous les malheurs de ma vie. Alors Idomenée commença cette narration.

Protesilas, qui est un peu plus âgé que moi, fut celui de tous les jeunes gens que j'aimois le plus. Son naturel vif & hardi étoit selon mon goût. Il entra dans mes plaisirs; il flatta mes passions; il me rendit suspect un autre jeune homme que j'aimois aussi, & qui se nommoit Philocles. Celui-ci avoit la crainte des Dieux & l'ame grande, mais moderée. Il mettoit la grandeur, non à s'élever, mais à se vaincre, & à ne faire rien de bas. Il me parloit librement sur mes défauts; & lors même qu'il n'osoit me parler, son silence & la tristesse de son visage me faisoient assez entendre ce qu'il vouloit me reprocher.

Dans les commencemens cette sincerité me plaisoit, & je lui protestois souvent que je l'écouterois avec confiance toute ma vie pour me préserver des flateurs. Il me disoit tout ce que je devois faire pour marcher sur les traces de mon Ayeul Minos, & pour rendre mon Roiaume heureux. Il n'avoit pas une aussi profonde sagesse que vous, ô Mentor; mais ses maximes etoient bonnes. Je le reconnois maintenant. Peu à peu les artifices de Protesilas qui étoit jaloux, & plein d'ambition me dégoûtérent de Philocles, Celui-ci étoit sans empressement, & laissoit l'autre prévaloir. Il se contentoit de me dire toujours la verité, lorsque je voulois l'entendre. C'étoit mon bien & non sa fortune qu'il cherchoit.

Protesilas me persuada insensiblement que c'étoit un esprit chagrin & superbe, qui critiquoit toutes mes actions, qui ne me demandoit rien, parce qu'il avoit la fierté de ne vouloir rien tenir de moi, & d'aspirer à la réputation d'un homme qui est au-dessus de tous les honneurs. Il ajoûta que ce jeune homme, qui me parloit si librement sur mes défauts, en parloit aux autres avec la même liberté; qu'il faisoit assez entendre qu'il ne m'estimoit guéres; & qu'en rabaissant ainsi ma réputation, il vouloit par l'éclat d'une vertu austere s'ouvrir un chemin à la Royauté.

D'abord je ne pûs croire que Philocles voulût me détrôner. Il y a dans la veritable vertu une candeur & une ingenuïté que rien ne peut contrefaire, & à laquelle on ne se méprend point, pourvû qu'on y soit attentif. Mais la fermeté de Philocles contre mes foiblesses commençoit à me lasser. Les complaisances de Protesilas & son industrie inépuisable, pour m'inventer de nouveaux plaisirs, me faisoit sentir encore plus impatiemment l'austerité de l'autre.

Cependant Protesilas ne pouvant souffrir que je ne crusse pas tout ce qu'il me disoit contre son ennemi, prit le parti de ne m'en plus parler, & de me persuader par quelque chose de plus fort que toutes les paroles. Voici comment il acheva de me tromper. Il me conseilla d'envoyer Philocles commender les vaisseaux,

ſeaux, qui devoient attaquer ceux de Carpathie; & pour m'y determiner, il me dit. Vous ſavez que je ne ſuis pas ſuſpect dans les louanges que je lui donne. J'avoüe qu'il a du courage & du génie pour la guerre. Il vous ſervira mieux qu'un autre, & je prefere l'interêt de votre ſervice à tous mes reſſentimens contre lui.

Je fus ravi de trouver cette droiture & cette équité dans le cœur de Proteſilas, à qui j'avois confié l'adminiſtration de mes plus grandes affaires. Je l'embraſſai dans un tranſport de joye, & je me crûs trop heureux d'avoir donné toute ma confiance à un homme qui me paroiſſoit ainſi au-deſſus de toute paſſion & de tout interêt. Mais helas! que les Princes ſont dignes de compaſſion! Cet homme me connoiſſoit mieux que je ne me connoiſſois moi-même. Il ſavoit que les Rois ſont d'ordinaire défians & inappliquez; défians, par l'experience continuelle qu'ils ont de l'artifice des hommes corrompus, dont ils ſont environnez; inappliquez, parce que les plaiſirs les entraînent, & qu'ils ſont accoûtumez à avoir des gens chargez dé penſer pour eux, ſans qu'ils en prennent eux-mêmes la peine. Il comprit donc qu'il ne ſeroit pas difficile de me mettre en défiance & en jalouſie contre un homme qui ne manqueroit pas de faire de grandes actions, ſur tout l'abſence lui donnant une entiere facilité de lui tendre des pieges.

Philocles en partant prévit ce qui lui pouvoit arriver. Souvenez-vous, me dit-il, que je ne pourrai plus me défendre; que vous n'écouterez que mon ennemi; & qu'en vous ſervant au péril de ma vie, je courrai riſque de n'avoir d'autre récompenſe que votre indignation. Vous vous trompez, lui dis-je; Proteſilas ne parle point de vous comme vous parlez de lui. Il vous loüe, il vous eſtime, il vous croit digne des plus importans emplois. S'il commençoit à me parler contre vous, il perdroit ma confiance. Ne craignez rien, allez, & ne songez qu'à me bien servir. Il partit & me laissa dans une étrange situation.

Il faut, vous l'avoüer, Mentor, je voyois clairement combien il m'étoit necessaire d'avoir plusieurs hommes que je consultasse, & que rien n'étoit plus mauvais, ni pour ma réputation, ni pour le succès des affaires, que de me livrer à un seul. J'avois éprouvé que les sages conseils de Philocles m'avoient garanti de plusieurs fautes dangereuses où la hauteur de Protesilas m'auroit fait tomber. Je sentois bien qu'il y avoit dans Philocles un fond de probité & de maximes équitables, qui ne se faisoit point sentir de même dans Protesilas. Mais j'avois laissé prendre à Protesilas un certain ton décisif, auquel je ne pouvois presque plus résister. J'étois fatigué de me trouver toujours entre deux hommes, que je ne pouvois accorder; dans cette lassitude j'aimois mieux par foiblesse hazarder quelque chose aux dépens des affaires, & respirer en liberté. Je n'eusse osé me dire à moi-même une si honteuse raison du parti que je venois de prendre. Mais cette honteuse raison que je n'osois déveloper, ne laissoit pas d'agir secretement au fond de mon cœur, & d'être le vrai motif de tout ce que je faisois.

Philocles surprit les ennemis, remporta une pleine victoire, & se hâta de revenir pour prevenir les mauvais offices qu'il avoit à craindre. Mais Protesilas qui n'avoit pas encore eu le tems de me tromper, lui écrivit que je desirois qu'il fit une descente dans l'Ile de Carpathie, pour profiter de la victoire, En effet, il m'avoit persuadé que je pouvois facilement faire la conquête de cette Ile. Mais il fit en sorte que plusieurs choses necessaires manquérent à Philocles dans cette entreprise, & il l'assujettit à certains ordres qui causérent divers contretems dans l'execution. Cependant il se servit d'un domestique très-corrompu, que j'avois auprès de moi, & qui observoit jusques aux moindres choses pour

pour lui en rendre compte ; quoi-qu'ils paruſſent ne ſe voir gueres, & n'être jamais d'accord en rien.

Ce domeſtique, nommé Timocrate, me vint dire un jour en grand ſecret, qu'il avoit découvert une affaire très-dangereuſe. Philocles, me dit-il, veut ſe ſervir de votre armée navale pour ſe faire Roi de l'Ile de Carpathie. Les Chefs des Troupes ſont attachez à lui, tous les ſoldats ſont gagnez par ſes largeſſes, & plus encore par la licence pernicieuſe où il les laiſſe vivre. Il eſt enflé de ſa victoire. Voilà une lettre qu'il a écrite à un de ſes amis ſur ſon projet de ſe faire Roi. On n'en peut plus douter après une preuve ſi évidente.

Je lûs cette lettre, & elle me parut de la main de Philocles. Mais on avoit parfaitement imité ſon écriture, & c'étoit Proteſilas qui l'avoit faite avec Timocrate. Cette lettre me jetta dans une étrange ſurpriſe. Je la reliſois ſans ceſſe, & ne pouvois me perſuader qu'elle fût de Philocles. Repaſſant dans mon eſprit troublé toutes les marques touchantes qu'il m'avoit données de ſon deſintereſſement & de ſa bonne foi. Cependant que pouvois-je faire ? Quel moyen de réſiſter à une lettre, où je croyois être ſûr de reconnoître l'écriture de Philocles ?

Quand Timocrate vit que je ne pouvois plus réſiſter à ſon artifice, il le pouſſa plus loin. Oſerai-je, me dit il, en heſitant, vous faire remarquer un mot qui eſt dans cette lettre ? Philocles dit à ſon ami, qu'il peut parler en confiance â Proteſilas ſur une choſe qu'il ne déſigne que par un chiffre. Aſſurément Proteſilas eſt entré dans le deſſein de Philocles, & ils ſe ſont racommodez à vos dépens. Vous ſavez que c'eſt Proteſilas qui vous a preſſé d'envoyer Philocles contre les Carpathiens. Depuis un certain tems il a ceſſé de vous parler contre lui, comme il le faiſoit ſouvent autrefois Au contraire, il le louë, il l'excuſe en toute occaſion.

Ils se voyent depuis quelque tems avec assez d'honnêteté. Sans doute Protesilas a pris avec Philocles des mesures pour partager avec lui la conquête de Carpathie. Vous voyez même qu'il a voulu qu'on fit cette entreprise contre toutes les regles, & qu'il s'expose à faire périr votre armée navale, pour contenter son ambition. Croyez vous qu'il voulût ainsi servir à celle de Philocles, s'ils étoient encore mal ensemble ? Non, non, on ne peut plus douter que ces deux hommes ne soient réunis pour s'élever ensemble à une grande autorité, & peutêtre pour renverser le Trône où vous regnez. En vous parlant ainsi, je sçai que je m'expose à leur ressentiment, si malgré mes avis sinceres vous leur laissez encore votre autorité dans les mains. Mais qu'importe, pourvû que je dise la verité.

Ces dernieres paroles de Timocrate firent une grande impression sur moi. Je ne doutai plus de la trahison de Philocles, & je me défiai de Protesilas, comme de son ami. Cependant Timocrate me disoit sans cesse: Si vous attendez que Philocles ait conquis l'Ile de Carpathie, il ne sera plus tems d'arrêter ses desseins. Hâtez-vous de vous en assurer pendant que vous le pouvez. J'avois horreur de la profonde dissimulation des hommes. Je ne savois plus à qui me fier. Après avoir découvert la trahison de Philocles, je ne voyois plus d'homme sur la terre dont la vertu pût me rassurer. J'étois résolu de faire périr au plûtôt ce perfide. Mais je craignois Protesilas, & je ne savois comment faire à son égard. Je craignois de le trouver coupable, & je craignois aussi de me fier à lui.

Enfin dans mon trouble, je ne pûs m'empêcher de lui dire que Philocles m'étoit devenu suspect. Il en parut surpris. Il me representa sa conduite droite & moderée; il m'exagera ses services; en un mot il fit tout ce qu'il faloit pour me persuader qu'il étoit trop bien avec lui. D'un autre côté Timocrate ne perdit

pas

pas un moment pour me faire remarquer cette intelligence, & pour m'obliger à perdre Philocles, pendant que je pouvois encore m'assurer de lui. Voyez, mon cher Mentor, combien les Rois sont malheureux & exposez à être le jouët des autres hommes, lors même que les autres hommes paroissent tremblans à leurs pieds.

Je crûs faire un coup d'une profonde politique, & déconcerter Protesilas, en envoyant secretement à l'armée navale Timocrate pour faire mourir Philocles. Protesilas poussa jusqu'au bout sa dissimulation, & me trompa d'autant mieux, qu'il parut plus naturellement comme un homme qui se laissoit tromper. Timocrate partit donc, & trouva Philocles assez embarassé dans sa descente. Il manquoit de tout; car Protesilas ne sachant si la lettre supposée pourroit faire perir son ennemi, vouloit avoir en même tems une autre ressource prête, par le mauvais succès d'une entreprise dont il m'avoit fait tant esperer, & qui ne manqueroit pas de m'irriter contre Philocles. Celui-ci soûtenoit cette guerre si difficile, par son courage, par son génie, & par l'amour que les troupes avoient pour lui. Quoique tout le monde reconnut dans l'armée que cette descente étoit temeraire & funeste pour les Crétois, chacun travailloit à la faire réussir, comme s'il eût eu sa vie & son bonheur attachez au succès. Chacun étoit content de hasarder sa vie à toute heure sous un Chef si sage & si appliqué à se faire aimer.

Timocrate avoit tout à craindre, en voulant faire périr ce Chef au milieu d'une armée qui l'aimoit avec tant de passion. Mais l'ambition furieuse est aveugle. Timocrate ne trouvoit rien de difficile pour contenter Protesilas, avec lequel il s'imaginoit, me gouverner absolument après la mort de Philocles. Protesilas ne pouvoit souffrir un homme de bien, dont la seule vûë étoit un réproche secret de ses crimes, & qui pouvoit en m'ouvrant les yeux renverser ses projets.

Timocrate s'assura de deux Capitaines qui étoient sans cesse auprès de Philocles. Il leur promit de ma part de grandes récompenses, & ensuite il dit à Philocles qu'il étoit venu pour lui dire par mon ordre des choses secrettes, qu'il ne devoit lui confier qu'en presence de ces deux Capitaines. Philocles se renferma avec eux & avec Timocrate. Alors Timocrate donna un coup de poignard à Philocles. Le coup glissa, & n'enfonça guére avant. Philocles sans s'étonner lui arracha le poignard, s'en servit contre lui & contre les deux autres. En même tems il cria, on accourut, on enfonça la porte, on dégagea Philocles des mains de ces trois hommes, qui étant troublez l'avoient attaqué foiblement. Ils furent pris, & on les auroit d'abord déchirez, tant l'indignation de l'armée étoit grande, si Philocles n'eut arrêté la multitude. Ensuite il prit Timocrate en particulier, & lui demanda avec douceur, ce qui l'avoit obligé à commettre une action si noire. Timocrate qui craignoit qu'on ne le fit mourir, se hâta de montrer l'ordre que je lui avois donné par écrit de tuer Philocles; & comme les traîtres sont toujours lâches, il ne songea qu'à sauver sa vie, en découvrant à Philocles toute la trahison de Protesilas.

Philocles effrayé de voir tant de malice dans les hommes, prit un parti plein de moderation. Il déclara à toute l'armée que Timocrate étoit innocent, il le mit en sûreté, & le renvoya en Créte; defera le commandement de l'armée à Polimene, que j'avois nommé dans mon ordre écrit de ma main, pour commander quand on auroit tué Philocles. Enfin il exhorta les Troupes à la fidelité qu'elles me devoient, & passa pendant la nuit dans une legere barque, qui le conduisit dans l'Ile de Samos, où il vit tranquillement dans

dans la pauvreté & dans la solitude, travaillant à faire des statuës pour gagner sa vie, ne voulant plus entendre parler des hommes trompeurs & injustes, mais sur tout des Rois, qu'il croit les plus malheureux & les plus aveugles de tous les hommes.

En cet endroit Mentor arrêta Idomenée. Hé bien, dit-il, fûtes-vous longtems à découvrir la verité? Non répondit Idomenée. Je compris peu à peu les artifices de Protesilas & de Timocrate. Ils se broüillérent même; car les méchans ont bien de la peine à demeurer unis. Leur division acheva de me montrer le fond de l'abîme où ils m'avoient jetté. Hé bien, reprit Mentor, ne prîtes-vous point le parti de vous défaire de l'un & de l'autre? Helas! répondit Idomenée, est-ce que vous ignorez la foiblesse & l'embarras des Princes? Quand ils sont une fois livrez à des hommes corrompus & hardis qui ont l'art de se rendre necessaires ils ne peuvent plus esperer aucune liberté. Ceux qu'ils méprisent le plus, sont ceux qu'ils traitent le mieux & qu'ils comblent de bienfaits. J'avois horreur de Protesilas, & je lui laissois toute l'autorité. Etrange illusion! Je me savois bon gré de le connoître, & je n'avois pas la force de reprendre l'autorité que je lui avois abandonnée. D'ailleurs je le trouvois commode, complaisant, industrieux pour flater mes passions, ardent pour mes interêts. Enfin j'avois une raison pour m'excuser en moi-même de ma foiblesse. C'est que je ne connoissois pas de veritable vertu, faute d'avoir sçu choisir des gens de bien qui conduissent mes affaires. Je croyois qu'il n'y en avoit point sur la terre, & que la probité étoit un beau fantome. Qu'importe, disois-je, de faire un grand éclat, pour sortir des mains d'un homme corrompu, & pour tomber dans celles de quelqu'autre, qui ne sera ni plus dessinteressé, ni plus sincere que lui. Cependant l'armée Navale commandée par Polimene revint. Je ne songeai plus à à la conquête de l'Ile de Carpathie, & Protesilas ne put dissimuler si profondement, que je ne découvrisse combien il étoit affligé de savoir que Philocles étoit en sûreté dans Samos.

Mentor interrompit encore Idomenée pour lui demander, s'il avoit continué, après une si noire trahison, à confier toutes ses affaires à Protesilas. J'étois, lui répondit Idomenée, trop ennemi des affaires & trop inappliqué pour pouvoir me tirer de ses mains. Il auroit falu renverser l'ordre que j'avois établi pour ma commodité, & instruire un nouvel homme. C'est ce que je n'eus jamais la force d'entreprendre. J'aimai mieux fermer les yeux, pour ne pas voir les artifices de Protesilas. Je me consolois seulement, en faisant entendre à certaines personnes de confiance, que je n'ignorois pas sa mauvaise foi. Ainsi je m'imaginois n'être trompé qu'à demi, puisque je savois que j'étois trompé. Je faisois même de tems en tems sentir à Protesilas que je suportois son joug avec impatience. Je prenois souvent plaisir à le contredire, á blâmer publiquement quelque chose qu'il avoit fait, & à décider contre son sentiment. Mais comme il connoissoit ma lenteur & ma paresse, il ne s'embarassoit point de tous mes chagrins. Il revenoit opiniatrément à la charge. Il usoit tantôt de manieres pressantes, tantôt de souplesse & d'insinuation. Sur tout quand il s'aperçevoit que j'étois piqué contre lui, il redoubloit ses soins pour me fournir de nouveaux amusemens propres à m'amollir, ou pour m'embarquer en quelque affaire où il eût occasion de se rendre necessaire & de faire valoir son zele pour ma réputation.

Quoique je fusse en garde contre lui, cette maniere de flater mes passions m'entraînoit toujours. Il me soulageoit dans mes embarras. Il faisoit trembler tout le monde par mon autorité. Enfin je ne pûs me résoudre à le perdre. Mais en le maintenant dans sa place, ce, je mis tous les gens de bien hors d'état de me representer mes veritables interêts. Depuis ce moment on n'entendit plus dans mes conseils de parole libre. La verité s'éloigna de moi. L'erreur qui prépare la chûte des Rois, me punit d'avoir sacrifié Philocles à la cruelle ambition de Protesilas. Ceux mêmes qui avoient le plus de zele pour l'Etat & pour ma personne, se crûrent dispensez de me détromper, après un si terrible exemple. Moi-même, mon cher Mentor, je craignois que la verité ne perçât le nuage, & qu'elle ne parvînt jusqu'à moi malgré les flateurs; car n'ayant plus la force de la suivre, sa lumiere m'étoit importune. Je sentois en moi-même qu'elle m'eût causé de cruels remords, sans pouvoir me tirer d'un si funeste engagement. Ma molesse & l'ascendant que Protesilas avoit pris insensiblement sur moi, me plongeoient dans une espece de desespoir de rentrer jamais en liberté. Je ne voulois ni voir un si honteux état, ni le laisser voir aux autres. Vous savez, cher Mentor, la vaine hauteur & la fausse gloire dans laquelle on éleve les Rois. Ils ne veulent jamais avoir tort. Pour couvrir une faute, il en faut faire cent. Plûtôt que d'avouër qu'on s'est trompé, & que de se donner la peine de revenir de son erreur, il faut se laisser tromper toute sa vie. Voilà l'état des Princes foibles & inappliquez. C'étoit précisément le mien, lorsqu'il falut que je partisse pour le siege de Troye.

En partant je laissai Protesilas maître des affaires. Il les conduisoit en mon absence avec hauteur & inhumanité. Tout le Royaume de Créte gémissoit sous sa tyrannie. Mais personne n'osoit me mander l'oppression des peuples. On savoit que je craignois de voir la verité; & que j'abandonnois à la cruauté de Protesilas tous ceux qui entreprenoient de parler contre lui. Mais moins on osoit éclater, plus le mal étoit violent. Dans la suite il me contraignit de chasser le vaillant Marione,

qui

qui m'avoit ſuivi avec tant de gloire au ſiege de Troye. Il en étoit devenu jaloux, comme de tous ceux que j'aimois, & qui montroient quelque vertu.

Il faut que vous ſachiez, mon cher Mentor, que tous mes malheurs ſont venus de là. Ce n'eſt pas tant la mort de mon fils qui cauſa la révolte des Crétois, que la vengeance des Deux irritez contre mes foibleſſes, & la haine des peuples que Proteſilas m'avoit attirée. Quand je répandis le ſang de mon fils, les Crétois laſſez d'un gouvernement rigoureux avoient épuiſé toute leur patience, & l'horreur de cette derniere action ne fit que montrer au-dehors ce qui étoit depuis long-tems dans le fond des cœurs.

Timocrate me ſuivit au ſiege de Troye, & rendoit compte ſecrettement par ſes lettres à Proteſilas de tout ce qu'il pouvoit découvrir. Je ſentois bien que j'étois en captivité. Mais je tâchois de n'y pas penſer, deſeſperant d'y remedier. Quand les Crétois à mon arrivée ſe révoltérent, Proteſilas & Timocrate furent les premiers à s'enfuir. Ils m'auroient ſans doute abandonné, ſi je n'euſſe été contraint de m'enfuir preſque auſſitôt qu'eux. Comptez, mon cher Mentor, que les hommes inſolens pendant la proſperité ſont toujours foibles & tremblans dans la diſgrace. La tête leur tourne auſſitôt que l'autorité abſoluë leur échape. On les voit auſſi rampans qu'ils ont été hautains, & c'eſt en un moment qu'ils paſſent d'une extrémité à l'autre.

Mentor dit à Idomenée. Mais d'où vient que connoiſſant à fond ces deux méchans hommes, vous les gardez encore auprès de vous comme je le vois? Je ne ſuis pas ſurpris qu'ils vous ayent ſuivi, n'ayant rien de meilleur à faire pour leurs interêts. Je comprens même que vous avez fait une action genereuſe de leur donner un azile dans votre nouvel établiſſement. Mais pourquoi vous livrer encore à eux après tant de cruelles expériences?

Vous

Vous ne ſavez pas, répondit Idomenée, combien toutes les experiences ſont inutiles aux Princes amolis & inappliquez, qui vivent ſans reflexion. Ils ſont mécontens de tout, & ils n'ont pas le courage de rien redreſſer. Tant d'années d'habitude étoient des chaînes de fer qui me lioient à ces deux hommes, & ils m'obſedoient à toute heure. Depuis que je ſuis ici, ils m'ont jetté dans toutes les dépenſes exceſſives que vous avez vuës. Ils ont épuiſé cet Etat naiſſant. Ils m'ont attiré cette guerre qui m'alloit accabler ſans vous. J'aurois bientôt éprouvé à Salente les mêmes malheurs que j'ai ſentis en Créte. Mais vous m'avez enfin ouvert les yeux, & vous m'avez inſpiré le courage qui me manquoit pour me mettre hors de ſervitude. Je ne ſçai ce que vous avez fait en moi; mais depuis que vous êtes ici, je me ſens un autre homme.

Mentor demanda enſuite à Idomenée quelle étoit la conduite de Proteſilas dans ce changement des affaires. Rien n'eſt plus artificieux, répondit Idomenée, que ce qu'il a fait depuis votre arrivée. D'abord il n'oublia rien pour jetter indirectement quelque défiance dans mon eſprit. Il ne diſoit rien contre vous. Mais je voyois diverſes gens qui venoient m'avertir que ces deux étrangers étoient fort à craindre. L'un, diſoient-ils, eſt le fils du trompeur Ulyſſe; l'autre eſt un homme caché & d'un eſprit profond. Ils ſont accoûtumez à errer de Royaume en Royaume. Qui ſçait s'ils n'ont point formé quelque deſſein ſur celui-ci? Ces avanturiers racontent eux-mêmes qu'ils ont cauſé de grands troubles dans tous les païs où ils ont paſſé. Voici un Etat naiſſant & mal affermi. Les moindres mouvemens pourroiens le renverſer.

Proteſilas ne diſoit rien. Mais il tâchoit de me faire entrevoir le danger & l'excès de toutes ces reformes, que vous me faiſiez entreprendre. Il me prenoit par mon propre interêt. Si vous mettez, diſoit-il, les peuples

ples dans l'abondance, ils ne travailleront plus, ils deviendront fiers, indociles, & seront toujours prêts à se révolter. Il n'y a que la foiblesse & la misere qui les rende souples, & qui les empêche de résister a l'autorité. Souvent il tâchoit de reprendre son ancienne autorité pour m'entraîner, & il la couvroit d'un prétexte de zele pour mon service. En voulant soulager les peuples, me disoit-il, vous rabaissez la puissance Royale; & par là vous faites au peuple même un tort irréparable; car il a besoin qu'on le tienne bas pour son propre repos.

A tout cela je répondois que je sçaurois bien tenir les peuples dans leur devoir en me faisant aimer d'eux, en ne relachant rien de mon autorité, quoique je les soulageasse; en punissant avec fermeté tous les coupables; enfin en donnant aux enfans une bonne éducation, & à tout le peuple une exacte discipline pour le tenir dans une vie simple, sobre & laborieuse.

Hé, quoi! disois-je, ne peut-on pas soumettre un peuple sans le faire mourir de faim? Quelle inhumanité? Quelle politique brutale? Combien voyons-nous de peuples traitez doucement, & être fideles à leurs Princes? Ce qui cause les révoltes, c'est l'ambition & l'inquiétude des Grands d'un Etat, quand on leur a donné trop de licence, & qu'on a laissé leurs passions s'étendre sans bornes; c'est la multitude des grands & des petits qui vivent dans la molesse, dans le luxe, & dans l'oisiveté; c'est la trop grande abondance d'hommes adonnez à la guerre, qui ont négligé toutes les occupations utiles dans le tems de paix. Enfin c'est le desespoir des peuples maltraitez; c'est la dureté, la hauteur des Rois, & leur molesse qui les rend incapables de veiller sur tous les membres de l'Etat pour prévenir les troubles. Voilà ce qui cause les révoltes, & non pas le pain qu'on laisse manger en paix au Laboureur, après qu'il l'a gagné à la sueur de son visage.

Quand

Quand Protesilas a vû que j'étois inébranlable dans ces maximes, il a pris un parti tout opposé à sa conduite passée. Il a commencé à suivre ces maximes qu'il n'avoit pû détruire. Il a fait semblant de les goûter, d'en être convaincu, de m'avoir obligation de l'avoir éclairé là-dessus. Il va au-devant de tout ce que je pourrois souhaiter. Pour soulager les pauvres, il est le premier à me representer leurs besoins, & à crier contre les dépenses excessives. Vous sçavez même qu'il vous louë, qu'il vous témoigne de la confiance, & qu'il n'oublie rien pour vous plaire. Pour Timocrate, il commence à n'être plus si bien avec Protesilas. Il a songé à se rendre independant. Protesilas en est jaloux, & c'est en partie par leurs differends que j'ai découvert leur perfidie.

Mentor soûriant, répondit ainsi à Idomenée. Quoi donc! vous avez été foible, jusqu'à vous laisser tyranniser pendant tant d'années par deux traîtres, dont vous connoissiez la trahison! Ah! vous ne sçavez pas, répondit Idomenée, ce que peuvent les hommes artificieux sur un Roi foible & inappliqué, qui s'est livré à eux pour toutes ses affaires. D'ailleurs je vous ai déja dit que Protesilas entre maintenant dans toutes vos vûës pour le bien public.

Mentor reprit ainsi le discours d'un air grave. Je ne vois que trop combien les méchans prévalent sur les bons auprès des Rois. Vous en êtes un terrible exemple. Mais vous dites que je vous ai ouvert les yeux sur Protesilas, & ils sont encore fermez pour laisser le gouvernement de vos affaires à cet homme indigne de vivre. Sçachez que les méchans ne sont point des hommes incapables de faire le bien. Ils le font indifferement, de même que le mal, quand il peut servir à leur ambition. Le mal ne leur coute rien à faire, parce qu'aucun sentiment de bonté, ni aucun principe de vertu ne les retient. Mais aussi ils font le bien sans peine

peine, parce que leur corruption les porte à le faire pour paroître bons, & pour tromper le reste des hommes. A proprement parler, ils ne sont pas capables de la vertu, quoiqu'ils paroissent la pratiquer. Mais ils sont capables d'ajouter à tous leurs autres vices le plus horrible des vices, qui est l'hyprocrisie. Tant que vous voudrez absolument faire le bien, Protesilas sera prêt à le faire avec vous, pour conserver l'autorité. Mais si peu qu'il sente en vous de facilité à vous relâcher, il n'oubliera rien pour vous faire retomber dans l'égarement, & pour reprendre en liberté son naturel trompeur & feroce. Pouvez-vous vivre avec honneur & en repos, pendant qu'un tel homme vous obsede à toute heure, & que vous sçavez le sage & le fidele Philocles pauvre & deshonoré dans l'Ile de Samos?

Vous reconnoissez bien, ô Idomenée, que les hommes trompeurs & hardis qui sont presens, entrainent les Princes foibles. Mais vous deviez ajouter que les Princes ont encore un autre malheur, qui n'est pas moindre. C'est celui d'oublier facilement la vertu & les services d'un homme éloigné. La multitude des hommes qui environnent les Princes, est cause qu'il n'y en a aucun qui fasse une impression profonde sur eux. Ils ne sont frappez que de ce qui est present, & qui les flate. Tout le reste s'efface bientôt. Sur tout la vertu les touche peu, parce que la vertu, loin de les flater, les contredit & les condamne dans leurs foiblesses. Faut-il s'étonner s'ils ne sont point aimez, puisqu'ils n'aiment rien que leur grandeur & leurs plaisirs?

Fin du treiziéme Livre.

LES

LES AVANTURES DE TELEMAQUE, FILS D'ULYSSE.

LIVRE QUATORSIEME.

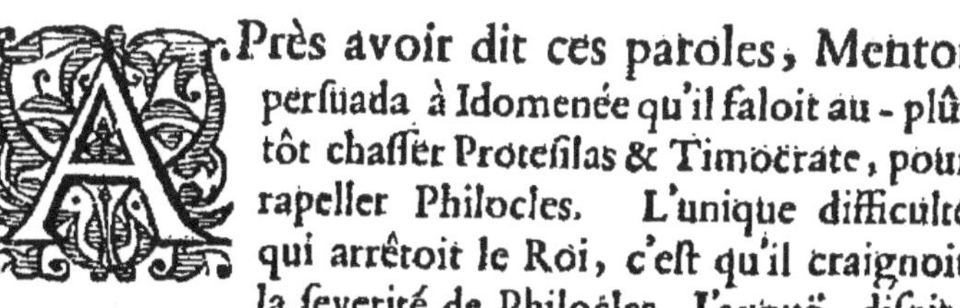

APrès avoir dit ces paroles, Mentor persuada à Idomenée qu'il faloit au-plûtôt chasser Protesilas & Timocrate, pour rapeller Philocles. L'unique difficulté qui arrêtoit le Roi, c'est qu'il craignoit la severité de Philocles. J'avouë, disoit-il, que je ne puis m'empêcher de craindre un peu son retour, quoique je l'aime & que je l'estime. Je suis depuis ma tendre jeunesse accoutumé à des loüanges, à des empressemens, à des complaisances, que je ne saurois esperer de trouver dans cet homme. Des que je faisois quelque chose qu'il n'approuvoit pas, son air triste me marquoit assez qu'il me condamnoit. Quand il étoit en particulier avec moi, ses manieres étoient respectueuses & moderées, mais séches.

Ne voyez-vous pas, lui répondit Mentor, que les Princes gâtez par la flaterie trouvent sec & austere tout ce qui est libre & ingénu. Ils vont même jusqu'à s'imaginer qu'on n'est pas zelé pour leur service, & qu'on n'aime pas leur autorité, dès qu'on n'a point l'ame servile, & qu'on n'est pas prêt à les flater dans l'usage le plus injuste de leur puissance. Toute parole libre & genereuse leur paroît hautaine, critique & séditieuse. Ils deviennent si délicats, que tout ce qui n'est point flateur, les blesse & les irrite. Mais allons plus loin. Je suppose que Philocles est effectivement sec & austere. Son austerité ne vaut-elle pas mieux que la flaterie pernicieuse de vos Conseillers? Où trouverez-vous un homme sans défauts? Et le défaut de vous dire trop hardiment la verité, n'est-il pas celui que vous devez le moins craindre? Que dis-je? N'est-ce pas un défaut necessaire pour corriger les vôtres, & pour vaincre le dégout de la verité où la flaterie vous a fait tomber? Il vous faut un homme qui n'aime que la verité & vous; qui vous aime mieux que vous ne sçavez vous aimer vous-même; qui vous dise la verité malgré vous; qui force tous vos retranchemens; & cet homme necessaire, c'est Philocles. Souvenez-vous qu'un Prince est trop heureux, quand il naît un seul homme sous son regne avec cette generosité; qui est le plus précieux tresor de l'Etat; & que la plus grande punition qu'il doit craindre des Dieux, est de perdre un tel homme, s'il s'en rend indigne faute de savoir s'en servir. Pour les défauts des gens de bien, il faut les savoir connoître, & ne laisser pas de se servir d'eux. Redressez-les; ne vous livrez jamais aveuglément à leur zele indiscret. Mais écoutez-les favorablement, honorez leur vertu, montrez au public que vous savez la distinguer; & sur tout gardez vous bien d'être plus long-

tems

tems comme vous avez été jusqu'ici. Les Princes gâtez comme vous l'étiez se contentant de mépriser les hommes corrumpus, ne laissent pas de les employer avec confiance, & de les combler de bienfaits. D'un autre côté, ils se picquent de connoître aussi les hommes vertueux; mais ils ne leur donnent que de vains éloges, n'osans ni leur confier les emplois ni les admettre dans leur commerce familier, ni répandre des bienfaits sur eux.

Alors Idomenée dit qu'il étoit honteux d'avoir tant tardé à délivrer l'innocence opprimée, & à punir ceux qui l'avoient trompé. Mentor n'eut même aucune peine à déterminer le Roi à perdre son Favori; car aussitôt qu'on est parvenu à rendre les Favoris suspects & importuns à leurs maîtres, les Princes lassez & embarassez ne cherchent plus qu'à s'en défaire. Leur amitié s'évanoüit. Les services sont oubliez. La chûte des Favoris ne leur coûte rien, pourvû qu'ils ne les voient plus.

Aussitôt le Roi ordonna en secret à Hegesippe, qui étoit un des principaux Officiers de sa Maison, de prendre Protesilas & Timocrate, & de les conduire en sûreté dans l'Ile de Samos, de les y laisser & de ramener Philocles de ce lieu d'exil. Hegesippe surpris de cet ordre, ne pût s'empêcher de pleurer de joye. C'est maintenant, dit-il au Roi, que vous allez charmer vos sujets. Ces deux hommes ont causé tous vos malheurs, & tous ceux de vos peuples. Il y a vingt ans qu'ils font gémir tous les gens de bien, & qu'à peine ose-t-on même gémir, tant leur tyrannie est cruelle. Ils accablent tous ceux qui entreprennent d'aller à vous par un autre canal que le leur.

Ensuite Hegesippe découvrit au Roi un grand nombre de perfidies & d'inhumanitez commises par ces deux hommes, dont le Roi n'avoit jamais entendu parler, parce que personne n'osoit les accuser. Il lui raconta même ce qu'il avoit découvert d'une conjuration secrette pour faire périr Mentor. Le Roi eut horreur de tout ce qu'il entendoit.

Hegesippe se hâta d'aller prendre Protesilas dans sa maison. Elle étoit moins grande, mais plus commode & plus riante que celle du Roi. L'Architecture étoit de meilleur goût. Protesilas l'avoit ornée avec une dépense tirée du sang des miserables. Il étoit alors dans un salon de marbre auprès de ses bains, couché negligemment sur un lit de pourpre avec une broderie d'or. Il paroissoit las & épuisé de ses travaux. Ses yeux & ses sourcils montroient je ne sçai quoi d'agité, de sombre & de farouche. Les plus grands de l'Etat étoient autour de lui rangez sur des tapis, composant leurs visages sur celui de Protesilas, dont ils observoient jusqu'au moindre clin d'œil. A peine ouvroit-il la bouche, que tout le monde se récrioit pour admirer ce qu'il alloit dire.

Un des principaux de la troupe lui racontoit avec des exagerations ridicules ce que Protesilas lui-même avoit fait pour le Roi. Un autre lui assuroit que Jupiter ayant trompé sa mere lui avoit donné la vie, & qu'il étoit fils du pere des Dieux. Un Poëte venoit de lui chanter des vers, où il disoit que Protesilas instruit par les Muses avoit égalé Apollon pour tous les ouvrages d'esprit. Un autre Poëte encore plus lâche & plus impudent l'appelloit dans ses vers l'inventeur des beaux arts, & le pere des peuples qu'il rendoit heureux. Il le dépeignoit tenant en main la corne d'abondance.

Protesilas écoutoit toutes ces loüanges d'un air sec, distrait & dédaigneux, comme un homme qui sçait bien qu'il en merite encore de plus grandes, & qui fait trop de graces de se laisser loüer. Il y avoit un flateur qui prit la liberté de lui parler à l'oreille, pour lui dire quelque chose de plaisant contre la police que Mentor tâchoit d'établir. Protesilas soûrit; toute l'assemblée se

mit

mit à rire, quoique la plûpart ne pussent point encore savoir ce qu'on avoit dit. Mais Protesilas reprenant bientôt son air severe & hautain, chacun rentra dans la crainte & dans le silence. Plusieurs Nobles cherchoient le moment, où Protesilas pourroit se retourner vers eux & les écouter. Ils paroissoient émûs & embarassez. C'est qu'ils avoient à lui demander des graces. Leur posture suppliante parloit pour eux. Ils paroissoient aussi soûmis qu'une mere aux pieds des Autels, lorsqu'elle demande aux Dieux la guérison de son fils unique. Tous paroissoient contens, attendris, pleins d'admiration pour Protesilas, quoi que tous eussent contre lui dans le cœur une rage implacable.

Dans ce moment Hegesippe entre, saisit l'épée de Protesilas, & lui déclare de la part du Roi qu'il va l'emmener dans l'Ile de Samos. A ces paroles, toute l'arrogance de ce Favori tomba comme un rocher qui se détache du sommet d'une montagne escarpée. Le voilà qui se jette tremblant aux pieds d'Hegesippe. Il pleure, il hesite, il begaye, il tremble, il embrasse les genoux de cet homme qu'il ne daignoit pas une heure auparavant honorer d'un de ses regards. Tous ceux qui l'encensoient, le voyant perdu sans ressource, changérent leurs flateries en des insultes sans pitié.

Hegesippe ne voulut lui laisser le tems, ni de faire ses derniers adieux à sa famille, ni de prendre certains écrits secrets. Tout fut saisi & porté au Roi. Timocrate fut arrêté dans le même tems, & sa surprise fut extrême; car il croyoit qu'étant broüillé avec Protesilas, il ne pouvoit être envelopé dans sa ruine. Ils partent dans un vaisseau qu'on avoit préparé.

On arrive à Samos. Hegesippe y laisse ces deux malheureux; & pour mettre le comble à leur malheur, il les laisse ensemble. Là ils se reprochent avec fureur l'un à l'autre les crimes qu'ils ont faits, & qui sont cause de leur chûte. Ils se trouvent sans esperance de revoir Salente, condamnez à vivre loin de leurs femmes & de leurs enfans; je ne dis pas loin de leurs amis, car ils n'en avoient point. On les menoit dans une terre inconnuë, où ils ne devoient plus avoir d'autre ressource pour vivre que leur travail; eux qui avoient passé tant d'années dans les delices, & dans le faste. Semblables à deux bêtes farouches, ils étoient toûjours prêts à se déchirer l'un l'autre.

Cependant Hegesippe demanda en quel lieu de l'Ile demeuroit Philocles. On lui dit qu'il demeuroit assez loin de la ville sur une montagne, où une grotte lui servoit de maison. Tout le monde lui parla avec admiration de cet Etranger. Depuis qu'il est dans cette Ile, lui disoit-on, il n'a offensé personne. Chacun est touché de sa patience, de son travail, & de sa tranquillité. N'ayant rien, il paroit toûjours content. Quoiqu'il soit ici loin des affaires, sans bien & sans autorité, il ne laisse pas d'obliger ceux qui le meritent, & il a mille industries pour faire plaisir à tous ses voisins.

Hegesippe s'avance vers cette grote. Il la trouve vuide & ouverte; car la pauvreté & la simplicité des mœurs de Philocles, faisoit qu'il n'avoit en sortant aucun besoin de fermer sa porte. Une natte de jonc grossiere lui servoit de lit. Rarement il allumoit du feu, parce qu'il ne mangeoit rien de cuit. Il se nourrissoit pendant l'Eté de fruits nouvellement cueillis, & en Hyver de dattes & de figues séches. Une claire fontaine qui faisoit une nappe d'eau en tombant d'un rocher, le désalteroit. Il n'avoit dans sa grotte que les instrumens necessaires à la sculpture, & quelques livres qu'il lisoit à certaines heures, non pour orner son esprit, ni pour contenter sa curiosité, mais pour s'instruire en se délassant de ses travaux, & pour apprendre à être bon. Pour la sculpture, il ne s'y appliquoit que pour exercer son corps, fuïr l'oisiveté, & gagner sa vie, sans avoir besoin de personne.

Hege-

Hegesippe en entrant dans la grotte, admira les ouvrages qui étoient commencez. Il remarqua un Jupiter dont le visage serain étoit si plein de majesté, qu'on le reconnoissoit aisément pour le pere des Dieux & des hommes. D'un autre côté paroissoit Mars avec une fierté rude & menaçante. Mais ce qui étoit de plus touchant étoit une Minerve qui animoit les Arts. Son visage étoit noble & doux, sa taille grande & libre. Elle étoit dans une action si vive, qu'on auroit pû croire qu'elle alloit marcher. Hegesippe ayant pris plaisir à voir les statuës, sortit de la grotte, & vit de loin sous un grand arbre Philocles qui lisoit sur le gazon. Il va vers lui, & Philocles qui l'apperçoit, ne sçait que croire. N'est-ce point là, dit-il en lui-même, Hegesippe avec qui j'ai si longtems vécu en Créte? Mais quelle esperance qu'il vienne dans une Ile si éloignée? Ne seroit-ce point son ombre qui viendroit après sa mort des rives du Styx?

Pendant qu'il étoit dans ce doute, Hegesippe arriva si proche de lui, qu'il ne pût s'empêcher de le reconnoître & de l'embrasser. Est-ce donc vous, dit-il, mon cher & ancien ami? Quel hazard, quelle tempête vous a jetté sur ce rivage? Pourquoi avez-vous abandonné l'Ile de Créte? Est-ce une disgrace semblable à la mienne, qui vous arrache à notre patrie?

Hegesippe lui répondit. Ce n'est point une disgrace; au contraire, c'est la faveur des Dieux qui me mene ici. Aussitôt il lui raconta la longue tyrannie de Protesilas, ses intrigues avec Timocrate, les malheurs où ils avoient précipité Idomenée, la chûte de ce Prince, sa fuite sur les côtes d'Italie, la fondation de Salente, l'arrivée de Mentor & de Telemaque, les sages maximes dont Mentor avoit rempli l'esprit du Roi, & la disgrace des deux traîtres. Il ajoûta qu'il les avoit menez à Samos pour y souffrir l'exil qu'ils avoient fait souffrir à Philocles, & il finit en lui disant qu'il avoit ordre de le conduire à

Salente, où le Roi qui connoissoit son innocence, vouloit lui confier ses affaires, & le combler de biens.

Voyez-vous, lui répondit Philocles, cette grotte plus propre à cacher des bêtes sauvages qu'à être habitée par des hommes ? J'y ai goûté depuis tant d'années plus de douceur & de repos, que dans les Palais dorez de l'Ile de Crete. Les hommes ne me trompent plus; car je ne vois plus les hommes, & je n'entens plus leurs discours flateurs & empoisonnez. Je n'ai plus besoin d'eux. Mes mains endurcies au travail me donnent facilement la nourriture simple, qui m'est necessaire. Il ne me faut, comme vous voyez, qu'une legere étoffe pour me couvrir. N'ayant plus de besoins, joüissant d'un calme profond & d'une douce liberté, dont la sagesse de mes livres m'apprend à faire un bon usage, qu'irois-je encore chercher parmi les hommes jaloux, trompeurs & inconstans ? Non, non, mon cher Hegesippe, ne m'enviez point mon bonheur. Protesilas s'est trahi lui-même, voulant trahir le Roi, & me perdre; mais il ne m'a fait aucun mal. Au contraire il m'a fait le plus grand des biens. Il m'a délivré du tumulte & de la servitude des affaires. Je lui dois ma chere solitude, & tous les plaisirs innocens que j'y goûte. Retournez, ô Hegesippe, retournez vers le Roi, aidez-lui à supporter les miseres de sa grandeur, & faites auprès de lui ce que vous voudriez que je fisse. Puisque ses yeux si long-tems fermez à la verité, ont été enfin ouverts par cet homme sage que vous nommez Mentor, qu'il le retienne auprès de lui. Pour moi, après mon naufrage, il ne me convient pas de quitter le port où la tempête m'a malheureusement jetté, pour me remettre à la merci des vents. O que les Rois sont à plaindre! O que ceux qui les servent, sont dignes de compassion! S'ils sont méchans, combien font-ils souvrir les hommes, & quels tourmens leur sont preparez dans le noir Tartare ? S'ils sont bons, quelles difficultez n'ont-ils

pas

pas à vaincre? Quels pieges à éviter? Que de maux à souffrir? Encore une fois, Hegesippe, laissez-moi dans mon heureuse pauvreté.

Pendant que Philocles parloit ainsi avec beaucoup de vehemence, Hegesippe le regardoit avec étonnement. Il l'avoit vû autrefois en Crete pendant qu'il gouvernoit les plus grandes affaires, maigre, languissant, épuisé. C'est que son naturel ardent & austere le consumoit dans le travail. Il ne pouvoit voir sans indignation le vice impuni. Il vouloit dans les affaires une certaine exactitude qu'on n'y trouve jamais. Ainsi ses emplois détruisoient sa santé délicate. Mais à Samos Hegesippe le voyoit gras & vigoureux. Malgré les ans, la jeunesse fleurie s'étoit renouvellée sur son visage. Une vie sobre, tranquille & laborieuse lui avoit fait comme un nouveau temperament.

Vous êtes surpris de me voir si changé, dit alors Philocles en soûriant. C'est ma solitude qui m'a donné cette fraîcheur & cette santé parfaite. Mes ennemis m'ont donné ce que je n'aurois jamais pû trouver dans la plus grande fortune. Voulez-vous que je quitte les vrais biens pour courir après les faux, & pour me plonger dans mes anciennes miseres? Ne soyez pas plus cruel que Protesilas; du moins ne m'enviez pas le bonheur que je tiens de lui.

Alors Hegesippe lui representa, mais inutilement, tout ce qu'il crut propre à le toucher. Etes-vous donc, lui disoit-il, insensible au plaisir de revoir vos proches & vos amis, qui soûpirent après votre retour, & que la seule esperance de vous embrasser comble de joye? Mais vous qui craignez les Dieux, & qui aimez votre devoir, comptez-vous pour rien de servir votre Roi, de l'aider dans tous les biens qu'il veut faire, & de rendre tant de peuples heureux? Est-il permis de s'abandonner à une Philosophie sauvage, de se preferer à tout le reste du genre humain, & d'aimer mieux son repos que le bonheur de ses Concitoyens? Au reste, on croira que c'est par ressentiment que vous ne voulez plus voir le Roi. S'il vous a voulu faire du mal, c'est qu'il ne vous a point connu. Ce n'est pas le veritable, le bon, le juste Philocles qu'il a voulu faire perir. C'étoit un homme bien different qu'il vouloit punir. Mais maintenant qu'il vous connoît, & qu'il ne vous prend plus pour un autre, il sent toute son ancienne amitié revivre dans son cœur. Il vous attend. Déja il vous tend les bras pour vous embrasser. Dans son impatience, il compte les jours & les heures. Aurez-vous le cœur assez dur pour être inexorable à votre Roi, & à tous vos plus tendres amis?

Philocles qui avoit d'abord été attendri en reconnoissant Hegesippe, reprit son air austere en écoutant ce discours. Semblable à un rocher contre lequel les vents combattent en vain, & où toutes les vagues vont se briser en gémissant, il demeuroit immobile, & les prieres ni les raisons ne trouvoient aucune ouverture pour entrer dans son cœur. Mais au moment où Hegesippe commençoit à desesperer de le vaincre, Philocles ayant consulté les Dieux, il découvrit par le vol des oiseaux, par les entrailles des victimes, & par divers autres présages, qu'il devoit suivre Hegesippe.

Alors il ne résista plus. Il se prépara à partir. Mais ce ne fut pas sans regretter le desert où il avoit passé tant d'années. Helas! disoit-il, faut-il que je vous quite, ô aimable grotte, où le sommeil paisible venoit toutes les nuits me délasser des travaux du jour! Ici les Parques me filoient au milieu de ma pauvreté des jours d'or & de soye. Il se prosterna en pleurant pour adorer la Nayade qui l'avoit si longtems desalteré par son onde claire, & les Nymphes qui habitoient dans

dans toutes les montagnes voisines. Echo entendit ses regrets, & d'une triste voix les repeta à toutes les Divinitez champêtres.

Ensuite Philocles vint à la Ville avec Hegesippe pour s'embarquer. Il crut que le malheureux Protesilas plein de honte & de ressentiment ne voudroit point le voir. Mais il se trompoit. Car les hommes corrompus n'ont aucune pudeur, & ils sont toûjours prêts à toutes sortes de bassesses. Philocles se cachoit modestement, de peur d'être vû par ce miserable. Il craignoit d'augmenter sa misere en lui montrant la prosperité d'un ennemi qu'on alloit élever sur ses ruines. Mais Protesilas cherchoit avec empressement Philocles. Il vouloit lui faire pitié, & l'engager à demander au Roi qu'il pût retourner à Salente. Philocles étoit trop sincere pour lui promettre de travailler à le faire rappeller; car il savoit mieux que personne combien son retour eut été pernicieux. Mais il lui parla fort doucement, lui témoigna de la compassion, tâcha de le consoler, l'exhorta à appaiser les Dieux par des mœurs pures, & par une grande patience dans ses maux. Comme il avoit appris que le Roi avoit ôté à Protesilas tous ses biens injustement acquis, il lui promit deux choses qu'il executa fidelement dans la suite. L'une fut de prendre soin de sa femme & de ses enfans qui étoient demeurez à Salente dans une affreuse pauvreté, exposez à l'indignation publique : l'autre étoit d'envoyer à Protesilas dans cette Ile éloignée quelque secours d'argent pour adoucir sa misere.

Cependant les voiles s'enflent d'un vent favorable. Hegesippe impatient se hâte de faire partir Philocles. Protesilas les voit embarquer. Ses yeux demeurent attachez & immobiles sur le rivage. Ils suivent le vaisseau qui fend les ondes, & que le vent éloigne toûjours. Lors même qu'il ne peut plus le voir, il en repeint encore l'image dans son esprit. Enfin troublé, fu-

furieux, livré à son desespoir, il s'arrache les cheveux, se roule sur le sable, reproche aux Dieux leur rigueur, appelle en vain à son secours la cruelle mort, qui sourde à ses prieres ne daigne le délivrer de tant de maux, & qu'il n'a pas le courage de se donner lui-même.

Cependant le vaisseau favorisé de Neptune & des vents arriva bientôt à Salente. On vint dire au Roi qu'il entroit déja dans le port. Aussitôt il courut au devant de Philocles avec Mentor; il l'embrassa tendrement lui témoigna un sensible regret de l'avoir persecuté avec tant d'injustice. Cet aveu, bien loin de paroître une foiblesse dans un Roi, fut regardé par tous les Salentins comme l'effort d'une grande ame qui s'éleve au dessus de ses propres fautes, en les avoüant avec courage pour les réparer. Tout le monde pleuroit de joye de revoir l'homme de bien qui avoit aimé le peuple, & d'entendre le Roi parler avec tant de sagesse & de bonté.

Philocles avec un air respectueux & modeste recevoit les caresses du Roi, & avoit impatience de se dérober aux acclamations du peuple. Il suivit le Roi au Palais. Bientôt Mentor & lui furent dans la même confiance que s'ils avoient passé leur vie ensemble, quoiqu'ils ne se fussent jamais vûs. C'est que les Dieux, qui ont refusé aux méchans des yeux pour connoitre les bons, ont donné aux bons dequoi se connoître les uns les autres. Ceux qui ont le goût de la vertu, ne peuvent être ensemble, sans être unis par la vertu qu'ils aiment. Bientôt Philocles demanda au Roi de se retirer auprès de Salente dans une solitude où il continua à vivre pauvrement, comme il avoit vécu à Samos. Le Roi alloit avec Mentor le voir presque tous les jours dans le desert. C'est-là qu'on examinoit les moyens d'affermir les loix & de donner une forme solide au gouvernement pour le bonheur public.

Les

Les deux principales choſes qu'on examina, furent l'éducation des enfans, & la maniere de vivre pendant la paix. Pour les enfans, Mentor diſoit: Ils appartiennent moins à leurs parens qu'à la Republique. Ils ſont les enfans du peuple, ils en ſont l'eſperance & la force. Il n'eſt pas tems de les corriger, quand ils ſe ſont corrompus. C'eſt peu que de les exclure des emplois, lorſqu'on voit qu'ils s'en ſont rendus indignes. Il vaut bien mieux prévenir le mal, que d'être réduit à le punir. Le Roi, ajoûtoit-il, qui eſt le pere de tout ſon peuple, eſt encore plus particulierement le pere de toute la jeuneſſe, qui eſt la fleur de toute la Nation. C'eſt dans la fleur qu'il faut préparer les fruits. Que le Roi ne dédaigne donc pas de veiller, & de faire veiller ſur l'éducation qu'on donne aux enfans. Qu'il tienne ferme pour faire obſerver les Loix de Minos, qui ordonne qu'on éleve les enfans dans le mépris de la douleur & de la mort; qu'on mette l'honneur à fuïr les délices & les richeſſes; que l'injuſtice, le menſonge, l'ingratitude, & la molleſſe paſſent pour des vices infames; qu'on leur apprenne dès leur plus tendre enfance à chanter les loüanges des Heros qui ont été aimez des Dieux, qui ont fait des actions généreuſes pour leur patrie, & qui ont fait éclater leur courage dans les combats; que le charme de la muſique ſaiſiſſe leurs ames pour rendre leurs mœurs douces & pures; qu'ils apprennent à être tendres pour leurs amis, fideles à leurs alliez, équitables pour tous les hommes, même pour leurs plus cruels ennemis; qu'ils craignent moins la mort & les tourmens, que le moindre reproche de leurs conſciences. Si de bonne heure on remplit les enfans de ces grandes maximes, & qu'on les faſſe entrer dans leur cœur par la douceur du chant, il y en aura peu qui ne s'enflâment de l'amour de la gloire & de la vertu.

Mentor ajoûtoit qu'il étoit capital d'établir des Eco-

les

les publiques pour accoûtumer la jeunesse aux plus rudes exercices du corps, & pour éviter la molesse & l'oisiveté qui corrompent les plus beaux naturels. Il vouloit une grande varieté de jeux & de spectacles qui animassent tout le peuple, mais sur tout qui exerçassent les corps pour les rendre adroits, souples, & vigoureux. Il ajoûtoit des prix pour exciter une noble émulation. Mais ce qu'il souhaitoit de plus pour les bonnes mœurs, c'est que les jeunes gens se mariassent de bonne heure, & que leurs parens sans aucune vûë d'interêt leur laissassent choisir des femmes agreables de corps & d'esprit, ausquelles ils pussent s'attacher.

Mais pendant qu'on préparoit ainsi les moyens de conserver la jeunesse pure, innocente, laborieuse, docile & passionnée pour la gloire, Philocles qui aimoit la guerre, disoit à Mentor. En vain vous occuperez les jeunes gens à tous ces exercices, si vous les laissez languir dans une paix continuelle, où ils n'auront aucune experience de la guerre, ni aucun besoin de s'éprouver sur la valeur. Par-là vous affoiblirez insensiblement la Nation. Les courages s'amoliront, Les délices corrompront les mœurs. D'autres peuples belliqueux n'auront aucune peine à les vaincre; & pour avoir voulu éviter les maux que la guerre entraîne après elle, ils tomberont dans une affreuse servitude.

Mentor lui répondit. Les maux de la guerre sont encore plus horribles que vous ne pensez. La guerre épuise un Etat, & le met toûjours en danger de périr, lors même qu'on remporte les plus grandes victoires. Avec quelques avantages qu'on la commence, on n'est jamais sûr de la finir sans être exposé aux plus tragiques renversemens de la fortune. Avec quelque superiorité de forces qu'on s'engage dans un combat, le moindre mécompte, une terreur panique, un rien vous arrache la Victoire qui étoit déja dans vos mains, & la transporte chez vos ennemis. Quand même on tiendroit dans son champ la victoire comme enchaînée, on se détruiroit soi-même en détruisant ses ennemis. On dépeuple son païs; on laisse les terres presque incultes; on trouble le commerce. Mais ce qui est bien pis, on affoiblit les meilleures loix, & on laisse corrompre les mœurs, La jeunesse ne s'adonne plus aux Lettres. Le pressant besoin fait qu'on souffre une licence pernicieuse dans les troupes. La justice, la police, tout souffre de ce desordre. Un Roi qui verse le sang de tant d'hommes, & qui cause tant de malheurs pour acquerir un peu de gloire ou pour étendre les bornes de son Royaume, est indigne de la gloire qu'il cherche, & merite de perdre ce qu'il possede pour avoir voulu usurper ce qui ne lui appartient pas.

Mais voici le moyen d'exercer le courage d'une Nation en tems de paix. Vous avez déja vû les exercices du corps que nous établissons; les prix qui exciteront l'émulation; les maximes de gloire & de vertu, dont on remplira les ames des enfans presque dès le berceau par le chant des grandes actions des Heros. Ajoûtez à ces secours celui d'une vie sobre & laborieuse. Mais ce n'est pas tout, Aussitôt qu'un peuple allié de votre Nation aura une guerre, il faut y envoyer la fleur de votre jeunesse, sur tout ceux en qui on remarquera le génie de la guerre, & qui seront les plus propres à profiter de l'experience. Par-là vous conserverez une haute réputation chez vos Alliés. Votre alliance sera recherchée: on craindra de la perdre. Sans avoir la guerre chez vous & à vos dépens, vous aurez toujours une jeunesse aguerrie & intrépide. Quoique vous ayez la paix chez vous, vous ne laisserez pas de traiter avec de grands honneurs ceux qui auront le talent de la guerre. Car le vrai moyen d'éloigner la guerre, & de conserver une longue paix, c'est de cultiver les armes, c'est d'honorer les hommes excellans dans cette profession, c'est d'en avoir toûjours qui s'y soient exercez dans les païs étrangers, & qui connoissent les forces, la discipline & les manieres de faire la guerre des peuples voisins; c'est d'être également incapable & de faire la guerre par ambition, & de la craindre par mollesse. Alors étant toûjours pret à la faire pour la necessité, on parvient à ne l'avoir presque jamais.

Pour les alliez, quand ils sont prêts à se faire la guerre les uns aux autres, c'est à vous à vous rendre médiateur. Par-là vous acquerez une gloire plus solide & plus sûre que celle des Conquerans. Vous gagnez l'amour & l'estime des étrangers. Ils ont tous besoin de vous. Vous regnez sur eux par la confiance, comme vous regnez sur vos sujets par l'autorité. Vous demeurez le depositaire des secrets, l'arbitre des traitez, le maître des cœurs. Vôtre réputation vole dans tous les païs les plus éloignez. Vôtre nom est comme un parfum délicieux qui s'exhale de païs en païs chez les peuples les plus reculez. En cet état, qu'un peuple voisin vous attaque contre les regles de la justice, il vous trouve aguerri, préparé; mais ce qui est bien plus fort, il vous trouve aimé, & secouru. Tous vos voisins s'allarment pour vous, & sont persuadez que votre conservation fait la seureté publique. Voilà un rampart bien plus assuré que toutes les murailles des Villes, & que toutes les places les mieux fortifiées. Voilà la veritable gloire. Mais qu'il y a peu de Rois qui sachent la chercher, & qui ne s'en éloignent point! Ils courent après une ombre trompeuse, & laissent derriere eux le vrai honneur faute de le connoître.

Après que Mentor eut parlé ainsi, Philocles étonné le regardoit; puis il jettoit les yeux sur le Roi, & étoit charmé de voir avec quelle avidité Idomenée recueilloit

au

au fond de son cœur toutes les paroles qui sortoient comme un fleuve de sagesse de la bouche de cet Etranger.

Minerve sous la figure de Mentor établissoit ainsi dans Salente toutes les meilleures loix & les plus utiles maximes du gouvernement, moins pour faire fleurir le Royaume d'Idomenée, que pour montrer à Telemaque quand il reviendroit, un exemple sensible de ce qu'un sage gouvernement peut faire pour rendre les peuples heureux, & pour donner à un bon Roi une gloire durable.

Fin du quatorziéme Livre.

LES AVANTURES DE TELEMAQUE, FILS D'ULYSSE.

LIVRE QUINZIEME.

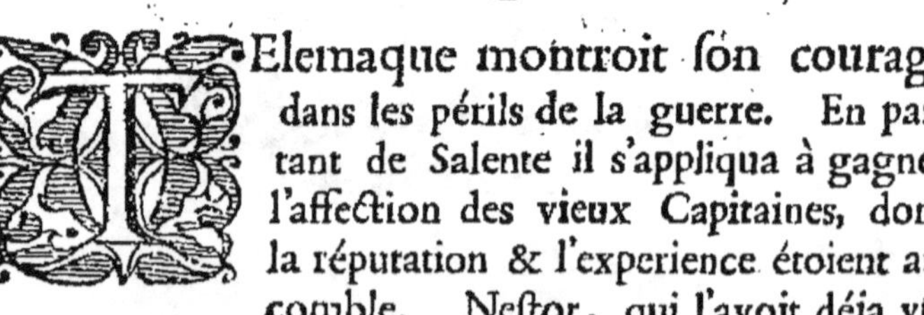

Elemaque montroit son courage dans les périls de la guerre. En partant de Salente il s'appliqua à gagner l'affection des vieux Capitaines, dont la réputation & l'experience étoient au comble. Nestor, qui l'avoit déja vû à Pylos, & qui avoit toujours aimé Ulysse, le traitoit comme si ç'eut été son propre fils. Il lui donnoit des instructions qu'il appuyoit de divers exemples. Il lui racontoit toutes les avantures de sa jeunesse, & tout ce qu'il avoit vû faire de plus remarquable aux Heros de l'âge passé. La memoire de ce sage Vieillard qui avoit vêcu trois âges d'homme, étoit comme une histoire des

des anciens tems gravée ſur le marbre & ſur l'airain.

Philoctete n'eut pas d'abord la même inclination pour Telemaque que Neſtor. La haine qu'il avoit nourrie ſi longtems dans ſon cœur contre Ulyſſe, l'éloignoit de ſon fils, & il ne pouvoit voir qu'avec peine tout ce qu'il ſembloit que les Dieux préparoient en faveur de ce jeune homme pour le rendre égal aux Heros qui avoient renverſé la Ville de Troye. Mais enfin la moderation de Telemaque vainquit tous les reſſentimens de Philoctete. Il ne put ſe défendre d'aimer cette vertu douce & modeſte. Il prenoit ſouvent Telemaque, & lui diſoit. Mon fils, (car je ne crains plus de vous nommer ainſi) votre pere & moi, je l'avouë, nous avons été longtems ennemis l'un de l'autre. J'avouë même qu'apprès que nous eumes fait tomber la ſuperbe Ville de Troye, mon cœur n'étoit point encore appaiſé; & quand je vous ai vû, j'ai ſenti de la peine à aimer la vertu dans le fils d'Ulyſſe. Je me le ſuis ſouvent reproché. Mais enfin la vertu, quand elle eſt douce, ſimple, ingenuë & modeſte, ſurmonte tout. Enſuite Philoctete s'engagea inſenſiblement à lui raconter ce qui avoit allumé dans ſon cœur tant de haine contre Ulyſſe.

Il faut, dit-il, reprendre mon hiſtoire de plus haut. Je ſuivois par tout le grand Hercule qui a délivré la terre de tant de monſtres, & devant qui les autres Heros n'étoient que comme ſont les foibles roſeaux auprès d'un grand chêne, ou comme les moindres oiſeaux en preſence de l'aigle. Ses malheurs & les miens vinrent d'une paſſion qui cauſe tous les deſaſtres les plus affreux; c'eſt l'amour. Hercule, qui avoit vaincu tant de monſtres, ne pouvoit vaincre cette paſſion honteuſe, & le cruel enfant Cupidon ſe joüoit de lui. Il ne pouvoit ſe reſſouvenir ſans rougir de honte, qu'il avoit autrefois oublié ſa gloire juſqu'à filer auprès d'Omphale Reine de Lydie, comme le plus lâche & le plus effeminé de tous les hommes ; tant il avoit été entraîné par un amour aveugle. Cent fois il m'a avoué que cet endroit de sa vie avoit terni sa vertu, & presque effacé la gloire de tous ses travaux. Cependant, (ô Dieux ! telle est la foiblesse & l'inconstance des hommes) ils se promettent tout d'eux-mêmes, & ne résistent à rien. Helas ! le grand Hercule retomba dans les pieges de l'amour qu'il avoit si souvent détestés. Il aima Dejanire. Trop heureux s'il eut été constant dans cette passion pour une femme qui fut son épouse. Mais bientôt la jeunesse d'Iole, sur le visage de laquelle les graces étoient peintes, ravit son cœur. Dejanire brûla de jalousie. Elle se ressouvint de cette fatale tunique que le Centaure Nessus lui avoit laissée en mourant, comme un moyen assuré de réveiller l'amour d'Hercule, toutes les fois qu'il paroîtroit la negliger pour en aimer quelqu'autre. Cette tunique pleine du sang venimeux du Centaure, renfermoit le poison des fléches dont ce monstre avoit été percé. Vous savez que les fléches d'Hercule, qui tua ce perfide Centaure, avoient été trempées dans le sang de l'Hydre de Lerne, & que ce sang empoisonnoit ces fléches, en sorte que toutes les blessures qu'elles faisoient, étoient incurables.

Hercule s'étant revêtu de cette tunique, sentit bientôt le feu dévorant qui se glissoit jusques dans la moëlle de ses os. Il poussoit des cris horribles, dont le Mont Oeta résonnoit, & faisoit retentir toutes les profondes valées. La mer même en paroissoit émue. Les taureaux les plus furieux qui auroient mugi dans leurs combats, n'auroient pas fait un bruit aussi affreux. Le malheureux Lycas qui lui avoit apporté de la part de Dejanire cette tunique, ayant osé s'approcher de lui, Hercule dans le transport de sa douleur le prit, le fit pirouëtter comme un Frondeur fait avec sa ſa fronde tourner la pierre qu'il veut jetter loin de lui. Ainſi Lycas lancé du haut de la montagne par la puiſſante main d'Hercule, tomba dans les flots dé la mer, où il fut changé tout-à-coup en un rocher, qui garde encore la figure humaine, & qui étant toujours battu par les vagues irritées, épouvante de loin les ſages Pilotes.

Après ce malheur de Lycas je crus que je ne pouvois plus me fier à Hercule. Je ſongeois à me cacher dans les cavernes les plus profondes. Je le voyois déraciner ſans peine d'une main les hauts ſapins & les vieux chênes, qui depuis pluſieurs ſiecles avoient mépriſé les vents & les tempêtes; De l'autre il tâchoit en vain d'arracher de deſſus ſon dos la fatale tunique. Elle s'étoit collée ſur ſa peau, & comme incorporée à ſes membres. A meſure qu'il la déchiroit, il déchiroit auſſi ſa peau & ſa chair. Son ſang ruiſſeloit, & trempoit la terre. Enfin ſa vertu ſourmontant ſa douleur, il s'écria. Tu vois, ô mon cher Philoctete, les maux que les Dieux me font ſouffrir; Ils ſont juſtes. C'eſt moi qui les ai offenſez. J'ai violé l'amour conjugal. Après avoir vaincu tant d'ennemis, je me ſuis lâchement laiſſé vaincre par l'amour d'une beauté étrangere. Je péris, & je ſuis content de périr pour appaiſer les Dieux. Mais helas! cher ami, où eſt-ce que tu fuis? L'excès de la douleur m'a fait commettre, il eſt vrai, contre ce miſerable Lycas une cruauté que je me reproche. Il n'a pas ſçu quel poiſon il me preſentoit; Il n'a point merité ce que je lui ai fait ſouffrir. Mais crois tu que je puiſſe oublier l'amitié que je te dois, & que je veüille t'arracher la vie: Non, non je ne ceſſerai point d'aimer Philoctete. Philoctete recevra dans ſon ſein mon ame prête à s'envoler. C'eſt lui qui recueïllira mes cendres. Où es-tu donc, ô mon cher Philoctete, Philoctete la ſeule eſperance qui me reſte ici-bas?

A ces mots, je me hâte de courir vers lui. Il me tend les bras, & veut m'embrasser. Mais il se retient dans la crainte d'allumer dans mon sein le feu cruel dont il est lui-même brûlé. Helas! dit-il, cette consolation même ne m'est plus permise. En parlant ainsi, il assemble tous ces arbres qu'il vient d'abattre. Il en fait un bucher sur le sommet de la montagne. Il monte tranquillement sur le bucher. Il étend la peau du Lyon de Némée, qui avoit si longtems couvert ses épaules, lorsqu'il alloit d'un bout de la terre à l'autre abatre les monstres & délivrer les malheureux. Il s'appuye sur sa massue, & il m'ordonne d'allumer le feu du bucher.

Mes mains tremblantes & saisies d'horreur, ne purent lui refuser ce cruel office; car la vie n'étoit plus pour lui un present des Dieux, tant elle lui étoit funeste. Je craignis même que l'excès de ses douleurs ne le transportât jusqu'à faire quelque chose d'indigne de cette vertu qui avoit étonné l'Univers.

Comme il vit que la flâme commençoit à prendre au bucher. C'est maintenant s'écria-t-il, mon cher Philoctete, que j'éprouve ta veritable amitié; car tu aimes mon honneur plus que ma vie. Que les Dieux te le rendent. Je te laisse ce que j'ai de plus précieux sur la terre, ces flêches trempées dans le sang de l'Hydre de Lerne. Tu sais que les blessures qu'elles font, sont incurables; Par elles tu seras invincible, comme je l'ai été, & aucun mortel n'osera combattre contre toi. Souviens-toi que je meurs fidele à notre amitié, & n'oublie jamais combien tu m'as été cher. Mais s'il est vrai que tu sois touché de mes maux, tu peux me donner une derniere consolation. Promets moi de ne découvrir jamais à aucun mortel ni ma mort, ni le lieu où tu auras caché mes cendres. Je le lui promis, helas! je le jurai même en arrosant son bucher de mes larmes. Un rayon de joye parut dans ses

ſes yeux. Mais tout-à-coup un tourbillon de flame qui l'envelopa, étouffa ſa voix, & le déroba preſque à ma vûe. Je le voyois encore un peu neanmoins à travers des flâmes, avec un viſage auſſi ſerain que s'il eût été couronné de fleurs & couvert de parfums dans la joye d'un feſtin délicieux au milieu de tous ſes amis.

Le feu conſuma bientôt tout ce qu'il y avoit de terreſtre & de mortel en lui. Bientôt il ne lui reſta rien de tout ce qu'il avoit reçu dans ſa naiſſance de ſa mere Alcmene. Mais il conſerva par l'ordre de Jupiter cette nature ſubtile & immortelle, cette flâme céleſte qui eſt le vrai principe de vie, & qu'il avoit reçu du pere des Dieux. Ainſi il alla avec eux ſous les voutes dorées du brillant Olympe boire le Nectar, où les Dieux lui donnérent pour épouſe l'aimable Hebé, qui eſt la Déeſſe de la jeuneſſe, & qui verſoit le Nectar dans la coupe du grand Jupiter, avant que Ganimede eût reçu cet honneur.

Pour moi je trouvai une ſource inépuiſable de douleurs dans ces flêches qu'il m'avoit données pour m'élever au-deſſus des Heros. Bientôt les Rois liguez entreprirent de venger Menelas de l'infame Pâris, qui avoit enlevé Helene, & de renverſer l'Empire de Priam. L'Oracle d'Apollon leur fit entendre qu'ils ne devoient point eſperer de finir heureuſement cette guerre, à moins qu'ils n'euſſent les flêches d'Hercule.

Ulyſſe votre pere, qui étoit toûjours le plus éclairé & le plus induſtrieux dans tous les conſeils, ſe chargea de me perſuader d'aller avec eux au ſiege de Troye, & d'y apporter les flêches qu'il croyoit que j'avois. Il y avoit déja longtems qu'Hercule ne paroiſſoit plus ſur la terre. On n'entendoit plus parler d'aucun nouvel exploit de ce Heros. Les monſtres & les ſcelerats recommençoient à paroître impunément. Les Grecs ne ſavoient que croire de lui. Les uns diſoient qu'il étoit mort.

mort. D'autres soutenoient qu'il étoit allé jusques sous l'Ourse glacée dompter les Scythes. Mais Ulysse soûtint qu'il étoit mort, & entreprit de me le faire avouër. Il me vint trouver dans un tems où je ne pouvois encore me consoler d'avoir perdu le grand Alcide. Il eut une peine extrême à m'aborder; car je ne pouvois souffrir qu'on m'arrachat de ces deserts du Mont Oeta, où j'avois vû périr mon ami. Je ne songeois qu'a me repeindre l'image de ce Heros, & qu'à pleurer à la vûë de ces tristes lieux. Mais la douce & puissante persuasion étoit sur les lévres de votre pere, Il parut presque aussi affligé que moi. Il versa des larmes. Il sut gagner insensiblement mon cœur & attirer ma confiance. Il m'attendrit pour les Rois Grecs qui alloient combattre pour une juste cause, & qui ne pouvoient réüssir sans moi. Il ne put jamais neanmoins m'arracher le secret de la mort d'Hercule, que j'avois juré de ne dire jamais. Mais il ne doutoit plus qu'il ne fût mort, & il me pressoit de lui découvrir le lieu où j'avois caché ses cendres.

Helas! j'eus horreur de faire un parjure, en lui disant un secret que j'avois promis aux Dieux de ne dire jamais. J'eus la foiblesse d'éluder mon serment, n'osant le violer. Les Dieux m'en ont puni. Je frappai du pied la terre à l'endroit où j'avois mis les cendres d'Hercule. Ensuite j'aillai joindre les Rois liguez, qui me reçurent avec la même joye qu'ils auroient reçu Hercule même. Comme je passois dans l'Ile de Lemnos, je voulus montrer à tous les Grecs ce que mes flêches pouvoient faire, me préparant à percer un daim qui s'elançoit dans un bois. je laissai par mégarde tomber la flêche de l'arc sur mon pied, & elle me fit une blessure que je ressens encore. Aussitôt j'éprouvai ces mêmes douleurs qu'Hercule avoit souffertes. Je remplissois nuit & jour l'Ile de mes cris. Un sang noir & corrumpu coulant de ma playe, infectoit l'air, &

répan-

répandoit dans le camp des Grecs une puanteur capable de suffoquer les hommes les plus vigoureux. Toute l'armée eut horreur de me voir dans cette extrémité. Chacun conclut que c'étoit un supplice qui m'étoit envoyé par les justes Dieux.

Ulysse qui m'avoit engagé dans cette guerre, fut le premier à m'abandonner. J'ai reconnu depuis qu'il l'avoit fait, parce qu'il préferoit l'interêt commun de la Grece, & la victoire, à toutes les raisons d'amitié ou de bienseance particuliere. On ne pouvoit plus sacrifier dans le camp, tant l'horreur de ma playe, son infection, & la violence de mes cris troubloient toute l'armée. Mais au moment que je me vis abandonné de tous les Grecs par les conseils d'Ulysse, cette politique me parut pleine de la plus horrible inhumanité & de la plus noire trahison. Helas! j'étois aveugle, & je ne voyois pas qu'il étoit juste, que les plus sages hommes fussent contre moi, de même que les Dieux que j'avois irritez.

Je demeurai presque pendant tout le siege de Troye seul, sans secours, sans esperance, sans soulagement, livré à d'horribles douleurs dans cette Ile deserte & sauvage, où je n'entendois que le bruit des vaguës de la mer qui se brisoient contre les rochers. Je trouvai au milieu de cette solitude une caverne vuide dans un rocher qui élevoit vers le Ciel deux pointes semblables à deux têtes. De ce rocher sortoit une fontaine claire. Cette caverne étoit la retraite des bêtes farouches, à la fureur desquelles j'étois exposé nuit & jour. J'amassai quelques feuilles pour me coucher. Il ne me restoit pour tout bien qu'un pot de bois grossiérement travaillé, & quelques habits dechirez, dont j'enveloppois ma playe pour arrêter le sang, & dont je me servois aussi pour la nettoyer. Là abandonné des hommes, & livré à la colere des Dieux, je passois mon temps à percer de mes flêches les colombes & les autres oiseaux qui voloient autour de ce rocher. Quand j'avois tué quelque oiseau pour ma nourriture, il faloit que je me traînasse contre terre avec douleur pour aller amasser ma proye. Ainsi mes mains me préparoient dequoi me nourrir.

Il est vrai que les Grecs en partant me laisserent quelque provision; mais elles durérent peu. J'allumois du feu avec des cailloux. Cette vie toute affreuse quelle est, m'eut paru douce loin des hommes ingarts & trompeurs, si la douleur ne m'eût accablé, & si je n'eusse sans cesse repassé dans mon esprit ma triste avanture. Quoi ! disois-je, tirer un homme de sa patrie, comme le seul homme qui puisse venger la Grece, & puis l'abandonner dans cette Ile deserte pendant son sommeil. Car ce fut pendant mon sommeil que les Grecs partirent. Jugez quelle fut ma surprise, & combien je versai de larmes à mon reveil, quand je vis les vaisseaux fendre les ondes. Helas! cherchant de tous côtez dans cette Ile sauvage & horrible, je n'y trouvai que la douleur.

Dans cette Ile il n'y a ni port, ni commerce, ni hospitalité, ni hommes qui y abordent volontairement. On n'y voit que les malheureux que les tempêtes y ont jettez. On n'y peut esperer de societé que par des naufrages. Encore même ceux qui venoient en ce lieu, n'osoient me prendre pour me ramener. Ils craignoient la colere des Dieux & celle des Grecs. Depuis dix ans je souffrois la honte, la douleur, la faim. Je nourrissois une playe qui me dovoroit. L'esperance même étoit éteinte dans mon cœur.

Tout-à-coup revenant de chercher des plantes medecinales pour ma playe, j'apperçûs dans mon antre un jeune homme beau & gracieux, mais fier & d'une taille de Heros. Il me sembla que je voyois Achille, tant il en avoit les traits, les regards & la démarche. Son âge seul me fit comprendre que ce ne pouvoit être lui.

lui. Je remarquai sur son visage tout ensemble la compassion & l'embarras. Il fut touché de voir avec quelle peine & quelle lenteur je me traînois. Les cris perçans & douloureux, dont je faisois retentir les échos de tout le rivage, attendrirent son cœur.

O Etranger! lui disois-je d'assez loin, quel malheur t'a conduit dans cette Ile inhabitée? Je reconois l'habit Grec, cet habit qui m'est encore si cher. O! qu'il me tarde d'entendre ta voix, & de trouver sur tes lévres cette langue que j'ai apprise dès l'enfance, & que je ne puis plus parler à personne depuis si longtems dans cette solitude. Ne sois point effrayé de voir un homme si malheureux, tu dois en avoir pitié.

A peine Neoptoleme m'eut dit, Je suis Grec, que je m'écriai: O douce parole après tant d'années de silence & de douleur sans consolation! O, mon fils! quel malheur, quelle tempête, ou plûtôt quel vent favorable t'a conduit ici pour finir mes maux? Il me répondit: Je suis de l'Ile de Scyros, j'y retourne? on dit que je suis fils d'Achille, tu sais tout.

Des paroles si courtes ne contentoient pas ma curiosité. Je lui dis: O fils d'un pere que j'ai tant aimé! cher nourrisson de Lycomede, comment viens-tu donc ici? d'où viens-tu? Il me répondit qu'il venoit du siege de Troye. Tu n'étois pas, lui dis-je, de la premiere expedition. Et toi, me dit-il, où étois-tu? Alors je lui répondis: Tu ne connois, je le vois bien, ni le nom de Philoctete ni ses malheurs. Helas! infortuné que je suis, mes persecuteurs m'insultent dans ma misère! la Grece ignore que je souffre; ma douleur augmente. Les Atrides m'ont mis en cet état; que les Dieux le leur rendent.

Ensuite je lui racontai de quelle maniere les Grecs m'avoient abandonné. Aussitôt qu'il eut écouté mes plaintes, il fit les siennes. Après la mort d'Achille, me dit-il.... D'abord je l'interrompis, en lui disant: Quoi! Achil-

Achille est mort? Pardonne-moi, mon fils, si je trouble ton recit par les larmes que je dois à ton pere. Neoptoleme me répondit: Vous me consolez en m'interrompant. Qu'il m'est doux de voir Philoctete pleurer mon pere!

Neoptoleme reprennant son discours, me dit. Après la mort d'Achille, Ulysse & Phenix me vinrent chercher, assurant qu'on ne pouvoit sans moi renverser la ville de Troye. Ils n'eurent aucune peine à m'émmener; car la douleur de la mort d'Achille, & le desir d'heriter de sa gloire dans cette ceblere guerre, m'engageoient assez à les suivre. J'arrive à Sigée. L'armée s'assemble autour de moi. Chacun jure qu'il revoit Achille. Mais, helas: il n'étoit plus. Jeune & sans experience, je croyois pouvoir tout esperer de ceux qui me donnoient tant de louanges. D'abord je demande aux Atrides les armés de mon pere. Ils me répondent cruellement: Tu auras le reste de ce qui lui appartenoit, mais pour ses armes elles sont destinées à Ulysse.

Aussitôt je me trouble, je pleure, je m'emporte. Mais Ulysse, sans s'émouvoir, me disoit: Jeune homme, tu n'étois pas avec nous dans les périls de ce long siege. Tu n'as pas merité de telles armes, & tu parles déja trop fierement. Jamais tu ne les auras. Dépouillé injustement par Ulysse, je m'en retourne dans l'Ile de Scyros, moins indigné contre Ulysse que contre les Atrides. Que quiconque est leur ennemi, puisse être l'ami des Dieux! O Philoctete, j'ai tout dit.

Alors je demandai à Neoptoleme comment Ajax Telamonien n'avoit pas empêché cette injustice. Il est mort, me répondit-il. Il est mort, m'écriai-je! & Ulysse ne meurt pas? Au contraire il fleurit dans l'armée. Ensuite je lui demandai des nouvelles d'Antiloque fils du sage Nestor, & de Patrocle si cheri par Achille. Ils sont morts aussi, me dit-il. Aussitôt je m'écriai encore: Quoi morts! Helas! que me dis-tu?

Ainsi

Ainsi la cruelle guerre moissonne les bons, & épargne les méchans. Ulysse est donc en vie, Tersite l'est aussi sans doute. Voilà ce que font les Dieux, & nous les louërions encore.

Pendant que j'étois dans cette fureur contre votre pere, Neoptoleme continuoit à me tromper. Il ajoûta ces tristes paroles. Loin de l'armée Grecque, où le mal prévaut sur le bien, je vais vivre content dans la sauvage Ile de Scyros. Adieu, je parts, que les Dieux vous guérissent.

Aussitôt je lui dis. O mon fils, je te conjure par les manes de ton pere, par ta mere, par tout ce que tu as de plus cher sur la terre, de ne me pas laisser seul dans les maux que tu vois. Je n'ignore pas combien je te serai à charge. Mais il y auroit de la honte à m'abandonner; jette-moi à la prouë, à la poupe, dans la sentine même, par tout où je t'incommoderai le moins. Il n'y a que les grands cœurs qui sachent combien il y-a de gloire à être bon. Ne me laisse point en un desert où il n'y a aucun vestige d'homme; mene-moi dans ta patrie ou dans l'Eubée, qui n'est pas loin du Mont Oeta, de Trachine, & des bords agreables du fleuve Sperchius: rends-moi à mon pere. Helas! que je crains qu'il ne soit mort! je lui avois mandé de m'envoyer un vaisseau. Ou il est mort; ou bien ceux qui m'avoient promis de le lui dire, ne l'ont pas fait. J'ai recours à toi, ô mon fils. Souviens-toi de la fragilité des choses humaines. Celui qui est dans la prosperité, doit craindre d'en abuser, & de secourir les malheureux.

Voilà ce que l'excès de la douleur me faisoit dire à Neoptoleme. Il me promit de m'emmener. Alors je m'écriai encore. O heureux jour! O aimable Neoptoleme, digne de la gloire de ton pere! Chers Compagnons de ce voyage, souffrez que je dise adieu à cette triste demeure. Voyez où j'ai vêcu. Comprenez ce que j'ai souffert. Nul autre n'eût pû le souffrir. Mais la necessité m'avoit instruit, & elle apprend aux hommes ce qu'ils ne pourroient jamais savoir autrement. Ceux qui n'ont jamais souffert ne savent rien. Ils ne connoissent ni les biens ni les maux. Ils ignorent les hommes. Ils s'ignorent eux-mêmes. Après avoir parlé ainsi, je pris mon arc & mes flêches.

Neoptoleme me pria de souffrir qu'il baisât ces armes si celebres & consacrées par l'invincible Hercule. Je lui répondis : Tu peux tout. C'est Toi, mon fils, qui me rends aujourd'hui la lumiere, ma patrie, mon pere accablé de viëillesse, mes amis, moi-même. Tu peux toucher ces armes, & te vanter d'être seul d'entre les Grecs qui ait merité de les toucher. Aussitôt Neoptoleme entre dans ma grote pour admirer mes armes.

Cependant une douleur cruelle me saisit, elle me trouble, je ne sai plus ce que je fais. Je demande un glaive tranchant pour couper mon pied. Je m'écrie: O mort tant desirée, que ne viens-tu? ô jeune homme, brûle-moi tout-à-l'heure comme je brûlai le fils de Jupiter! ô terre! ô terre, reçois un mourant qui ne peut plus se relever! De ce transport douleur, je tombe soudainement selon ma coûtume dans un assoupissement profond. Une grande sueur commença à me soulager; un sang noir & corrumpu coula de ma playe. Pendant mon sommeil il eut été facile à Neoptoleme d'emporter mes armes & de partir ; mais il étoit fils d'Achille, & n'étoit pas né pour tromper.

En m'éveillant je reconnus son embarras. Il soûpiroit comme un homme qui ne sçait pas dissimuler, & qui agit contre son cœur. Me veux tu donc surprendre, lui dis-je? Qu'y a-t-il donc? Il faut, me répondit-il, que vous me suiviez au siege de Troye. Je repris aussitôt: Ah! qu'as-tu dit, mon fils? Rends-moi cet arc. Je suis trahi, ne m'arrache pas la vie. Helas!

las! il ne répond rien ; Il me regarde tranquillement. Rien ne le touche, O rivages! ô promontoires de cette Ile ! ô bêtes farouches! ô rochers escarpez ! c'est à vous que je me plains ; car je n'ai que vous à qui je puisse me plaindre. Vous êtes accoutumez à mes gemissemens. Faut-il que je sois trahi par le fils d'Achille? Il m'enleve l'arc sacré d'Hercule. Il veut me traîner dans le camp des Grecs pour triompher de moi. Il ne voit pas que c'est triompher d'un mort, d'une ombre, d'une image vaine. O s'il m'eût attaqué dans ma force! Mais encore à present ce n'est que par surprise. Que ferai-je ? Rends, mon fils rends. Sois semblable à ton pere, semblale à toi-même. Que dis-tu? Tu ne dis rien ! O rocher sauvage, je reviens à toi, nud, miserable, abandonné, sans nourriture. Je mourrai seul dans cet antre. N'ayant plus mon arc pour tuer les bêtes, les bêtes me dévoreront. N'importe. Mais, mon fils, tu ne parois pas méchant, quelque conseil te pousse. Rends-moi mes armes; va-t-en.

Neoptoleme les larmes aux yeux disoit tout bas. Plût aux Dieux que je ne fusse jamais parti de Scyros! Cependant je m'écrie: Ah! que vois-je? N'est-ce pas Ulysse? Aussitôt j'entends sa voix, & il me répond: oüi, c'est moi. Si le sombre Royaume de Pluton se fut entr'ouvert, & que j'eusse vû le noir Tartare que les Dieux mêmes craignent d'entrevoir, je n'aurois pas été saisi, je l'avouë, d'une plus grande horreur. Je m'écriai encore : O terre de Lemnos, je te prens à témoin! O Soleil tu le vois, & tu le souffres! Ulysse me répondit sans s'émouvoir : Jupiter le veut, & je l'execute. Oses-tu, lui disois-je, nommer Jupiter? Vois-tu ce jeune homme qui n'étoit point né pour la fraude, & qui souffre en executant ce que tu l'oblige de faire ? Ce n'est pas pour vous tromper, me dit Ulysse, ni pour vous nuire que nous venons ; c'est pour vous délivrer, vous guérir, vous donner la gloire de renver-

ser

ſer Troye, & vous ramener dans votre Patrie. C'eſt vous, & non pas Ulyſſe, qui êtes l'ennemi de Philoctete.

Alors je dis à votre pere tout ce que la fureur pouvoit m'inſpirer. Puiſque tu m'as abandonné ſur ce rivage, lui diſois-je, que ne m'y laiſſes-tu en paix? Va chercher la gloire des combats & tous les plaiſirs? Joüis de ton bonheur avec les Atrides. Laiſſe-moi ma miſere & ma douleur. Pourquoi m'enlever? Je ne ſuis plus rien. Je ſuis déja mort. Pourquoi ne crois-tu pas encore aujour'd'hui, comme tu le croyois autrefois, que je ne ſçaurois partir; que mes cris, & l'infection de ma playe troubleroient les ſacrifices? O Ulyſſé, autour de mes maux, que les Dieux puiſſent te..... Mais les Dieux ne m'écoutent point. Au contraire ils excitent mon ennemi. O terre de ma patrie, que je ne reverrai jamais! O Dieux! s'il en reſte encore quelqu'un d'aſſez juſte pour avoir pitié de moi, puniſſez, puniſſez Ulyſſe, alors je me croirai gueri.

Pendant que je parlois ainſi, votre pere tranquille me regardoit avec un air de compaſſion, comme un homme qui loin d'être irrité, ſupporte & excuſe le trouble d'un malheureux que la fortune a aigri. Je le voyois ſemblable à un rocher, qui ſur le ſommet d'une montagne ſe joüe de la fureur des vents, & laiſſe épuiſer leur rage, pendant qu'il demeure immobile. Ainſi votre pere demeurant dans le ſilence attendoit que ma colere fut épuiſée. Car il ſavoit qu'il ne faut attaquer les paſſions des hommes pour les réduire à la raiſon, que quand elles commencent à s'affoiblir par une eſpece de laſſitude. Enſuite il me dit ces paroles: O Philoctete! qu'avez-vous fait de votre raiſon & de votre courage? Voici le moment de s'en ſervir. Si vous refuſez de nous ſuivre pour remplir les grands deſſeins de Jupiter, ſur vous adieu; vous êtes indigne d'être le liberateur de la Grece, & le deſtructeur de Troye. Demeumeurez à Lemnos. Ces armes que j'emporte, me donneront une gloire qui vous étoit destinée. Neoptoleme, partons. Il est inutile de lui parler. La compassion pour un seul homme ne doit pas nous faire abandonner le salut de la Grece entiere.

Alors je me sentis comme une lionne à qui on vient d'arracher ses petits. Elle remplit les forêts de ses rugissemens. O caverne ! disois-je, jamais je ne te quitterai, tu seras mon tombeau ! O séjour de ma douleur ! plus de nourriture, plus d'esperance ! Qui me donnera un glaive pour me percer ? O si les oiseaux de proye pouvoient m'enlever ! Je ne les percerai plus de mes flêches. O arc precieux ! arc consacré par les mains du fils de Jupiter ! O cher Hercule, s'il te reste encore quelque sentiment, n'es-tu pas indigne ? Cet arc n'est plus dans les mains de ton fidele ami. Il est dans les mains impures & trompeuses d'Ulysse. Oiseaux de proye, bêtes farouches, ne fuyez plus cette caverne, mes mains n'ont plus de flêches. Miserable ! je ne puis vous nuire, venez me dévorer. Ou plûtôt que la foudre de l'impitoyable Jupiter m'écrase !

Votre pere ayant tenté tous les autres moyens pour me persuader, jugea enfin que le meilleur étoit de me rendre mes armes. Il fit signe à Neoptoleme qui me les rendît aussitôt. Alors je lui dis. Digne fils d'Achille, tu montres que tu l'es : mais laisse-moi percer mon ennemi. J'allois tirer une flêche contre votre pere. Mais Neoptoleme m'arrêta, en me disant. La colere vous trouble, & vous empêche de voir l'indigne action que vous voulez faire.

Pour Ulysse, il paroissoit aussi tranquille contre mes fléches que contre mes injures. Je me sentis touché de cette intrépidité & de cette patience. J'eus honte d'avoir voulu dans ce premier transport me servir de mes armes pour tuer celui qui me les avoit fait rendre. Mais comme mon ressentiment n'étoit pas encore appaisé, j'étois inconsolable de devoir mes armes à un homme que je haïssois tant. Cependant Neoptoleme me disoit. Sachez que le divin Helenus fils de Priam étant sorti de la ville de Troye par l'ordre & par l'inspiration des Dieux, nous a dévoilé l'avenir. La malheureuse Troye tombera, a-t-il dit; mais elle ne peut tomber qu'après qu'elle aura été attaquée par celui qui tient les fleches d'Hercule. Cet homme ne peut guérir que quand il sera devant les murailles de Troye. Les enfans d'Esculape le guériront.

En ce moment je sentis mon cœur partagé. J'étois touché de la naïveté de Neoptoleme, & de la bonne foi avec laqelle il m'avoit rendu mon arc. Mais je ne pouvois me résoudre à voir encore le jour s'il faloit ceder à Ulysse, & une manvaise honte me tenoit en suspens. Me verra-t-on, disois-je en moi-même, avec Ulysse & avec les Atrides? Que croira-t-on de moi?

Pendant que j'étois dans cette incertitude, tout-à-coup j'entens une voix plus qu'humaine. Je vois Hercule dans un nuage élcatant. Il étoit environné de rayons de gloire. Je reconnus facilement ses traits un peu rudes, son corps robuste, & ses manieres simples. Mais il avoit une hauteur & une majesté, qui n'avoient jamais paru si grandes en lui, quand il domptoit les monstres. Il me dit. Tu entens, tu vois Hercule. J'ai quitté le haut Olympe pour t'annoncer les ordres de Jupiter. Tu sçais par quels travaux j'ai acquis l'immortalité. Il faut que tu ailles avec le fils d'Achille, pour marcher sur mes traces dans le chemin de la gloire. Tu guériras. Tu perceras de mes flêches Pâris auteur de tant de maux. Après la prise de Troye, tu envoyeras

de

de riches dépoüilles à Pœan ton pere sur le Mont Oeta. Ces dépoüilles seront mises sur mon tombeau comme un monument de la victoire dûë à mes flêches. Et toi, ô fils d'Achille! je te déclare que tu ne peux vaincre sans Philoctete, ni Philoctete sans toi. Allez donc comme deux lions qui cherchent ensemble leur proye. J'envoyerai Esculape à Troye pour guérir Philoctete. Sur tout, ô Grecs! aimez & observez la Religion; le reste meurt; elle ne meurt jamais.

Après avoir entendu ces paroles, je m'écriai. O heureux jour! douce lumiere, tu te montres enfin après tant d'années. Je t'obéïs, je parts après avoir salué ces lieux. Adieu, cher antre. Adieu, Nymphes de ces prez humides; je n'entendrai plus le bruit sourd des vagues de cette mer. Adieu, rivage, où tant de fois j'ai souffert les injures de l'air. Adieu, promontoire, où Echo répéta tant de fois mes gémissemens. Adieu, douces fontaines, qui me fûtes si ameres. Adieu, ô terre de Lemnos! laisse-moi partir heureusement, puisque je vais où m'appelle la volonté des Dieux & de mes amis.

Ainsi nous partîmes, nous arrivâmes au siege de Troye. Machaon & Podalyre par la divine science de leur pere Esculape me guérirent, ou du moins me mirent dans l'état où vous me voyez. Je ne souffre plus. J'ai retrouvé toute ma vigueur. Mais je suis un peu boiteux. Je fis tomber Pâris comme un timide faon de biche, qu'un chasseur perce de ses traits. Bientôt Ilion fut réduit en cendre. Vous savez le reste. J'avois neanmoins encore je ne sai quelle aversion pour le sage Ulysse, par le souvenir de mes maux; & sa vertu ne pouvoit appaiser ce ressentiment. Mais la vûë d'un fils qui lui ressemble, & que je ne puis m'empêcher d'aimer, m'attendrit le cœur pour le pere même.

Fin du quinziéme Livre.

LES AVANTURES DE TELEMAQUE, FILS D'ULYSSE.

LIVRE SEIZIEME.

PEndant que Philoctete avoit raconté ainsi ses avantures, Telemaque étoit demeuré comme suspendu & immobile. Ses yeux étoient attachez sur ce grand homme qui parloit. Toutes les passions differentes, qui avoient agité Hercule, Philoctete, Ulysse, Neoptoleme, paroissoient tour à tour sur le visage naïf de Telemaque, à mesure qu'elles étoient representées dans la suite de cette narration. Quelquefois il s'écrioit & interrompoit Philoctete, sans y penser. Quelquefois il paroissoit rêveur, comme un homme qui pense profondément à la suite des affaires. Quand Philoctete dépeignit l'embarras de Neoptoleme qui

qui ne ſavoit point diſſimuler, Telemaque parut dans le même embarras, & dans ce moment on l'auroit pris pour Neoptoleme.

L'armée des Alliez marchoit en bon ordre contre Adraſte Roi des Dauniens, qui mépriſoit les Dieux, & qui ne cherchoit qu'à tromper les hommes. Telemaque trouva de grandes difficultez pour ſe ménager parmi tant de Rois jaloux les uns des autres. Il faloit ne ſe rendre ſuſpect à aucun, & ſe faire aimer de tous. Son naturel étoit bon & ſincere, mais peu careſſant. Il ne s'aviſoit guére de ce qui pouvoit faire plaiſir aux autres. Il n'étoit point attaché aux richeſſes, mais il ne ſavoit point donner. Ainſi avec un cœur noble & porté au bien, il ne paroiſſoit ni obligeant ni ſenſible à l'amitié, ni liberal, ni reconnoiſſant des ſoins qu'on prenoit pour lui, ni attentif à diſtinguer le merite. Il ſuivoit ſon goût ſans reflexion. Sa mere Penelope l'avoit nourri malgré Mentor dans une hauteur & une fierté qui terniſſoient tout ce qu'il y avoit de plus aimable en lui. Il ſe regardoit comme étant d'une autre nature que le reſte des hommes. Les autres ne lui ſembloient mis ſur la terre par les Dieux que pour lui plaire, pour le ſervir, pour prévenir tous ſes deſirs, & pour rapporter tout à lui comme à une Divinité. Le bonheur de le ſervir étoit ſelon lui une aſſez haute récompenſe pour ceux qui le ſervoient. Il ne faloit jamais rien trouver d'impoſſible, quand il s'agiſſoit de le contenter; & les moindres retardemens irritoient ſon naturel ardent.

Ceux qui l'auroient vû ainſi dans ſon naturel, auroient jugé qu'il étoit incapable d'aimer autre choſe que lui-même; qu'il n'étoit ſenſible qu'à ſa gloire & à ſon plaiſir. Mais cette indifference pour les autres, & cette attention continuelle ſur lui-même, ne venoient que du tranſport continuel où il étoit jetté par la violence de ſes paſſions. Il avoit été flaté par ſa mere dès le berceau, & il étoit un grand exemple du malheur de ceux qui naissent dans l'élevation. Les rigueurs de la fortune qu'il sentit dès sa premiere jeunesse, n'avoient pû moderer cette impetuosité & cette hauteur. Dépourvû de tout, abandonné, exposé à tant de maux, il n'avoit rien perdu de sa fierté. Elle se relevoit toujours comme la palme souple se releve sans cesse d'elle-même, quelque effort qu'on fasse pour l'abaisser.

Pendant que Telemaque étoit avec Mentor, ces défauts ne paroissoient point, & ils se diminuoient tous les jours. Semblable à un coursier fougueux qui bondit dans les vastes prairies, que ni les rochers escarpez, ni les précipices, ni les torrens n'arrêtent; qui ne connoît que la voix & la main d'un seul homme capable de le dompter; Telemaque plein d'une noble ardeur ne pouvoit être retenu que par le seul Mentor. Mais aussi un de ses regards l'arrêtoit tout à-coup dans sa plus grande impetuosité. Il entendoit d'abord ce que signifioit ce regard. Il rappelloit aussitôt dans son cœur tous les sentimens de vertu. Sa sagesse rendoit en un moment son visage doux & serein. Neptune quand il éleve son trident, & qu'il menace les flots soûlevez, n'appaise point plus soudainement les noires tempêtes.

Quand Telemaque se trouva seul, toutes ses passions suspenduës comme un torrent arrêté par une forte digue, reprirent leurs cours. Il ne put souffrir l'arrogance des Lacedemoniens & de Phalante qui étoit à leur tête. Cette Colonie qui étoit venuë fonder Tarente, étoit composée de jeunes hommes nez pendant le siege de Troye, qui n'avoient eu aucune éducation. Leur naissance illegitime, le déreglement de leurs meres, la licence dans laquelle ils avoient été élevez, leur donnoient je ne sai quoi de farouche & de barbare. Ils ressembloient plûtôt à une troupe de brigands, qu'à une Colonie Grecque.

Pha-

Phalante en toute occasion cherchoit à contredire Telemaque. Souvent il l'interrompoit dans les assemblées, méprisant ses conseils comme ceux d'un jeune homme sans experience. Il en faisoit des railleries, le traitant de foible & d'effeminé. Il faisoit remarquer aux Chefs de l'armée ses moindres fautes. Il tâchoit de semer par tout la jalousie, & de rendre la fierté de Telemaque odieuse à tous les Alliez.

Un jour Telemaque ayant fait sur les Dauniens quelques prisonniers, Phalante prétendit que ces captifs devoient lui appartenir, parce que c'étoit lui, disoit-il, qui à la tête des Lacedemoniens avoit défait cette troupe d'ennemis, & que Telemaque trouvant les Dauniens déja vaincus & mis en fuite, n'avoit eu d'autre peine que celle de leur donner la vie, & de les mener dans le camp. Telemaque soutenoit au contraire, que c'étoit lui qui avoit empêché Phalante d'être vaincu, & qui avoit remporté la victoire sur les Dauniens. Ils allérent tous deux défendre leur cause dans l'assemblée des Rois alliez. Telemaque s'y emporta jusqu'à menacer Phalante. Ils se fussent batus sur le champ, si on ne les eût arrêtez.

Phalante avoit une frere nommé Hippias, celebre dans toute l'armée par sa valeur, par sa force & par son adresse. Pollux, disoient les Tarentins, ne combattoit pas mieux du Ceste. Castor n'eût pu le surpasser pour conduire un cheval. Il avoit presque la force & la taille d'Hercule. Toute l'armée le craignoit; car il étoit encore plus querelleux & plus brutal qu'il n'éoit fort & vaillant.

Hippias ayant vu avec quelle hauteur Telemaque avoit menacé son frere, va à la hâte prendre les prisonniers pour les emmener à Tarente sans attendre le jugement de l'assemblée. Telemaque, à qui on vint le dire en secret, sortit en fremissant de rage. Tel qu'un sanglier écumant qui cherche le chasseur par lequel il a été blessé; on le voyoit errer dans le camp, cherchant des yeux son ennemi, & branlant le dard dont il le vouloit percer. Enfin il le rencontre, & en le voyant, sa fureur se redouble.

Ce n'étoit plus ce sage Telemaque instruit par Minerve sous la figure de Mentor. C'étoit un phrenetique ou un lion furieux. Aussitôt il crie à Hippias, ô le plus lâche de tous les hommes! Arrête, nous allons voir si tu pourras m'enlever les dépouilles de ceux que j'ai vaincus. Tu ne les conduiras point à Tarente. Vas, descendens tout-à-l'heure dans les rives sombres du Styx. Il dit, & il lança son dard; mais il le lança avec tant de fureur, qu'il ne put mesurer son coup. Le dard ne toucha point Hippias. Aussitôt Telemaque prend son épée, dont la garde étoit d'or, & que Laërte lui avoit donnée, quand il partit d'Ithaque, comme un gage de sa tendresse. Laërte s'en étoit servi avec beaucoup de de gloire pendant qu'il étoit jeune, & elle avoit été teinte du sang de plusieurs fameux Capitaines des Epirotes, dans une guerre où Laërte fut victorieux.

A peine Telemaque eut tiré cette épée, qu'Hippias qui vouloit profiter de l'avantage de sa force, se jetta pour l'arracher des mains du jeune fils d'Ulysse. L'épée se rompt dans leurs mains. Ils se saisissent, & se serrent l'un l'autre. Les voilà comme deux bêtes cruelles qui cherchent à se déchirer. Le feu brille dans leurs yeux. Ils se racourcissent, ils s'alongent, ils se baissent, ils se relevent, ils s'élancent, ils sont alterez de sang. Les voilà aux prises, pied contre pied, main contre main Ces deux corps entrelassez paroissoient n'en faire qu'un. Mais Hippias d'un âge plus avancé, sembloit devoir accabler Telemaque, dont la tendre jeunesse étoit moins nerveuse. Déja Telemaque hors d'haleine sentoit ses genoux chancelans. Hippias le voyant ébranlé redouble ses efforts. C'étoit fait du fils d'Ulysse. Il alloit porter la peine de sa témérité & de de ſon emportement, ſi Minerve qui veilloit de loin ſur lui, & qui ne le laiſſoit dans cette extrémité de péril que pour l'inſtruire, n'eût déterminé la victoire en ſa faveur.

Elle ne quitta point le Palais de Salente. Mais elle envoya Iris la prompte Meſſagere des Dieux. Celle-ci volant d'une aîle legere fendoit les eſpaces immenſes des airs, laiſſant après elle une longue trace de lumiere que peignoit un nuage de mille diverſes couleurs. Elle ne ſe repoſa que ſur les rivages de la mer où étoit campée l'armée innombrable des Alliez. Elle voit de loin la querelle, l'ardeur, & les efforts des deux combattans. Elle fremit à la vûë du danger où étoit le jeune Telemaque. Elle s'approche envelopée d'un nuage clair qu'elle avoit formé de vapeurs ſubtiles. Dans le moment où Hippias ſentant toute ſa force ſe crut victorieux, elle couvrit le jeune nourriſſon de Minerve de l'Egide, que la ſage Déeſſe lui avoit confiée. Auſſitôt Telemaque, dont les forces étoient épuiſées, commence à ſe ranimer. A meſure qu'il ſe ranime, Hippias ſe trouble. Il ſent je ne ſçai quoi de divin qui l'étonne & qui l'accable. Telemaque le preſſe & l'attaque, tantôt dans une ſituation, tantôt dans une autre; il l'ébranle; il ne lui laiſſe aucun moment pour ſe raſſurer; enfin il le jette par terre & tombe ſur lui. Un grand chêne du Mont Ida, que la hache a coupé par mille coups, dont toute la forêt a retenti, ne fait pas un plus horrible bruit en tombant. La terre en gémit; tout ce qui l'environne en eſt ébranlé.

Cependant la ſageſſe étoit revenuë avec la force au-dedans de Telemaque. A peine Hippias fut il tombé ſous lui, que le fils d'Ulyſſe comprit la faute qu'il avoit faite d'attaquer ainſi le frere d'un des Rois alliez qu'il étoit venu ſecourir. Il rappella en lui-même avec confuſion les ſages conſeils de Mentor, il eut honte de ſa victoire, & vit bien qu'il avoit merité d'être vaincu.

Cependant Phalante transporté de fureur accouroit au secours de son frere. Il eût percé Telemaque d'un dard qu'il portoit, s'il n'eût craint de percer aussi Hippias que Telemaque tenoit sous lui dans la poussiere. Le fils d'Ulysse eût pu sans peine ôter la vie à son ennemi. Mais sa colere étoit appaisée, & il ne songeoit plus qu'à réparer sa faute, en montrant de la modération. Il se leve, en disant. O Hippias! il me suffit de vous avoir appris à ne mépriser jamais ma jeunesse. Vivez, j'admire votre force & votre courage. Les Dieux m'ont protegé; cedez à leur puissance: ne songeons plus qu'à combattre ensemble contre les Dauniens.

Pendant que Telemaque parloit ainsi, Hippias se relevoit couvert de poussiere & de sang, plein de honte & de rage. Phalante n'osoit ôter la vie à celui qui venoit de la donner si genereusement à son frere. Il étoit en suspens, & hors de lui même. Tous les Rois alliez accourent. Ils menent d'un côté Telemaque, & de l'autre Phalante & Hippias, qui ayant perdu sa fierté n'osoit lever les yeux. Toute l'armée ne pouvoit assez s'étonner que Telemaque dans une âge si tendre, où les hommes n'ont point encore toute leur force, eût pu renverser Hippias, semblable en force & en grandeur à ces Geans enfans de la terre, qui tentèrent autrefois de chasser de l'Olympe les Immortels.

Mais le fils d'Ulysse étoit bien éloigné de joüir du plaisir de cette victoire. Pendant qu'on ne pouvoit se lasser de l'admirer, il se retira dans sa tente, honteux de sa faute; & ne pouvant plus se supporter lui-même. Il gémissoit de sa promptitude. Il reconnoissoit combien il étoit injuste & déraisonnable dans ses emportemens. Il trouvoit je ne sai quoi de vain, de foible, & de bas dans cette hauteur démesurée. Il reconnoissoit que la veritable grandeur n'est que dans la moderation, la justice, la modestie & l'humanité. Il le voy-

voyoit; mais il n'osoit esperer de se corriger après tant de rechûtes. Il étoit aux prises avec lui-même, & on l'entendit rugir comme un lion furieux.

Il demeura deux jours renfermé seul dans sa tente, ne pouvant se résoudre à entrer dans aucune societé, & se punissant soi-même. Helas; disoit-il, oserai-je revoir Mentor? Suis-je le fils d'Ulysse, le plus sage & le plus patient des hommes? Suis-je venu porter la division & le desordre dans l'armée des Alliez? Est-ce leur sang ou celui des Dauniens leurs ennemis que je dois répandre? J'ai été temeraire. Je n'ai pas même sçu lancer mon dard. Je me suis exposé dans un combat avec Hippias à forces inégales. Je n'en devois attendre que la mort avec la honte d'être vaincu. Mais qu'importe? je ne serois plus. Non, je ne serois plus ce temeraire Telemaque, ce jeune insensé, qui ne profite d'aucun conseil. Ma honte finiroit avec ma vie. Helas! si je pouvois au moins esperer de ne plus faire ce que je suis désolé d'avoir fait! trop heureux! trop heureux! Mais peut-être qu'avant la fin du jour je ferai & voudrai faire encore les mêmes fautes, dont j'ai maintenant tant de honte & d'horreur. O funeste victoire! ô loüanges que je ne puis souffrir, & qui sont de cruels reproches de ma folie!

Pendant qu'il étoit seul & inconsolable, Nestor & Philoctete le vinrent trouver. Nestor voulut lui remontrer le tort qu'il avoit. Mais ce sage vieillard reconnoissant bientôt la désolation du jeune homme, changea ses graves remontrances en des paroles de tendresse pour adoucir son desespoir.

Les Princes alliez étoient arrêtez par cette querelle, & ils ne pouvoient marcher vers les ennemis qu'après avoir reconcilié Telemaque avec Phalante & Hippias. On craignoit à toute heure que les troupes des Tarentins n'attaquassent les cent jeunes Crétois qui avoient suivi Telemaque dans cette guerre. Tout étoit dans

le

le trouble pour la faute du seul Telemaque ; & Telemaque qui voyoit tant de maux presens & de perils pour l'avenir, dont il étoit l'auteur, s'abandonnoit à une douleur amére. Tous les Princes étoient dans un extrême embaras. Ils n'osoient faire marcher l'armée, de peur que dans la marche les Crétois de Telemaque, & les Tarentins de Phalante ne combatissent les uns contre les autres. On avoit bien de la peine à les retenir au-dedans du camp où ils étoient gardez de près. Nestor & Philoctete alloient & revenoient sans cesse de la tente de Telemaque à celle de l'implacable Phalante, qui ne respiroit que la vengeance. La douce éloquence de Nestor, & l'autorité du grand Philoctete, ne pouvoient modérer ce cœur farouche, qui étoit encore sans cesse irrité par les discours pleins de rage de son frere Hippias. Telemaque étoit bien plus doux. Mais il étoit abatu par une douleur que rien ne pouvoit consoler.

Pendant que les Princes étoient dans cette agitation, toutes les troupes étoient consternées ; tout le camp paroissoit comme une maison désolée qui vient de perdre un pere de famille, l'appui de tous ses proches, & la douce esperance de ses petits enfans.

Dans ce desordre & cette consternation de l'armée, on entend tout-à-coup un bruit effroyable de chariots, d'armes, de hennissemens de chevaux, de cris d'hommes, les uns vainquers & animez au carnage, les autres, ou fuyans, ou mourans, ou blessez. Un tourbillon de poussiere forme un épais nuage qui couvre le Ciel, & qui enveloppe tout le camp. Bientôt à la poussiere se joint une fumée épaisse qui troubloit l'air, & qui ôtoit la respiration. On entend un bruit sourd semblable à celui des tourbillons de flâme que le Mont-Etna vomit du fond de ses entrailles embrasées, lorsque Vulcain avec ses Cyclopes y forge des foudres pour le Pere des Dieux. L'épouvante saisit les cœurs.

Adraste

Adraſte vigilant & infatigable avoit ſurpris les Alliez. Il leur avoit caché ſa marche, & il étoit inſtruit de la leur. Il avoit fait une incroyable diligence pour faire le tour d'une montagne preſque inacceſſible, dont les Alliez avoient ſaiſi preſque tous les paſſages. Tenans les défilez, ils ſe croyoient en pleine ſûreté, & prétendoient même pouvoir par ces paſſages qu'ils occupoient, tomber ſur l'ennemi derriere la montagne, quand quelques troupes qu'ils attendoient, leur ſeroient venuës.

Adraſte, qui répandoit l'argent à pleines mains pour ſavoir le ſecret de ſes ennemis, avoit appris leur réſolution; car Neſtor & Philoctete, ces deux Capitaines d'ailleurs ſi ſages & ſi experimentez, n'étoient pas aſſez ſecrets dans leurs entrepriſes. Neſtor dans ce declin de l'âge ſe plaiſoit trop à raconter ce qui pouvoit lui attirer quelque loûange. Philoctete naturellement parloit moins. Mais il étoit prompt; & ſi peu qu'on excitât ſa vivacité, on lui faiſoit dire ce qu'il avoit réſolu de taire. Les gens artificieux avoient trouvé la clef de ſon cœur pour en tirer les plus importans ſecrets. On n'avoit qu'à l'irriter: alors fougueux & hors de lui-même, il éclatoit par des menaces, il ſe vantoit d'avoir des moyens ſûrs de parvenir à ce qu'il vouloit. Si peu qu'on parût douter de ſes moyens, il ſe hâtoit de les expliquer inconſiderément, & le ſecret le plus intime échapoit du fond de ſon cœur. Semblable à un vaſe précieux, mais fêlé, d'où s'écoulent toutes les liqueurs les plus délicieuſes, le cœur de ce grand Capitaine ne pouvoit rien garder.

Les traîtres corrompus par l'argent d'Adraſte ne manquoient pas de ſe joüer de la foibleſſe de ces deux Rois. Ils flatoient ſans ceſſe Neſtor par de vaines loüanges. Ils lui rappelloient ſes victoires paſſées, admiroient ſa prévoyance, ne ſe laſſoient jamais de l'ap-

plau-

plaudir. D'un autre côté ils tendoient des pieges continuels à l'humeur impatiente de Philoctete. Ils ne lui parloient que de difficultez; de contre-tems, de dangers, d'inconveniens, de fautes irremediables. Aussitôt que ce naturel prompt étoit enflamé, sa sagesse l'abandonnoit, & il n'étoit plus le même homme.

Telemaque malgré les défauts que nous avons vûs, étoit bien plus prudent pour garder un secret. Il y étoit accoutumé par ses malheurs, & par la nécessité où il avoit été dès son enfance de se cacher aux amans de Penelope. Il savoit taire un secret sans dire aucun mensonge. Il n'avoit point même un certain air reservé & mysterieux qu'ont d'ordinaire les gens secrets. Il ne paroissoit point chargé du secret qu'il devoit garder. On le trouvoit toujours libre, naturel, ouvert, comme un homme qui a son cœur sur ses lévres. Mais en disant tout ce qu'on pouvoit dire sans consequence, il savoit s'arrêter précisément & sans affectation aux choses qui pouvoient donner quelque soupçon, & entamer son secret. Par-là son cœur étoit impénétrable & inaccessible. Ses meilleurs amis même ne savoient que ce qu'il croyoit utile de leur découvrir pour en tirer de conseils, & il n'y avoit que le seul Mentor pour lequel il n'avoit aucune réserve. Il se confioit à d'autres amis, mais à divers degrez, & à proportion de ce qu'il avoit éprouvé leur amitié & leur sagesse.

Telemaque avoit souvent remarqué que les résolutions du conseil se répandoient un peu trop dans le camp. Il en avoit averti Nestor & Philoctete. Mais ces deux hommes si experimentez ne firent pas assez d'attention à un avis si salutaire. La vieillesse n'a plus rien de souple: la longue habitude la tient comme enchaînée. Elle n'a presque plus de ressource contre ses de-

defauts. Semblable aux arbres, dont le tronc rude & noûeux s'eſt durci par le nombre des années, & ne peut plus ſe redreſſer; les hommes à un certain âge ne peuvent preſque plus ſe plier eux-mêmes contre certaines habitudes, qui ont vieilli avec eux, & qui ſont entrées juſques dans la mouelle de leurs os. Souvent il les connoiſſent, mais trop tard. Ils gémiſſent en vain, & la tendre jeuneſſe eſt le ſeul âge, où l'homme peut encore tout ſur lui-même pour ſe corriger.

Il y avoit dans l'armée un Dolope nommé Eurimaque, flateur, inſinuant, ſachant s'accommoder à tous les goûts, & à toutes les inclinations des Princes; inventif & induſtrieux pour trouver de nouveaux moyens de leur plaire. A l'entendre rien n'étoit jamais difficile. Lui demandoit-on ſon avis? il devinoit celui qui ſeroit le plus agréable. Il étoit plaiſant, railleur contre les foibles, complaiſant pour ceux qu'il craignoit, habile pour aſſaiſonner une loüange délicate qui fût bien reçûe des hommes les plus modeſtes. Il étoit grave avec les graves, enjoué avec ceux qui étoient d'une humeur enjouée. Il ne lui coûtoit rien de prendre toutes ſortes de formes. Les hommes ſinceres & vertueux, qui ſont toujours les mêmes, & qui s'aſſujettiſſent aux regles de la vertu, ne ſauroient jamais être auſſi agréables aux Princes, que leurs paſſions dominent. Eurimaque ſavoit la guerre: il étoit capable d'affaires. C'étoit un avanturier, qui s'étoit donné à Neſtor, & qui avoit gagné ſa confiance. Il tiroit du fond de ſon cœur un peu vain & ſenſible aux loüanges, tout ce qu'il en vouloit ſavoir.

Quoique Philoctete ne ſe confiât point à lui, la colere & l'impatience faiſoient en lui, ce que la confiance faiſoit dans Neſtor. Eurimaque n'avoit qu'à le contredire, en l'irritant il découvroit tout. Cet homme

avoit

avoit reçû de grandes sommes d'Adraste pour lui mander tous les desseins des Alliez. Ce Roi des Dauniens avoit dans l'armée un certain nombre de Transfuges, qui devoient l'un après l'autre s'échaper du camp des Alliez, & retourner au sien. A mesure qu'il y avoit quelque affaire importante à faire savoir à Adraste, Eurimaque faisoit partir un de ces Transfuges. La tromperie ne pouvoit pas être facilement découverte, parce que ces Transfuges ne portoient point de lettres. Si on les surprenoit, on ne trouvoit rien qui pût rendre Eurimaque suspect.

Cependant Adraste prévenoit toutes les entreprises des Alliez. A peine une résolution étoit-elle prise dans le Conseil, que les Dauniens faisoient précisément ce qui étoit necessaire pour en empêcher le succès. Telemaque ne se lassoit point d'en chercher la cause, & d'exciter la défiance de Nestor & de Philoctete; mais son soin etoit inutile. Ils étoient aveuglez.

On avoit résolu dans le Conseil d'attendre les troupes nombreuses qui devoient arriver, & on avoit fait avancer secrettement pendant la nuit cent vaisseaux, pour conduire plus promptement ces troupes depuis une côte de la mer très-rude où elles devoient arriver, jusqu'au lieu où l'armée campoit. Cependant on se croyoit en sûreté, parce qu'on tenoit avec des troupes les détroits de la montagne voisine, qui est une côte presque inacessible de l'Apennin. L'armée étoit campée sur les bords du fleuve Galese, assez près de la mer. Cette campagne délicieuse est abondante en pâturages, & en tous les fruits qui peuvent nourrir une armée. Adraste étoit derriere la montagne, & on comptoit qu'il ne pouvoit passer. Mais comme il sçut que les alliez étoient encore foibles, qu'il leur venoit un grand secours, que les vaisseaux attendoient des troupes qui devoient arriver, & que l'armée étoit divisée par la que-

querelle de Telemaque avec Phalante, il se hâta de faire un grand tour. Il vint en diligence jour & nuit sur le bord de la mer, & passa par des chemins qu'on avoit toujours cru absolument impraticables. Ainsi la hardiesse & le travail obstiné surmontent les plus grands obstacles. Ainsi il n'y a presque rien d'impossible à ceux qui savent oser & souffrir. Ainsi ceux qui s'endorment, comptans que les choses difficiles sont impossibles, méritent d'être surpris & accablez.

Adraste surprit au point du jour les cent vaisseaux qui appartenoient aux Alliez. Comme ces vaisseaux étoient mal gardez, & qu'on ne se défioit de rien, il s'en saisit sans résistance, & s'en servit pour transporter ses troupes avec une incroyable diligence à l'embouchûre du Galese. Puis il remonta très-promptement le long du fleuve. Ceux qui étoient dans les postes avancez autour du camp vers la riviere, crurent que ces vaisseaux leur amenoient les troupes qu'on attendoit. On poussa d'abord de grands cris de joye. Adraste & ses soldats descendirent avant qu'on pût les reconnoître. Ils tombent sur les Alliez qui ne se défient de rien. Ils les trouvent dans un camp tout ouvert, sans ordre, sans chef, sans armes.

Le côté du camp qu'il attaqua d'abord, fut celui des Tarentins, où commandoit Phalante. Les Dauniens y entrérent avec tant de vigueur, que cette jeunesse Lacedemonienne étant surprise ne pût résister. Pendant qu'ils cherchent leurs armes, & qu'ils s'embarassent les autres dans cette confusion, Adraste fait mettre le feu au camp. Aussitôt la flame s'éleve des pavillons, & monte jusqu'aux nuës. Le bruit du feu est semblable à celui d'un torrent, qui inonde toute une campagne, & qui entraîne par sa rapidité les grands chênes avec leurs profondes racines, les moissons, les granges, les étables, & les troupeaux. Le vent pousse impetueusement la flame de pavillon en pavillon, & bientôt tout le camp est comme une vieille forêt, qu'une étincelle de feu a embrasée.

Phalante qui voit le péril de plus près qu'un autre, ne peut y remedier, Il comprend que toutes ses troupes vont périr dans cet incendie, si on ne se hâte d'abandonner le camp. Mais il comprend aussi combien le desordre de cette retraite est à craindre devant un ennemi victorieux. Il commence á faire sortir sa jeunesse Lacedemonienne encore a demi desarmée. Mais Adraste ne les laisse point respirer. D'un côté une troupe d'Archers adroite perce de flêches innombrables les soldats de Phalante, De l'autre des Frondeurs jettent une grêle de grosses pierres. Adraste lui-même l'épée à la main marchant à la tête d'une troupe choisie des plus intrépides Dauniens, poursuit à la lueur du feu les troupes qui s'enfuyent. Il moissonne par le fer tranchant tout ce qui a échapé au feu. Il nage dans le sang; il ne peut s'assouvir de carnage. Les lions & les tygres n'égalent point sa furie, quand ils égorgent les Bergers avec leurs troupeaux. Les troupes de Phalante succombent, & le courage les abandonne. La pále mort conduite par une furie infernale, dont la tête est herissée de serpens, glace le sang de leurs veines. Leurs membres engourdis se refroidissent, & leurs genous chancelans leur ôtent même l'esperance de la fuite.

Phalante à qui la honte & le desespoir donne encore un reste de force & de vigueur, éleve les mains & les yeux vers le Ciel. Il voit tomber à ses pieds son frere Hippias sous les coups de la main foudroyante d'Adraste. Hippias étendu pat terre se roule dans la poussiere. Un sang noir & bouillonnant sort comme un ruisseau de la profonde blessure qui lui traverse le coté. Ses yeux se ferment à la lumiere; son ame furieuse s'ens'enfuit avec tout ſon ſang. Phalante lui-même tout couvert du ſang de ſon frere, & ne pouvant le ſecourir, ſe voit envelopé par une foule d'ennemis qui s'efforcent de le renverſer. Son bouclier êſt percé de mille traits. Il eſt bleſſé en pluſieurs endroits de ſon corps; il ne peut plus railler ſes troupes fugitives. Les Dieux le voyent, & ils n'en ont aucune pitié.

Fin du ſeizième Livre.

LES AVANTURES DE TELEMAQUE, FILS D'ULYSSE.

LIVRE DIX-SEPTIEME.

Jupiter au milieu de toutes les Divinitez celestes regardoit du haut de l'Olympe ce carnage des Alliez. En même tems il consultoit les immuables déstinées, & voyoit tous les Chefs dont la trame devoit ce jour là être tranchée par le ciseau de la Parque. Chacun des Dieux étoit attentif pour découvrir sur le visage de Jupiter quelle seroit sa volonté. Le pere des Dieux & des hommes leur dit d'une voix douce & majestueuse: Vous voyez en quelle extrémité sont réduits les Alliez. Vous voyez Adraste qui renverse tous ses ennemis. Mais ce spectacle est bien trompeur. La gloire & la prosperité des

des méchans eſt courte. Adraſte impie & odieux par ſa mauvaiſe foi ne remportera point une entiere victoire. Ce malheur n'arrive aux Alliez que pour leur apprendre à ſe corriger, & à mieux garder le ſecret de leurs entrepriſes. Ici la ſage Minerve prépare une nouvelle gloire à ſon jeune Telemaque, dont elle fait ſes délices. Alors Jupiter ceſſa de parler. Tous les Dieux en ſilence continuoient à regarder le combat.

Cependant Neſtor & Philoctete furent avertis qu'une partie du camp étoit déja brûlée; que la flame pouſſée par les vents s'avançoit toujours; que leurs troupes étoient en deſordre, & que Phalante ne pouvoit plus ſoutenir les efforts des ennemis. A peine ces funeſtes paroles frappent leurs oreilles, qu'ils courent aux armes, aſſemblent les Capitaines, & ordonnent qu'on ſe hâte de ſortir du camp, pour éviter cet incendie.

Telemaque, qui étoit abatu & inconſolable, oublie ſa douleur. Il prend ſes armes dons précieux de la ſage Minerve, qui paroiſſant ſous la figure de Mentor, fit ſemblant de les avoir reçues d'un excellent ouvrier de Salante, mais qui les avoit fait faire à Vulcain dans les cavernes fumantes du Mont Etna.

Ces armes étoient polies comme une glace, & brillantes comme les rayons du Soleil. On y voyoit Neptune & Pallas qui diſputoient entre eux à qui auroit la gloire de donner ſon nom à une ville naiſſante. Neptune de ſon trident frappoit la terre, & on en voyoit ſortir un cheval fougueux. Le feu ſortoit de ſes yeux, & l'écume de ſa bouche; ſes crins flottoient au gré du vent: ſes jambes ſouples & nerveuſes ſe replioient avec vigueur & legereté. Il ne marchoit point; il ſautoit à force de reins, mais avec tant de vîteſſe, qu'il ne laiſſoit aucune trace de ſes pas. On croyoit l'entendre hennir.

D'un autre côté Minerve donnoit aux habitans de ſa

nouvelle ville l'Olive, fruit de l'arbre quelle avoit planté. Le rameau auquel pendoit son fruit, representoit la douce paix avec l'abondance, préferable aux troubles de la guerre, dont ce cheval étoit l'image. La Déesse demeuroit victorieuse par ses dons simples & utiles, & la superbe Athene portoit son nom.

On voyoit aussi Minerve assemblant autour d'elle tous les beaux arts, qui étoient des enfans tendres & aîlez. Ils se refugioient autour d'elle, étant épouvantez des fureurs brutales de Mars qui ravage tout; comme les agneaux bêlans se refugient autour de leur mere, à la vûë d'un loup affamé, qui d'une gueule béante & enflâmée s'élance pour les dévorer. Minerve d'un visage dédaigneux & irrité, confondoit par l'excellence de ses ouvrages la folle témerité d'Arachné, qui avoit osé disputer avec elle pour la perfection des tapisseries. On voyoit cette malheureuse, dont tous les membres extenuez se défiguroient & se changeoient en araignée.

Auprès de cet endroit paroissoit encore Minerve, qui dans la guerre des Geans servoit de conseil à Jupiter même, & soutenoit tous les autres Dieux étonnez. Elle étoit aussi representée avec sa lance & son Egide sur les bords du Xanthe & du Simois, menant Ulysse par la main, ranimant les troupes fugitives des Grecs, soutenant les efforts des plus vaillants Capitaines Troyens, & du redoutable Hector même. Enfin, introduisant Ulysse dans cette fameuse machine, qui devoit en une seule nuit renverser l'Empire de Priam.

D'un autre côté ce bouclier representoit Cerès dans les fertiles campagnes d'Enne qui sont au milieu de la Sicile. On voyoit la Déesse qui rassembloit les peuples épars çà & là, cherchans leur nourriture par la chasse, ou cuëillans les fruits sauvages qui tomboient des arbres. Elle montroit à ces hommes grossiers l'art d'adoucir la terre, & de tirer de son sein fécond leur nour-

nourriture. Elle leur presentoit une charruë, & y faisoit atteler des bœufs. On voyoit la terre s'ouvrir en sillons par le tranchant de la charruë. Puis on appercevoit les moissons dorées qui couvroient ces fertiles campagnes. Le moissonneur avec sa faux coupoit les doux fruits de la terre, & se payoit de toutes ses peines. Le fer destiné ailleurs à tout détruire, ne paroissoit employé en ce lieu qu'à préparer l'abondance, & à faire naître tous les plaisirs. Les Nymphes couronnées de fleurs dansoient ensemble dans une prairie sur le bord d'une riviere auprès d'un bocage. Pan joüoit de la flûte. Les Faunes & les Satyres folâtres sautoient dans un coin. Bacchus y paroissoit aussi couronné de lierre, appuyé d'une main sur son thyrse, & tenant de l'autre une vigne ornée de pampres, & de plusieurs grapes de raisin. C'étoit une beauté molle, avec je ne sçai quoi de noble, de passionné, & de languissant. Il étoit tel qu'il parut à la malheureuse Ariadné, lorsqu'il la trouva seule abandonnée, & abîmée dans la douleur sur un rivage inconnu.

On voyoit de toutes parts un peuple nombreux, des vieillards qui alloient porter dans les Temples les prémices de leurs fruits; de jeunes hommes qui revenoient vers leurs épouses, lassez du travail de la journée; les femmes alloient audevant d'eux, menant par la main leurs petits enfans qu'elles caressoient. On voyoit aussi des Bergers qui paroissoient chanter, & quelques-uns dansoient au son du chalumeau. Tout representoit la paix, l'abondance & les délices. Tout paroissoit riant & heureux. On voyoit même dans les pâturages les loups se jouër au milieu des moutons. Le lion & le tygre ayant quitté leur férocité, étoient paisiblement avec les tendres agneaux. Un petit Berger les menoit ensemble sous là houlette, & cette aimable peinture rappelloit tous les charmes de l'âge d'or.

Telemaque s'étant revêtu de ces armes divines, au

lieu de prendre ſon bouclier ordinaire, prit la terrible Egide que Minerve lui avoit envoyée, en la confiant à Iris prompte meſſagere des Dieux. Iris lui avoit enlevé ſon bouclier ſans qu'il s'en aperçut, & lui avoit donné en ſa place cette Egide redoutable aux Dieux mêmes.

En cet état, il court hors du camp pour en éviter les flammes. Il appelle à lui d'une voix forte tous les Chefs de l'armée; & cette voix ranime déja tous les Alliez éperdus. Un feu divin étincelle dans les yeux du jeune guerrier. Il paroît toujours doux, toujours libre & tranquille, toujours appliqué à donner des ordres, comme pourroit faire un ſage vieillard attentif à regler ſa famille, & à inſtruire ſes enfans. Mais il eſt prompt & rapide dans l'execution. Semblable à un fleuve impetueux, qui non-ſeulement roule avec precipitation ſes flots écumeux, mais qui entraîne encore dans ſa courſe les plus peſans vaiſſeaux dont il eſt chargé.

Philoctete, Neſtor, & les Chefs des Manduriens & des autres Nations ſentent dans le fils d'Ulyſſe je ne ſçai quelle autorité, à laquelle il faut que tout cede. L'experience des vieillards leur manque: le Conſeil & la ſageſſe ſont ôtez à tous les Commandans; la jalouſie même ſi naturelle aux hommes s'éteint dans tous les cœurs. Tous ſe taiſent, tous admirent Telemaque, tous ſe rangent pour lui obéïr, ſans y faire de reflexion, & comme s'il y euſſent été accoutumez. Il s'avance & monte ſur une colline, d'où il obſerve la diſpoſition des ennemis. Puis tout-à-coup il juge qu'il faut ſe hâter de les ſurprendre dans le deſordre où ils ſe ſont mis, en brûlant le camp des Alliez. Il fait le tour en diligence, & tous les Capitaines les plus experimentez le ſuivent. Il attaque les Dauniens par derriere, dans un tems où ils croyoient l'armée des Alliez envelopée dans les flammes de l'embraſement.

Cette

Cette ſurpriſe les trouble. Ils tombent ſous la main de Telemaque, comme les feüilles dans les derniers jours de l'Automne tombent des forêts, quand un fier Aquilon ramenant l'hyver, fait gemir les troncs des vieux arbres, & en agite toutes les branches. La terre eſt couverte des hommes que Telemaque renverſe. De ſon dard il perça le cœur d'Iphycles, le plus jeune des enfans d'Adraſte. Celui-ci oſa ſe preſenter contre lui au combat pour ſauver la vie de ſon pere, qui penſa être ſurpris par Telemaque.

Le fils d'Ulyſſe & Iphycles étoient tous deux beaux, vigoureux, pleins d'adreſſe & de courage, de la même taille, de la même douceur, du même âge, tous deux chéris de leurs parens. Mais Iphycles étoit comme une fleur qui s'épanoüit dans un champ, & qui doit être coupée par le tranchant de la faux du moiſſonneur. Enſuite Telemaque renverſe Euphorion, le plus celebre de tous les Lydiens venus en Etrurie. Enfin ſon glaive perce Cleomenes nouveau marié, qui avoit promis à ſon épouſe de lui porter les riches dépoüilles des ennemis, & qui ne devoit jamais la revoir.

Adraſte fremit de rage voyant la mort de ſon cher fils, celle de pluſieurs Capitaines, & la victoire qui échape de ſes mains. Phalante preſque abattu à ſes pieds eſt comme une victime à demi égorgée qui ſe dérobe au coûteau ſacré, & qui s'enfuit loin de l'Autel. Il ne faloit plus à Adraſte qu'un moment pour achever la perte du Lacedemonien.

Phalante noyé dans ſon ſang, & dans celui des ſoldats qui combattent avec lui, entend les cris de Telemaque qui s'avance pour le ſecourir. En ce moment la vie lui eſt renduë, un nuage qui couvroit déja ſes yeux ſe diſſipe. Les Dauniens ſentant cette attaque imprévuë, abandonnent Phalante pour aller repouſſer un plus dangereux ennemi. Adraſte eſt tel qu'un tygre, à qui des Bergers aſſemblez arrachent la proye qu'il étoit prêt à dévorer. Telemaque le cherche dans la mêlée, & veut finir tout-à-coup la guerre, en délivrant les Alliez de leur implacable ennemi. Mais Jupiter ne vouloit pas donner au fils d'Ulysse une victoire si promte & si facile. Minerve même vouloit qu'il eût à souffrir des maux plus longs, pour mieux apprendre à gouverner les hommes.

L'impie Adraste fut donc conservé par le pere des Dieux, afin que Telemaque eût le tems d'acquerir plus de gloire & plus de vertu. Un nuage épais que Jupiter assembla dans les airs, sauva les Dauniens. Un tonnerre effroyable déclara la volonte des Dieux On auroit cru que les voûtes éternelles du haut Olympe alloient s'écrouler sur les têtes des foibles mortels. Les éclairs fendoient la nuë de l'un à l'autre Pole; & dans le moment où ils éblouïssoient les yeux par leurs feux perçans, on retomboit dans les affreuses tenebres de la nuit. Une pluye abondante qui tomba dans l'instant, servit encore à séparer les deux armées.

Adraste profita du secours des Dieux, sans être touché de leur pouvoir, & merita, par cette ingratitude, d'être reservé à une plus cruelle vengeance. Il se hâta de faire passer ses troupes entre le camp à demi brûle, & un marais qui s'étendoit jusqu'à la riviere. Il le fit avec tant d'industrie & de promptitude, que cette retraite montra combien il avoit de ressource & de presence d'esprit. Les Alliez animez par Telemaque, vouloient le poursuivre, mais à la faveur de cet orage il leur échapa, comme un oiseau d'une aîle legere échape aux filets des chasseurs.

Les Alliez ne songérent plus qu'à rentrer dans leur camp, & à réparer leur pertes. En y rentrant, ils virent ce que la guerre a de plus lamentable. Les malades & les blessez manquant de forces pour se traîner hors des tentes, n'avoient pû se garantir du feu. Ils paroissoient à demi brûlez, poussans vers le ciel d'une voix plain-

plaintive & mourante, des cris douloureux. Le cœur de Telemaque fut percé. Il ne put retenir ses larmes. Il détourna plusieurs fois ses yeux, etant saisi d'horreur & de compassion. Il ne pouvoit voir sans frémir ces corps encore vivans & dévoüez à une longue & cruelle mort. Ils paroissoient semblables à la chair des victimes qu'on a brûlées sur les autels, & dont l'odeur se répand de tous côtez.

Helas! s'écrioit Telemaque, voilà donc les maux que la guerre entraîne après elle! Quelle fureur aveugle pousse les malheureux mortels! Ils ont si peu de jours à vivre sur la terre! Ces jours sont si miserables! Pourquoi précipiter une mort déja si prochaine? Pourquoi ajoûter tant de désolations affreuses à l'amertume, dont les Dieux ont rempli cette vie si courte? Les hommes sont tous freres, & ils s'entredéchirent! Les bêtes farouches sont moins cruelles qu'eux. Les lions ne font point la guerre aux lions, ni les tygres aux tygres; ils n'attaquent que les animaux d'espece differente. L'homme seul, malgré sa raison, fait ce que les animaux sans raison ne firent jamais. Mais encore pourquoi ces guerres? N'y a-t-il pas assez de terre dans l'Univers pour en donner à tous les hommes plus qu'ils n'en peuvent cultiver? Combien y a-t-il de terres desertes? Le genre humain ne sauroit les remplir. Quoi donc! une fausse gloire, un vain titre de Conquerant, qu'un Prince veut acquerir, allume la guerre dans des païs immenses! Ainsi un seul homme donné au monde par la colere des Dieux, en sacrifie brutalement tant d'autres à sa vanité. Il faut que tout perisse, que tout nage dans le sang, que tout soit dévoré par les flâmes; que ce qui échape au fer & au feu, ne puisse échaper à la faim encore plus cruelle; afin qu'un seul homme, qui se joüe de la nature humaine entiere, trouve dans cette destruction générale son plaisir & sa gloire! Quelle gloire monstrueuse! Peut-on trop abhorrer

horrer & trop meprifer des hommes qui ont tellement oublié l'humanité?

Non, non, bien loin d'être des demi-Dieux, ce ne font pas même des hommes; & ils doivent être en execration à tous les fiecles, dont ils ont cru être admirez. Oh! que les Rois doivent prendre garde aux guerres qu'ils entreprennent! Elles doivent être juftes. Ce n'eft pas affez; il faut qu'elles foient néceffaires pour le bien public. Le fang du peuple ne doit être verfé que pour fauver ce même peuple dans les befoins extrêmes. Mais les confeils flâteurs, les fauffes idées de gloire, les vaines jaloufies, l'injufte avidité, qui fe couvre de beaux prétextes, enfin les engagemens infenfibles entraînent prefque toujours les Rois dans des guerres qui les rendent malheureux, où ils hazardent tout fans neceffité, & où ils font autant de mal à leurs fujets qu'a leurs ennemis. Ainfi raifonnoit Telemaque.

Mais il ne fe contentoit pas de déplorer les maux de la guerre; il tâchoit de les adoucir. On le voyoit aller dans les tentes fecourir lui-même les malades & les mourans; il leur donnoit de l'argent & des remedes; il les confoloit, & les encourageoit par des difcours pleins d'amitié, & envoyoit vifiter ceux qu'il ne pouvoit vifiter lui-même.

Parmi les Crétois qui étoient avec lui, il y avoit deux vieillards, dont l'un fe nommoit Traumaphile, & l'autre Nofophuge. Traumaphile avoit été au fiege de Troye avec Idomenée, & avoit apris des enfans d'Efculape l'art divin de guérir les playes. Il répandoit dans les bleffures les plus profondes & les plus envenimées, une liqueur odoriferante, qui confumoit les chairs mortes & corrompuës, fans avoir befoin de faire aucune incifion, & qui formoit promptement de nouvelles chairs plus faines & plus belles que les premieres.

Pour

Pour Nosophuge, il n'avoit jamais vû les enfans d'Esculape; mais il avoit eu par le moyen de Merione, un livre sacré & mysterieux qu'Esculape avoit donné à ses enfans. D'ailleurs Nosophuge étoit ami des Dieux. Il avoit composé des Hymnes en l'honneur des enfans de Latone. Il offroit tous les jours le sacrifice d'une brebis blanche & sans tache à Apollon, par lequel il étoit souvent inspiré.

A peine avoit-il vû un malade, qu'il connoissoit à ses yeux, à la couleur de son teint, à la conformité de son corps, & à sa respiration, la cause de sa maladie. Tantôt il donnoit des remedes qui faisoient suer, & il montroit par le succès des sueurs, combien la transpiration facilitée ou diminuée, deconcerte ou rétablit toute la machine du corps. Tantôt il donnoit pour les maux de langueur, certains breuvages, qui fortifioient peu à peu les parties nobles, & qui rajeunissoient les hommes en adoucissant leur sang. Mais il assûroit que c'étoit faute de vertu & de courage, que les hommes avoient si souvent besoin de la medecine.

C'est une honte, disoit-il, pour les hommes, qu'ils ayent tant de maladies; car les bonnes mœurs produisent la santé. Leur intemperance, disoit-il encore, change en poisons mortels les alimens destinez à conserver la vie. Les plaisirs pris sans modération, abregent plus les jours des hommes, que les remedes ne peuvent les prolonger. Les pauvres sont moins souvent malades faute de nourriture, que les riches ne le deviennent pour en prendre trop. Les alimens, qui flatent trop le goût & qui font manger au-delà du besoin, empoisonnent au lieu de nourrir. Les remedes sont euxmêmes de veritables maux qui usent la nature, & dont il ne faut se servir que dans les pressans besoins. Le grand remede, qui est toujours innocent, & toujours d'un usage utile, c'est la sobrieté, c'est la tem-

temperance dans tous les plaisirs, c'est la tranquillité de l'esprit, c'est l'exercice de corps. Par là on fait un sang doux & temperé, & on dissipe toutes les humeurs superfluës. Ainsi le sage Nozophuge étoit moins admirable par ses remedes, que par le régime qu'il conseilloit pour prévenir les maux, & pour rendre les remedes utiles.

Ces deux hommes étoient envoyez par Telemaque, pour visiter tous les malades de l'armée. Ils en guérirent beaucoup par leurs remedes; mais ils en guérirent bien davantage par le soin qu'ils prirent pour les faire servir à propos. Car ils s'appliquoient à les tenir proprement, à empêcher le mauvais air par cette propreté, à leur faire garder un régime de sobrieté exacte dans leur convalescence.

Tous les soldats touchez de ces secours rendoient graces aux Dieux d'avoir envoyé Telemaque dans l'armée des Alliez. Ce n'est pas un homme, disoient-ils; c'est sans doute quelque Divinité bienfaisante sous une figure humaine. Du moins si c'est un homme, il ressemble moins au reste des hommes qu'aux Dieux. Il n'est sur la terre que pour faire du bien. Il est encore plus aimable par sa douceur & par sa bonté que par sa valeur. O si nous pouvions l'avoir pour Roi! mais les Dieux le réservent pour quelque peuple plus heureux qu'ils chérissent, & chez lequel ils veulent renouveller l'âge d'or.

Telemaque, pendant qu'il alloit la nuit visiter les quartiers du camp par précaution contre les ruses d'Adraste, entendoit ces loüanges qui n'étoient point suspectes de flaterie, comme celles que les flateurs donnent souvent en face aux Princes, supposans qu'ils n'ont ni modestie, ni délicatesse, & qu'il n'y a qu'à les loüer sans mesure pour s'emparer de leur faveur. Le fils d'Ulysse ne pouvoit goûter que ce qui étoit vrai. Il ne pouvoit souffrir d'autres loüanges que celles qu'on lui don-

donnoit en ſecret loin de lui, & qu'il avoit veritablement meritées. Son cœur n'étoit pas inſenſible à celles-là. Il ſentoit ce plaiſir ſi doux & ſi pur, que les Dieux ont attaché à la ſeule vertu, & que les méchans, faute de l'avoir éprouvé, ne peuvent ni concevoir, ni croire. Mais il ne s'abandonnoit point à ce plaiſir. Auſſitôt revenoient en foule dans ſon eſprit toutes les fautes qu'il avoit faites. Il n'oublioit point ſa hauteur naturelle, & ſon indifference pour les hommes. Il avoit une honte ſecrete d'être né ſi dur, & de paroître ſi inhumain. Il renvoyoit à la ſage Minerve toute la gloire qu'on lui donnoit, & qu'il ne croyoit pas mériter.

C'eſt vous, diſoit-il, ô grande Déeſſe! qui m'avez donné Mentor pour m'inſtruire, & pour corriger mon mauvais naturel. C'eſt vous qui me donnez la ſageſſe de profiter de mes fautes pour me défier de moi-même. C'eſt vous qui retenez mes paſſions impetueuſes. C'eſt vous qui me faites ſentir le plaiſir de ſoulager les malheureux. Sans vous je ſerois haï, & digne de l'être. Sans vous je ferois des fautes irréparables. Je ſerois comme un enfant qui ne ſentant pas ſa foibleſſe, quitte ſa mere, & tombe dés le premier pas.

Neſtor & Philoctete étoient étonnez de voir Telemaque devenu ſi doux, ſi attentif à obliger les hommes, ſi officieux, ſi ſecourable, ſi ingenieux pour prévenir tous les beſoins. Ils ne ſavoient que croire. Ils ne reconnoiſſoient plus en lui le même homme. Ce qui les ſurprit davantage, fut le ſoin qu'il prit des funerailles d'Hippias. Il alla lui-même retirer ſon corps ſanglant & défiguré, de l'endroit où il étoit caché ſous un monceau de corps morts, Il verſa ſur lui des larmes pieuſes. Il dit : ô grande ombre! Tu le ſçais maintenant combien j'ai eſtimé ta valeur. Il eſt vrai que ta fierté m'avoit irrité. Mais tes défauts venoient d'une d'une jeunesse ardente. Je sçai combien cet âge a besoin qu'on lui pardonne. Nous eussions dans la suite été sincerement unis. J'avois tort de mon côté. O Dieux ! pourquoi me le ravir, avant que j'aye pû le forcer de m'aimer ?

Ensuite Telemaque fit laver le corps dans les liqueurs odoriferantes. Puis on prépara par son ordre un bucher. Les grands pins gemissans sous les coups des haches tombent en roulant du haut des montagnes. Les chênes, ces vieux enfans de la terre, qui sembloient menacer le ciel, les peupliers, les ormeaux, dont les têtes sont si vertes & si ornées d'un épais feüillage, les hetres qui sont l'honneur des forêts, viennent tomber sur le bord du fleuve Galese. La s'éleve avec ordre un bûcher, qui ressemble à un bâtiment régulier. La flamme commence à paroître. Un tourbillon de fumée monte jusqu'au ciel.

Les Lacedemoniens s'avancent d'un pas lent & lugubre, tenant leurs piques renversées & leurs yeux baissez. La douleur amere est peinte sur ces visages si farouches, & les larmes coulent abondamment. Puis on voyoit venir Pherecide, vieillard moins abattu par le nombre des années, que par la douleur de survivre à Hippias, qu'il avoit élevé depuis son enfance. Il levoit vers le Ciel ses mains, & ses yeux noyez de larmes. Depuis la mort d'Hippias il refusoit toute nourriture. Le doux sommeil n'avoit pû appensantir ses paupieres, ni suspendre un moment sa cuisante peine. Il marchoit d'un pas tremblant, suivant la foule, & ne sçachant où il alloit. Nulle parole ne sortoit de sa bouche; car son cœur étoit trop serré. C'éoit un silénce de desespoir & d'abattement. Mais quand il vit le bûcher allumé, il parut tout-à-coup furieux, & il s'écria.

O Hippias, Hippias! Je ne te verrai plus; Hippias n'est plus, & je vis encore! O mon cher Hippias! C'est moi

moi cruel, moi impitoyable, qui t'ai appris à mépriser la mort. Je croyois que tes mains fermeroient mes yeux, & que tu recueillierois mon dernier soupir. O Dieux cruels! vous prolongez ma vie pour me faire voir la mort d'Hippias! O mon cher enfant que j'ai nourri, & qui m'a coûté tant de soins! Je ne te verrai plus; mais je verrai ta mere qui mourra de tristesse en me reprochant ta mort. Je verrai ta jeune épouse frappant sa poitrine, arrachant ses cheveux, & j'en serai cause. O chere ombre, appelle-moi sur les rives du Styx. La lumiere m'est odieuse; c'est toi seul, mon cher Hippias, que je veux revoir. Hippias! Hippias! ô mon cher Hippias! je ne vis encore que pour rendre à tes cendres le dernier devoir.

Cependant on voyoit le corps du jeune Hippias étendu qu'on portoit dans un cercueil orné de pourpre, d'or & d'argent. La mort qui avoit éteint ses yeux, n'avoit pû effacer toute sa beauté, & les graces étoient encore à demi peintes sur son visage pâle. On voyoit floter autour de son cou plus blanc que la neige, mais panché sur l'épaule, ses longs cheveux noirs plus beaux que ceux d'Atis ou de Ganimede, qui alloient être réduits en cendre. On remarquoit dans le côté la blessure profonde par où tout son sang s'étoit écoulé, & qui l'avoit fait descendre dans le Royaume sombre de Pluton.

Telemaque triste & abattu suivoit de près le corps, & lui jettoit des fleurs. Quand on fut arrivé au bûcher, le fils d'Ulysse ne put voir la flamme pénétrer les étoffes qui envelopoient le corps, sans répandre de nouvelles larmes. Adieu, dit-il, ô magnanime Hippias! car je n'ose te nommer mon ami. Appaise-toi, ô ombre, qui as mérité tant de gloire. Si je ne t'aimois, j'envierois ton bonheur. Tu es délivré des miseres où nous sommes encore, & tu es sorti par le chemin le plus glorieux. Helas! que je serois heureux de finir de même ! Que le Styx n'arrête point ton ombre ; que les Champs Elisées lui soient ouverts ; que la renommée conserve ton nom dans tous les siecles, & que tes cendres reposent en paix.

A peine eut-il dit ces paroles entremêlées de soupirs, que toute l'armée poussa un cri. On s'attendrissoit sur Hippias, dont on racontoit les grandes actions, & la douleur de sa mort rappellant toutes bonnes qualitez, faisoit oublier les défauts qu'une jeunesse impetueuse & une mauvaise éducation lui avoient données. Mais on étoit encore plus touché des sentimens tendres de Telemaque. Est-ce donc là, disoit-on, ce jeune Grec si fier, si hautain, si dedaigneux, si intraitable ? Le voilà devenu doux, humain, tendre. Sans doute Minerve, qui a tant aimé son pere, l'aime aussi. Sans doute elle lui a fait les plus précieux dons que les Dieux puissent faire aux hommes, en lui donnant avec la sagesse un cœur sensible à l'amitié.

Le corps étoit déja consumé par les flammes. Telemaque lui-même arrosa de liqueurs parfumées les cendres encore fumantes ; puis il les mit dans une urne d'or qu'il couronna de fleurs, & il porta cette urne à Phalante. Celui-ci étoit étendu, percé de diverses blessures, & dans son extrême foiblesse il entrevoit près de lui les portes sombres des Enfers.

Déja Traumaphile & Nozophuge envoyez par le fils d'Ulysse, lui avoient donné tous les secours de leur art. Ils rappelloient peu à peu son ame prête à s'envoler : de nouveaux esprits les ranimoient insensiblement. Une force douce & pénétrante ; un baume de vie s'insinuoit de veine en veine jusqu'au fond de son cœur. Une chaleur agréable le déroboit aux mains glacées de la mort. En ce moment la défaillance cessant, la douleur succeda. Il commença à sentir la perte de son frere, qu'il n'avoit point été jusqu'alors en état de sentir. Helas ! disoit-il, pourquoi prend-on de si grands

soins

ſoins de me faire vivre ? Ne me vaudroit-il pas mieux mourir, & ſuivre mon cher Hippias ? Je l'ai vû périr tout auprès de moi. O Hippias, la douceur de ma vie, mon frere, mon cher frere, tu n'es plus ! Je ne pourrai donc plus ni te voir, ni t'entendre, ni t'embraſſer, ni te dire mes peines, ni te conſoler dans les tiennes. O Dieux, ennemis des hommes ! Il n'y a plus d'Hippias pour moi. Eſt-il poſſible ? Mais n'eſt-ce point un ſonge ? Non, il n'eſt que trop vrai. O Hippias ! je t'ai perdu, je t'ai vû mourir, & il faut que je vive encore autant qu'il ſera neceſſaire pour te venger. Je veux immoler à tes manes le cruel Adraſte teint de ton ſang.

Pendant que Phalante parloit ainſi, les deux hommes divins tâchoient d'appaiſer ſa douleur de peur qu'elle n'augmentât ſes maux, & n'empêchât l'effet des remedes. Tout-à-coup il appetçoit Telemaque qui ſe preſente à lui. D'abord ſon cœur fut combattu par deux paſſions contraires. Il conſervoit un reſſentiment de tout ce qui s'étoit paſſé entre Telemaque & Hippias. La douleur & la perte d'Hippias rendoit ce reſſentiment encore plus vif. D'un autre côté il ne pouvoit ignorer qu'il devoit la conſervation de ſa vie à Telemaque, qui l'avoit tiré ſanglant & à demi mort des mains d'Adraſte. Mais quand il vit l'urne d'or, où étoient renfermées les cendres ſi cheres de ſon frere Hippias, il verſa un torrent de larmes, il embraſſa d'abord Telemaque ſans pouvoir lui parler, & lui dit enfin d'une voix languiſſante, entrecoupée de ſanglots.

Digne fils d'Ulyſſe, votre vertu me force à vous aimer. Je vous dois ce reſte de vie qui va s'éteindre. Mais je vous dois quelque choſe qui m'eſt bien plus cher. Sans vous le corps de mon frere auroit été la proye des vautours. Sans vous ſon ombre privée de la ſépulture ſéroit malheureuſement errante ſur les rives du Styx, & toujours repoussée par l'impitoyable Caron. Faut-il que je doive tant à un homme que j'ai tant haï? O Dieux! récompensez-le, & delivrez-moi d'une vie si malheureuse. Pour vous, ô Telemaque rendez-moi les derniers devoirs que vous avez rendus à mon frere, afin que rien ne manque à votre gloire.

A ces paroles Phalante demeura épuisé & abattu d'un excès de douleur. Telemaque se tint auprès de lui sans oser lui parler, & attendant qu'il reprit ses forces. Bientôt Phalante revenant de cette défaillance, prit l'urne des mains de Telemaque, la baisa plusieurs fois, l'arrosa de ses larmes, & dit: O cheres, ô précieuses cendres! quand est-ce que les miennes seront renfermées avec vous dans cette même urne? O! ombre d'Hippias, je te suis dans les enfers: Telemaque nous vengera tous deux.

Cependant le mal de Phalante diminua de jour en jour par les soins des deux hommes qui avoient la science d'Esculape. Telemaque étoit sans cesse avec eux auprès du malade, pour les rendre plus attentifs à avancer sa guérison, & toute l'armée admiroit bien plus la bonté de cœur avec laquelle il secouroit son grand ennemi, que la valeur & la sagesse qu'il avoit montrées en sauvant dans la bataille l'armée des Alliez. En même tems Telemaque se montroit infatigable dans les plus rudes travaux de la guerre. Il dormoit peu, & son sommeil étoit souvent interrompu, où par les avis qu'il recevoit à toutes les heures de la nuit, comme du jour, ou par la visite de tous les quartiers du camp qu'il ne faisoit jamais deux fois de suite aux mêmes heures, pour mieux surprendre ceux qui n'étoient pas assez vigilans. Il revenoit souvent dans sa tente couvert de sueur & de poussiere. Sa nourriture étoit simple. Il vivoit comme les soldats, pour leur donner l'exemple de la sobrieté & de la patience. L'armée

man-

manquant de vivres dans ce campement, il jugea à propos d'arrêter les murmures des soldats, en souffrant lui-même volontairement les mêmes incommoditez. Son corps, loin de s'affoiblir dans une vie si pénible, se fortifioit & s'endurcissoit chaque jour. Il commençoit à n'avoir plus ces graces si tendres, qui sont comme la fleur de la premiere jeunesse. Son teint devenoit plus brun & moins délicat; ses membres moins moux & plus nerveux.

Fin du dix-septiéme Livre.

LES AVANTURES DE TELEMAQUE, FILS D'ULYSSE.

LIVRE DIX-HUITIEME.

ADrafte, dont les troupes avoient été confiderablement affoiblies dans le combat, s'étoit retiré derriere la montagne d'Aulon, pour attendre divers fecours, & pour tâcher de furprendre encore une fois fes ennemis. Semblable à un lion affamé, qui ayant été repouffé d'une bergerie s'en retourne dans les fombres forêts, & rentre dans fa caverne, où il aiguife fes dents & fes griffes, attendant le moment favorable pour égorger tous les troupeaux.

Telemaque ayant pris foin de mettre une exacte difcipline dans tout le camp, ne fongea plus qu'à executer

cuter un dessein qu'il avoit conçû, & qu'il cacha à tous les Chefs de l'armée. Il y avoit déja longtems qu'il étoit agité pendant toutes les nuits par des songes qui lui representoient son pere Ulysse. Cette chere image revenoit toujours sur la fin de la nuit, avant que l'aurore vînt chasser du Ciel par ses feux naissans les inconstantes étoiles, & de dessus la terre de doux sommeil suivi des songes voltigeans. Tantôt il croioit voir Ulysse nud dans une Ile fortunée, sur la rive d'un fleuve, dans une prairie ornée de fleurs, & environné de Nymphes qui lui jettoient des habits pour se couvrir. Tantôt il croyoit l'entendre parler dans un Palais tout éclattant d'or & d'yvoire, où des hommes couronnez de fleurs l'écoutoient avec plaisir & admiration. Souvent Ulysse lui apparoissoit tout à-coup dans des festins où la joye éclatoit parmi les délices, & où l'on entendoit les tendres accords d'une voix avec une lyre plus douce que la lyre d'Appollon, & que les voix de toutes les Muses.

Telemaque en s'éveillant s'attristoit de ces songes si agreables. O mon pere! ô mon cher pere Ulysse! s'écrioit-il: les songes les plus affreux me seroient plus doux. Ces images de félicité me font comprendre que vous êtes déja descendu dans le séjour des ames bienheureuses, que les Dieux récompensent de leur vertu par une éternelle tranquillité. Je crois voir les Champs Elisées. O qu'il est cruel de n'esperer plus! Quoi donc, ô mon cher pere, je ne vous verrai jamais? jamais n'embrasserai celui qui m'aimoit tant, & que je cherche avec tant de peine? Jamais je n'entendrai parler cette bouche d'où sortoit la sagesse? Jamais je ne baiserai ces mains, ces cheres mains, ces mains victorieuses, qui ont abattu tant d'ennemis? Elles ne puniront point les insensez amans de Penelope, & Ithaque ne se relevera jamais de sa ruine?

O Dieux ennemis de mon pere! vous m'envoyez

ces songes funestes, pour arracher toute esperance de mon cœur. C'est m'arracher la vie. Non, je ne puis plus vivre dans cette incertitude. Que dis-je! helas! je ne suis que trop certain que mon pere n'est plus. Je vais chercher son ombre jusques dans les enfers. Thesée y est bien descendu; Thesée, cet impie, qui vouloit outrager les Divinitez infernales: & moi j'y vais conduit par la piété. Hercule y descendit. Je ne suis pas Hercule. Mais il est beau d'oser l'imiter. Orphée a bien touché par le recit de ses malheurs le cœur de ce Dieu, qu'on dépeint comme inexorable. Il obtint de lui qu'Euridice retournat parmi les vivans. Je suis plus digne de compassion qu'Orphée; car ma perte est plus grande. Qui pourroit comparer une jeune fille semblable à cent autres, avec le sage Ulysse admiré de toute la Grece? Allons, mourons, s'il le faut. Pourquoi craindre la mort, quand on souffre tant dans la vie? O Pluton! ô Proserpine! j'éprouverai bientôt si vous êtes aussi impitoyables qu'on le dit. O mon pere! après avoir parcouru en vain les terres & les mers pour vous trouver, je vais enfin voir si vous n'êtes point dans la sombre demeure des morts. Si les Dieux me refusent de vous posseder sur la terre, & la lumiere du Soleil, peutêtre ne me refuseront-ils pas de voir au moins votre ombre dans le Royaume de la nuit.

En disant ces paroles, Telemaque arrosoit son lit de ses larmes. Aussitôt il se levoit, & cherchoit par la lumiere à soulager la douleur cuisante que ces songes lui avoient causé. Mais c'étoit une flêche qui avoit percé son cœur, & qu'il portoit par tout avec lui. Dans cette peine il entreprit de descendre aux enfers par un lieu celebre qui n'étoit pas éloigné du camp. On l'appelloit *Acherontia*, à cause qu'il y avoit en ce lieu une caverne affreuse de laquelle on descendoit sur les rives de l'Acheron, par lequel les Dieux mêmes craignent de jurer. La ville étoit sur un rocher, posée com-

comme un nid ſur le haut d'un arbre. Au pied de ce rocher on trouvoit la caverne, de la quelle les timides mortels n'oſoient approcher. Les Bergers avoient ſoin d'en détourner leurs troupeaux. La vapeur ſouffrée du marais Stygien qui s'exhaloit ſans ceſſe par cette ouverture, empeſtoit l'air. Tout autour il ne croiſſoit ni herbes ni fleurs. On n'y ſentoit jamais les doux zéphirs, ni les graces naiſſantes du Printems, ni les riches dons de l'Automne. La terre aride y languiſſoit. On y voyoit ſeulement quelques arbuſtes dépoüillez, & quelques Cyprès funeſtes. Au loin même, tout à l'entour, Cerès refuſoit aux Laboureurs ſes moiſſons dorées. Bacchus ſembloit en vain y promettre ſes doux fruits; les grapes de raiſin ſe deſſechoient au lieu de meurir. Les Nayades triſtes ne faiſoient point couler une onde pure; leurs flots étoient toujours amers & troubles. Les oiſeaux ne chantoient jamais dans cette terre heriſſée de ronces & d'épines, & n'y trouvoient aucun bocage pour ſe retirer. Ils alloient chanter leur amours ſous un Ciel plus doux. On n'entendoit que le croaſſement des corbeaux, & la voix lugubre des hiboux. L'herbe même y étoit amere, & les troupeaux qui la paiſſoient, ne ſentoient point la douce joye qui les fait bondir. Le taureau fuyoit la geniſſe, & le Berger tout abattu oublioit ſa muſette & ſa flûte.

De cette caverne ſortoit de tems en tems une fumée noire & épaiſſe, qui faiſoit une eſpece de nuit au milieu du jour. Les peuples voiſins redoubloient alors leurs ſacrifices pour appaiſer les Divinitez infernales. Mais ſouvent les hommes à la fleur de leur âge, & dès leur plus tendre jeuneſſe, étoient les ſeules victimes que ces Divinitez cruelles prenoient plaiſir à immoler par une funeſte contagion.

C'eſt là que Telemaque réſolut de chercher le chemin de la ſombre demeure de Pluton. Minerve qui veillott ſans ceſſe ſur lui, & qui le couvroit de ſon Egide, lui avoit rendu Pluton favorable. Jupiter même, à la priere de Minerve, avoit ordonné à Mercure, qui deſcend chaque jour aux enfers pour livrer à Caron un certain nombre de morts, de dire au Roi des ombres qu'il laiſsât entrer le fils d'Ulyſſe dans ſon Empire.

Telemaque ſe dérobe du camp pendant la nuit. Il marche à la clarté de la Lune, & il invoque cette puiſſante Divinité, qui étant dans le Ciel le brillant aſtre de la nuit, & ſur la terre la chaſte Diane, eſt aux enfers la redoutable Hecate. Cette Divinité écouta favorablement ſes vœux, parce que ſon cœur étoit pur, & qu'il étoit conduit par l'amour pieux qu'un fils doit à ſon pere.

A peine fut-il auprès de l'entrée de la caverne, qu'il entendit l'Empire ſoûterrain mugir. La terre trembloit ſous ſes pas. Le Ciel s'arma d'éclairs & de feux, qui ſembloient tomber ſur la terre. Le jeune fils d'Ulyſſe ſentit ſon cœur émû, & tout ſon corps étoit couvert d'une ſueur glacée. Mais ſon courage le ſoûtint. Il leva les yeux & les mains au Ciel. Grands Dieux! s'écria-t-il, j'accepte ces préſages que je crois heureux; achevez votre ouvrage. Il dit, & redoublant ſes pas, il ſe preſente hardiment.

Auſſitôt la fumée épaiſſe, qui rendoit l'entrée de la caverne funeſte à tous les animaux, dès qu'ils en approchoient, ſe diſſipa. L'odeur empoiſonnée ceſſa pour un peu de tems. Telemaque entra ſeul, car quel autre mortel eut oſé le ſuivre? Deux Crétois qui l'avoient accompagné juſqu'à une certaine diſtance de la caverne, & auſquels il avoit confié ſon deſſein, demeurérent tremblants & à demi morts aſſez loin de là, dans un Temple, faiſans des vœux, & n'eſperans plus de revoir Telemaque.

Cependant le fils d'Ulyſſe l'épée à la main, s'enfon-

cc

ce dans ces tenebres horribles. Bientôt il apperçoit une foible & sombre lueur, telle qu'on la voit pendant la nuit sur la terre. Il remarque les ombres legeres qui voltigent autour de lui, & il les écarte avec son épee. Ensuite il voit les tristes bords du fleuve marécageux, dont les eaux bourbeuses & dormantes ne font que tournoyer. Il découvre sur ce rivage une foule inombrable de morts privez de la sépulture, qui se presentent en vain à l'impitoyable Caron. Ce Dieu, dont la vieillesse éternelle est toujours triste & chagrine, mais pleine de vigueur, les menace, les repousse, & admet d'abord dans sa barque le jeune Grec. En entrant, Telemaque entend les gémissemens d'une ombre qui ne pouvoit se consoler.

Quel est donc, lui dit-il, votre malheur? Qui étiez-vous sur la terre? J'étois, lui répondit cette ombre, Nabopharzan Roi de la superbe Babylone. Tous les peuples de l'Orient trembloient au seul bruit de mon nom. Je me faisois adorer par les Babyloniens dans un Temple de marbre, où j'étois represénté par une statuë d'or, devant laquelle on brûloit nuit & jour les plus précieux parfums de l'Ethiopie. Jamais personne n'osa me contredire sans être aussitôt puni. On inventoit chaque jour de nouveaux plaisirs pour me rendre la vie plus délicieuse. J'étois encore jeune & robuste. Helas! que de prosperitez ne me restoit-il pas encore à goûter sur le Trône! Mais une femme que j'aimois, & qui ne m'aimoit pas, m'a bien fait sentir que je n'étois pas Dieu. Elle m'a empoisonné. Je ne suis plus rien. On mit hier avec pompe mes cendres dans une urne d'or. On pleura; on s'arracha les cheveux; on fit semblant de vouloir se jetter dans les flâmes de mon bucher pour mourir avec moi. On va encore gémir au pied du superbe tombeau où l'on a mis mes cendres. Mais personne ne me regrette. Ma mémoire est en horreur même dans ma fa-

mil-

mille, & ici-bas je souffre déja d'horribles traitemens.

Telemaque touché de ce spectacle, lui dit. Etiez-vous véritablement heureux pendant votre regne? Sentiez-vous cette douce paix, sans laquelle le cœur demeure toujours serré & flétri au milieu des délices? Non, répondit le Babylonien, je ne sai même ce que vous voulez dire, Les sages vantent cette paix comme l'unique bien. Pour moi je ne l'ai jamais sentie. Mon cœur étoit sans cesse agité de desirs nouveaux, de crainte & d'esperance. Je tâchois de m'étourdir moi-même par l'ébranlement de mes passions. J'avois soin d'entretenir cette yvresse pour la rendre continuelle. Le moindre intervale de raison tranquille m'eût été trop amer. Voilà la paix dont j'ai joüi; toute autre me paroît une fable & un songe, Voilà les biens que je regrette.

En parlant ainsi, le Babylonien pleuroit comme un homme lâche qui a été amoli par les prosperitez, & qui n'est point accoûtumé à supporter constamment un malheur. Il avoit auprès de lui quelques esclaves, qu'on avoit fait mourir pour honorer ses funerailles. Mercure les avoit livrez à Caron avec leur Roi, & leur avoit donné une puissance absoluë sur ce Roi qu'ils avoient servi sur la terre. Ces ombres d'esclaves ne craignoient plus l'ombre de Nabopharzan. Elles la tenoient enchaînée, & lui faisoient les plus cruelles indignitez. L'un lui disoit, N'étions-nous pas hommes aussibien que toi? Comment étois-tu assez insensé pour te croire un Dieu; & ne faloit-il pas te souvenir que tu étois de la race des autres hommes? Un autre pour lui insulter, disoit. Tu avois raison de ne vouloir pas qu'on te prît pour un homme; car tu étois un monstre sans humanité. Un autre lui disoit. Hé bien! Où sont maintenant tes flateurs? Tu n'as plus rien à donner, malheureux. Tu ne peus plus faire

aucun

aucun mal ; te voilà devenu eſclave de tes eſclaves mêmes. Les Dieux ſont lents à faire juſtice, mais enfin ils la font.

A ces dures paroles, Nabopharzan ſe jettoit le viſage contre terre, arrachant ſes cheveux dans un excès de rage & deſeſpoir. Mais Caron diſoit aux eſclaves : Tirez-le par ſa chaîne ; relevez-le malgré lui ; il n'aura pas même la conſolation de cacher ſa honte. Il faut que toutes les ombres du Styx en ſoient témoins, pour juſtifier les Dieux qui ont ſouffert ſi longtems que cet impie régnât ſur la terre. Ce n'eſt encore là, ô Babylonien, que le commencement de tes douleurs. Prépare toi à être jugé par l'inflexible Minos Juge des enfers.

Pendant ce diſcours du terrible Caron, la barque touchoit déja le rivage de l'Empire de Pluton. Toutes les ombres accouroient pour conſiderer cet homme vivant, qui paroiſſoit au milieu de ces morts dans la barque. Mais dans le moment où Telemaque mit pied à terre, elles s'enfuirent ; ſemblables aux ombres de la nuit, que la moindre clarté du jour diſſipe. Caron montrant au jeune Grec un front moins ridé, & des yeux moins farouches qu'à l'ordinaire, lui dit ; Mortel cheri des Dieux, puiſqu'il t'eſt donné d'entrer dans le Royaume de la nuit, inacceſſible aux autres vivans, hâte-toi d'aller où les deſtins t'appellent. Va par ce chemin ſombre au Palais de Pluton, que tu trouveras ſur ſon Trône. Il te permettra d'entrer dans les lieux dont il m'eſt défendu de te découvrir le ſecret.

Auſſitôt Telemaque s'avance à grands pas. Il voit de tous côtez voltiger des ombres plus nombreuſes que les grains de ſable qui couvrent les rivages de la mer ; & dans l'agitation de cette multitude infinie, il eſt ſaiſi d'une horreur divine, obſervant le profond ſilence de ces vaſtes lieux. Ses cheveux ſe dreſſent ſur ſa tête, quand

quand il aborde le noir séjour de l'impitoyable Pluton. Il sent ses genoux chancelans, la voix lui manque; & c'est avec peine qu'il peut prononcer ces paroles. Vous voyez, ô terrible Divinité, le fils du malheureux Ulysse. Je viens vous demander si mon pere est descendu dans votre Empire, ou s'il est encore errant sur la terre.

Pluton étoit sur un Trône d'ébéne. Son teint étoit pâle & severe, ses yeux creux & étincelans; son front ridé & menaçant. La vûe d'un homme vivant lui étoit odieuse, comme la lumiere offense les yeux des animaux qui ont accoutumé de ne sortir de leurs retraites que la nuit. A son côté paroissoit Proserpine, qui attiroit seule ses regards, & qui sembloit un peu adoucir son cœur. Elle jouissoit d'une beauté toujours nouvelle, mais elle paroissoit avoir joint à ses graces divines je ne sçai quoi de dur & de cruel de son époux.

Aux pieds du trône étoit la mort pâle & dévorante avec sa faux tranchante qu'elle aiguisoit sans cesse. Autour d'elle voloient les noirs soucis, les cruelles défiances, les vengeances toutes dégoûtantes de sang, & couvertes de playes, les haines injustes, l'avarice qui se ronge elle-même, le desespoir qui se déchire de ses propres mains, l'ambition forcenée qui renverse tout, la trahison qui veut se repaître de sang, & qui ne peut joüir des maux qu'elle a faits, l'envie qui verse son venin mortel autour d'elle, & qui se tourne en rage dans l'impuissance où elle est de nuire; l'impiété qui se creuse elle-même un abîme sans fond où elle se précipite sans esperance; les spectres hideux; les fantômes qui representent les morts pour épouvanter les vivans, les songes affreux; les insomnies aussi crueles que les tristes songes. Toutes ces images funestes environnoient le fier Pluton, & remplissoient le Palais où il habite. Il répondit à Telemaque d'une voix basse, qui fit murgir le fond de l'Erebe. Jeu-

Jeune mortel, les destins t'ont fait violer cet asile sacré des ombres. Suis ta haute destinée. Je ne te dirai point où est ton pere. Il suffit que tu sois libre de le chercher. Puisqu'il a été Roi sur la terre, tu n'as qu'à parcourir d'un côté l'endroit du noir Tartare où les mauvais Rois sont punis, & de l'autre les Champs Elisées où les bons Rois sont récompensez. Mais tu ne peus aller d'ici dans les Champs Elisées, qu'après avoir passé par le Tartare. Hâte-toi d'y aller, & de sortir de mon Empire.

A l'instant Telemaque semble voler dans ces espaces vuides & immenses, tant il lui tarde de savoir s'il verra son pere, & de s'éloigner de la presence horrible du Tyran qui tient en crainte les vivans & les morts. Il apperçoit bientôt assez près de lui le noir Tartare. Il en sortoit une fumée noire & épaisse, dont l'odeur empestée donneroit la mort, si elle se répandoit dans la demeure des vivans. Cette fumée couvroit un fleuve de feu & des tourbillons de flâme, dont le bruit semblable à celui des torrens les plus impétueux quand ils s'élancent des plus hauts rochers dans le fond des abîmes, faisoit qu'on ne pouvoit rien entendre distinctement dans ces tristes lieux.

Telemaque secretement animé par Minerve, entre sans crainte dans ce goufre. D'abord il aperçut un grand nombre d'hommes qui avoient vêcu dans les plus basses conditions, & qui étoient punis pour avoir cherché les richesses par des fraudes, des trahisons & des cruautez. Il remarqua beaucoup d'impies hypocrites, qui faisans semblant d'aimer la Religion, s'en étoient servis comme d'un beau pretexte pour contenter leur ambition, & pour se jouër des hommes credules. Ces hommes qui avoient abusé de la vertu même, quoiqu'elle soit le plus grand don des Dieux, étoient punis comme les plus scelerats de tous les hommes. Les enfans qui avoient égorgé leurs peres & leurs

leurs meres; les épouses qui avoient trempé leurs mains dans le sang de leurs maris; les traîtres qui avoient livré leur patrie après avoir violé tous les sermens, souffroient des peines moins cruelles que ces hypocrites. Les trois Juges des enfers l'avoient ainsi voulu, & voici leur raison. C'est que les hypocrites ne se contentent pas d'être méchans comme le reste des impies; ils veulent encore passer pour bons, & font par leur fausse vertu que les hommes n'osent plus se fier à la véritable. Les Dieux dont ils se sont jouez, & qu'ils ont rendus méprisables aux hommes, prennent plaisir à employer toute leur puissance pour se venger de leurs insultes.

Auprès de ceux-ci paroissoient d'autres hommes que le vulgaire ne croit guére coupables, & que la vengeance divine poursuit impitoyablement. Ce sont les ingrats, les menteurs, les flateurs qui ont loué le vice; les critiques malins qui ont tâché de flêtrir la plus pure vertu; Enfin ceux qui ont jugé temerairement des choses sans les connoître à fond, & qui par là ont nui à la réputation des innocens.

Mais parmi toutes les ingratitudes, celle qui étoit punie comme la plus noire, c'est celle qui se commet envers les Dieux. Quoi donc, disoit Minos, on passe pour un monstre, quand on manque de reconnoissance pour son pere ou pour son ami, de qui on a reçu quelques secours, & on fait gloire d'être ingrat envers les Dieux, de qui on tient la vie, & tous les biens qu'elle renferme! Ne leur doit-on pas sa naissance plus qu'au pere & à la mere de qui on est né? Plus tous ces crimes sont impunis & excusez sur la terre, plus ils sont dans les enfers l'objet d'une vengeance implacable, à qui rien n'échape.

Telemaque voyant les trois Juges qui étoient assis qui condamnoient un homme, osa leur demander, quels étoient ses crimes. Aussitôt le condamné prenant

nant la parole, s'écria. Je n'ai jamais fait aucun mal. J'ai mis tout mon plaisir à faire du bien. J'ai été magnifique, liberal, juste, compatissant; que peut-on donc me reprocher? Alors Minos lui dit: On ne te reproche rien à l'égard des hommes, Mais ne devois-tu pas moins aux hommes qu'aux Dieux? Quelle est donc cette justice dont tu te vantes? Tu n'as manqué à aucun devoir envers les hommes qui ne sont rien, Tu as été vertueux; mais tu as rapporté tout à ta vertu, â toi-même, & non aux Dieux qui te l'avoient donnée; car tu voulois jouir du fruit de ta propre vertu, & te renfermer en toi-même. Tu as été ta divinité; mais les Dieux qui ont tout fait, & qui n'ont rien fait que pour eux-mêmes, ne peuvent renoncer à leurs droits. Tu les as oubliez; ils t'oublieront, ils te livreront à toi-même, puisque tu as voulu être à toi, & non pas á eux. Cherche donc maintenant, si tu le peus, ta consolation dans ton propre cœur. Te voilà à jamais séparé des hommes ausquels tu as voulu plaire. Te voilà seul avec toi-même, qui étois ton idole. Apprens qu'il n'y a point de veritable vertu, sans le respect & l'amour des Dieux à qui tout est dû. Ta fausse vertu qui a longtems ébloui les hommes faciles à tromper, va être confonduë. Les hommes ne jugeant des vices & des vertus que par ce qui les choque ou les accommode, sont aveugles & sur le bien & sur le mal. Ici une lumiere divine renverse tous leurs jugemens superficiels; elle condamne souvent ce qu'ils admirent, & justifie ce qu'ils condamnent.

A ces mots, ce Philosophe comme frappé d'un coup de foudre, ne pouvoit se supporter soi-même. La complaisance qu'il avoit eûë autrefois à contempler sa modération, son courage & ses inclinations genereuses, se changent en desespoir. La vûë de son propre cœur ennemi des Dieux devient son supplice. Il se voit

voit & ne peut cesser de se voir. Il voit la vanité des jugemens des hommes, ausquels il a voulu plaire dans toutes ses actions. Il se fait une révolution universelle de tout ce qui est au dedans de lui, comme si on bouleversoit toutes ses entrailles. Il ne se trouve plus le même; tout appui lui manque dans son cœur. Sa conscience, dont le témoignage lui avoit été si doux, s'éleve contre lui, & lui reproche amerement l'égarement & l'illusion de toutes ses vertus, qui n'ont point eu le culte de la Divinité pour principe & pour fin. Il est troublé, consterné, plein de honte, de remords, & de desespoir. Les furies ne le tourmentent point, parce qu'il leur suffit de l'avoir livré à lui-même, & que son propre cœur venge assez les Dieux méprisez. Il cherche les lieux les plus sombres pour se cacher aux autres morts, ne pouvant se cacher à lui-même. Il cherche les ténebres & ne peut les trouver. Une lumiere importune le suit par tout. Par tout les rayons perçans de la verité vont venger la verité qu'il a négligé de suivre. Tout ce qu'il a aimé lui devient odieux, comme étant la source de ses maux qui ne peuvent jamais finir. Il dit en lui-même. O insensé! je n'ai donc connu ni les Dieux, ni les hommes, ni moi-même. Non, je n'ai rien connu, puisque je n'ai jamais aimé l'unique & veritable bien. Tous mes pas ont été des égaremens; ma sagesse n'étoit que folie; ma vertu n'étoit qu'un orgueil impie & aveugle; j'étois moi-même mon idole.

Enfin Telemaque apperçut les Rois qui étoient condamnez pour avoir abusé de leur puissance. D'un côté une Furie vengeresse leur presentoit un miroir qui leur montroit toute la difformité de leurs vices. Là ils voyoient, & ne pouvoient s'empêcher de voir leur vanité grossiere & avide des plus ridicules loüanges; leur dureté pour les hommes, dont ils auroient dû faire

faire la félicité ; leur insensibilité pour la vertu ; leur crainte d'entendre la verité ; leurs inclinations pour les hommes lâches & flateurs ; leur inaplication, leur molesse, leur indolence, leur défiance déplacée, leur faste, & leur excessive magnificence fondée sur la ruine des peuples ; leur ambition pour acheter un peu de vaine gloire par le sang de leurs Citoyens ; Enfin leur cruauté qui cherche chaque jour de nouvelles délices parmi les larmes, & le desespoir de tant de malheureux. Ils se voyoient sans cesse dans ce miroir. Ils se trouvoient plus horribles & plus monstrueux, que n'est la Chimêre vaincuë par Bellerophon ; ni l'Hydre de Lerne abatuë par Hercule ; ni Cerbere même, quoiqu'il vomisse de ses trois gueules béantes un sang noir & venimeux qui est capable d'empester toute la race des mortels vivans sur la terre.

En même tems, d'un autre côté, une autre Furie leur répetoit avec insulte toutes les loüanges que leurs flateurs leurs avoient données pendant leur vie, & leur presentoit un autre miroir, où ils se voyoient tels que la flaterie les avoit dépeints. L'opposition de ces deux peintures si contraires, étoit le supplice de leur vanité. On remarquoit que les plus méchans d'entre ces Rois étoient ceux à qui on avoit donné les plus magnifiques loüanges pendant leur vie, parce que les méchans sont plus craints que les bons, & qu'ils exigent sans pudeur les lâches flateries des Poëtes & des Orateurs de leur tems.

On les entend gémir dans ces profondes ténebres, où ils ne peuvent voir que les insultes, & les dérisions qu'ils ont à souffrir. Ils n'ont rien autour d'eux qui ne les repousse, qui ne les contredise, qui ne les confonde. Au lieu que sur la terre ils se joüoient de la vie des hommes, & prétendoient que tout étoit fait pour les servir, dans le Tartare ils sont livrez à tous les caprices de certains esclaves qui leur font sentir à leur tour une cruelle servitude.

vitude. Ils servent avec douleur, & il ne leur reste aucune esperance de pouvoir jamais adoucir leur captivité. Ils sont sous les coups de ces esclaves, devenus leurs tyrans impitoyables, comme une enclume est sous les marteaux des Cyclopes, quand Vulcain les presse de travailler dans les fournaises ardentes du Mont-Etna.

Là Telemaque apperçut des visages pâles, hideux & consternez. C'est une tristesse noire qui ronge ces criminels. Ils ont horreur d'eux-mêmes, & ils ne peuvent non plus se délivrer de cette horreur, que de leur propre nature. Ils n'ont point besoin d'autre châtiment de leurs fautes, que leurs fautes mêmes. Ils les voyent sans cesse dans toute leur énormité. Elles se présentent à eux comme des spectres horribles; elles les poursuivent. Pour s'en garantir, ils cherchent une mort plus puissante que celle qui les a séparez de leurs corps. Dans le desespoir où ils sont, ils appellent à leur secours une mort qui puisse éteindre tout sentiment & toute connoissance en eux. Ils demandent aux abîmes de les engloutir pour se dérober aux rayons vengeurs de la verité qui les persecute. Mais ils sont réservez à la vengeance qui distile sur eux goute à goute, & qui ne tarira jamais. La verité qu'ils ont craint de voir, fait leur supplice. Ils la voyent, & n'ont des yeux que pour la voir s'élever contr'eux. Sa vûë les perce, les déchire, les arrache à eux-mêmes. Elle est comme la foudre. Sans rien détruire au dehors, elle pénetre jusqu'au fond des entrailles. Semblable à un métail dans une fournaise ardente, l'ame est comme fonduë par ce feu vengeur. Il ne laisse aucune consistance, & il ne consume rien. Il dissout jusqu'aux premiers principes de la vie, & on ne peut mourir. On est arraché à soi-même. On n'y peut plus trouver ni appui ni repos pour un seul instant. On ne vit plus que par la rage qu'on a contre soi-même, & par une perte de toute esperance qui rend forcené.

Parmi

Parmi ces objets qui faisoient dresser les cheveux de Telemaque sur sa tête, il vit plusieurs des anciens Rois de Lydie qui étoient punis pour avoir préferé les délices d'une vie molle au travail, qui doit être inseparable de la Royauté, pour le soulagement des peuples.

Ces Rois se reprochoient les uns aux autres leur aveuglement. L'un disoit à l'autre qui avoit été son fils. Ne vous avois-je pas recommandé souvent pendant ma vieillesse & avant ma mort, de réparer les maux que j'avois fait par ma négligence?

Le fils repondoit. O malheureux pere, c'est vous qui m'avez perdu. C'est votre exemple qui m'a inspiré le faste, l'orgueil, la volupté, & la dureté pour les hommes. En vous voyant régner avec tant de molesse, & avec tant de lâches flateurs autour de vous, je me suis accoutumé à aimer la flaterie & les plaisirs. J'ai cru que le reste des hommes étoit à l'égard des Rois, ce que les chevaux & les autres bêtes de charge sont à l'égard des hommes; c'est-à-dire des animaux, dont on ne fait cas qu'autant qu'ils rendent de service & qu'ils donnent de commoditez. Je l'ai cru. C'est vous qui me l'avez fait croire, & maintenant je souffre tant de maux pour vous avoir imité. A ces reproches ils ajoûtoient les plus affreuses maledictions, & paroissoient animez de rage pour s'entre-déchirer.

Autour de ces Rois voltigeoient encore comme des hiboux dans la nuit, les cruels soupçons, les vaines allarmes, les défiances qui vengent les peuples de la dureté de leurs Rois, la faim insatiable des richesses, la fausse gloire toujours tyrannique, & la molesse lâche qui redouble tous les maux qu'on souffre sans pouvoir jamais donner de solides plaisirs.

On voyoit plusieurs de ces Rois séverement punis, non pour les maux qu'ils avoient faits, mais pour les biens qu'ils auroient dû faire. Tous les crimes des peuples qui viennent de la négligence avec laquelle on fait observer les loix, étoient imputez aux Rois, qui ne doivent regner, qu'afin que les loix regnent par leur ministere. On leur imputoit aussi tous les desordres qui viennent du faste, du luxe, & de tous les autres excès qui jettent les hommes dans un état violent, & dans la tentation de mépriser les loix pour acquerir du bien. Sur tout on traitoit rigoureusement les Rois, qui au lieu d'être bons & vigilans Pasteurs des peuples, n'avoient songé qu'à ravager le troupeau comme des loups dévorans.

Mais ce qui consterna davantage Telemaque, ce fut de voir dans cet abîme de ténebres & de maux un grand nombre de Rois, qui avoient passé sur la terre pour des Rois assez bons. Ils avoient été condamnez aux peines du Tartare, pour s'être laissez gouverner par des hommes méchans & artificieux. Ils étoient punis pour les maux qu'ils avoient laissé faire par leur autorité. Deplus, la plupart de ces Rois n'avoient été ni bons ni méchans, tant leur foiblesse avoit été grande. Ils n'avoient jamais craint de ne pas connoître la verité. Ils n'avoient point eu le goût de la vertu, & n'avoient point mis leur plaisir à faire du bien.

Fin du dix-huitiéme Livre.

LES

LES AVANTURES DE TELEMAQUE, FILS D'ULYSSE.

LIVRE DIX-NEUVIEME.

Orsque Telemaque sortit de ces lieux, il se sentit soulagé comme si on avoit ôté une montagne de dessus sa poitrine. Il comprit par ce soulagement le malheur de ceux qui y étoient renfermez, sans esperance d'en sortir jamais. Il étoit effrayé de voir combien les Rois étoient plus rigoureusement tourmentez que les autres coupables. Quoi! disoit-il, tant de devoirs, tant de périls, tant de piéges, tant de difficulté de connoître la verité pour se défendre contre les autres & contre soi-même! enfin tant de tourmens horribles dans les Enfers, après avoir été si envié, si agité, si traversé dans

dans une vie courte ! O insensé celui qui cherche à regner ! Heureux celui qui se borne à une condition privée & paisible, où la vertu lui est moins difficile !

En faisant ces reflexion il se troubloit au dedans de lui-même. Il fremit & tomba dans une consternation qui lui fit sentir quelque chose du desespoir de ces malheureux qu'il venoit de considerer. Mais à mesure qu'ils s'éloignoit de ce triste séjour des ténebres, de l'horreur, & du desespoir, son courage commença peu à peu à renaître. Il respiroit, & entrevoyoit déja de loin la douce & pure lumiere du séjour des Heros.

C'est dans ce lieu qu'habitoient tous les bons Rois qui avoient jusqu'alors gouverné les hommes. Ils étoient separez du reste des justes. Comme les méchans Princes souffroient dans la Tartare des supplices infiniment plus rigoureux, que les autres coupables d'une condition privée; aussi les bons Rois jouissoient dans les Champs Elisées d'un bonheur infiniment plus grand que celui du reste des hommes qui avoient aimé la vertu sur la terre.

Telemaque s'avança vers ces Rois, qui étoient dans des bocages odoriferans, sur des gazons toujours renaissans & fleuris. Mille petits ruisseaux d'une onde pure arrosoient ces beaux lieux, & y faisoient sentir une délicieuse fraîcheur. Un nombre infini d'oiseaux faisoient resonner ces bocages de leur doux chant. On voyoit tout ensemble les fleurs du Printems, qui naissoient sous les pas, avec les plus riches fruits de l'Automne, qui pendoient des arbres. Là jamais on ne ressentit les ardeurs de la furieuse canicule. Là jamais les noirs aquilons n'osérent souffler ni faire sentir les rigueurs de l'hyver. Ni la guerre alterée de sang, ni la cruelle envie qui mord d'une dent venimeuse, & qui porte des viperes entortillées dans son sein & autour de ses bras, ni les jalousies, ni les défiances, ni la crainte, ni les vains desirs n'approchent jamais de cet heureux

séjour

séjour de la paix. Le jour n'y finit point, & la nuit avec ses sombres voiles y est inconnuë. Une lumiere pure & douce se répand autour des corps de ces hommes justes, & les environne de ses rayons comme d'un vêtement. Cette lumiere n'est point semblable à la lumiere sombre qui éclaire les yeux des miserables mortels, & qui n'est que ténebres. C'est plûtôt une gloire celeste qu'une lumiere. Elle pénetre plus subtilement les corps les plus épais que les rayons du Soleil ne pénetrent le plus pur cristal; elle n'éblouït jamais. Au contraire, elle fortifie les yeux, & porte dans le fond de l'ame je ne sçai quelle serenité. C'est d'elle seule que les hommes bienheureux sont nourris. Elle sort d'eux, & elle y entre: elle les pénetre, & s'incorpore à eux comme les alimens s'incorporent à nous. Ils la voyent, ils la sentent, ils la respirent. Elle fait naître en eux une source intarissable de paix & de joye. Ils sont plongez dans cet abîme de délices, comme les poissons dans la mer. Ils ne veulent plus rien: ils ont tout sans rien avoir; car ce goût de lumiere pure appaise la faim de leur cœur. Tous leurs desirs sont rassasiez, & leur plenitude les éleve au dessus de tout ce que les hommes vuides & affamez, cherchent sur la terre. Toutes les délices qui les invironnent ne leur sont rien, parce que le comble de leur félicité, qui vient du dedans, ne leur laisse aucun sentiment pour tout ce qu'ils voyent de délicieux au dehors. Ils sont tels que les Dieux, qui rassassez de nectar & d'ambrosie, ne daigneroient pas se nourrir de viandes grossieres qu'on leur presenteroit à la table la plus exquise des hommes mortels. Tous les maux s'enfuyent loin de ces lieux tranquilles. La mort, la maladie, la pauvreté, la douleur, les regrets, les remords, les craintes, les esperances mêmes, qui coûtent souvent autant de peines que les craintes, les divisions, les dégoûts, les dépits, ne peuvent y avoir aucune entrée.

Les hautes montagnes de Thrace, qui de leurs fronts couverts de neige & de glace depuis l'origine du monde, fendent les nuës, seroient renversées de leurs fondemens posez au centre de la terre, que les cœurs de ces hommes justes ne pourroient pas même être émûs. Seulement ils ont pitié des miseres qui accablent les hommes vivans dans le monde. Mais c'est une pitié douce & paisible qui n'altere en rien leur immuable félicité. Une jeunesse éternelle, une félicité sans fin, une gloire toute divine est peinte sur leurs visages. Mais leur joye n'a rien de folâtre ni d'indécent. C'est une joye douce, noble, pleine de majesté; c'est un goût sublime de la verité & de la vertu qui les transporte. Ils sont sans interruption à chaque moment, dans le même saisissement de cœur, où est une mere qui revoit son cher fils, qu'elle avoit cru mort; & cette joye qui échape bientôt à la mere, ne s'enfuit jamais du cœur de ces hommes. Jamais elle ne languit un instant. Elle est toujours nouvelle pour eux. Ils ont le transport de l'yvresse sans en avoir le trouble & l'aveuglement. Ils s'entretiennent ensemble de ce qu'ils voyent & de ce qu'ils goûtent. Ils foulent à leurs pieds les molles délices, & les vaines grandeurs de leur ancienne condition qu'ils déplorent. Ils repassent avec plaisir ces tristes, mais courtes années, où ils ont eu besoin de combattre contr'eux-mêmes, & contre le torrent des hommes corrompus pour devenir bons. Ils admirent le secours des Dieux qui les ont conduits, comme par la main, à la vertu, au milieu de tant de périls. Je ne sçai quoi de divin coule sans cesse au travers de leurs cœurs comme un torrent de la Divinité même qui s'unit à eux. Ils voyent, ils goûtent, qu'ils sont heureux, & sentent qu'ils le seront toujours. Ils chantent les loüanges des Dieux, & ils ne font tous ensemble qu'une seule voix, une seule pensée, un ſeul cœur. Une même félicité fait comme un flux & reflux dans ces ames unies.

Dans ce raviſſement divin, les ſiecles coulent plus rapidement que les heures parmi les mortels ; & cependant mille & mille ſiecles écoulez n'ôtent rien à leur félicité toujours nouvelle & toujours entiere. Ils regnent tous enſemble, non ſur des trônes que la main des hommes peut renverſer, mais en eux-mêmes avec une puiſſance immuable ; car ils n'ont plus beſoin d'être redoutables par une puiſſance empruntée d'un peuple vil & miſerable. Ils ne portent plus ces vains diadêmes, dont l'éclat cache tant de craintes & des noirs ſoucis. Les Dieux mêmes les ont couronnez de leurs propres mains avec des couronnes que rien ne peut fletrir.

Telemaque qui cherchoit ſon pere & qui avoit eſperé de le trouver dans ces beaux lieux, fut ſi ſaiſi de ce goût de paix & de félicité, qu'il eût voulu y trouver Ulyſſe, & qu'il s'affligeoit d'être contraint lui-même de retourner enſuite dans la ſocieté des mortels. C'eſt ici, diſoit-il, que la veritable vie ſe trouve, & la nôtre n'eſt qu'une mort. Mais ce qu'il l'étonnoit, étoit d'avoir vû tant de Rois punis dans le Tartare, & d'en voir ſi peu dans les Champs Eliſées. Il comprit qu'il y a peu de Rois aſſez fermes & aſſez courageux, pour réſiſter à leur propre puiſſance, & pour rejetter la flaterie de tant de gens, qui excitent toutes leurs paſſions. Ainſi les bons Rois ſont très-rares ; & la plûpart ſont ſi méchans, que les Dieux ne ſeroient pas juſtes, ſi après avoir ſouffert qu'ils ayent abuſé de leur puiſſance pendant la vie, ils ne les puniſſoient après leur mort.

Telemaque ne voyant point ſon pere Ulyſſe parmi tous ces Rois, chercha du moins des yeux le divin Laërte ſon grand-pere. Pendant qu'il le cherchoit inutilement, un vieillard venerable & plein de majeſté s'avança vers lui. Sa vieilleſſe ne reſſembloit point à

celle

celle des hommes, que le poids des années accable sur la terre. On voyoit seulement qu'il avoit été vieux avant sa mort. C'étoit un mélange de tout ce que la vieillesse a de grave avec toutes les graces de la jeunesse; car les graces renaissent même dans les vieillards les plus caduques, au moment où ils sont introduits dans les Champs Elisées. Cet homme s'avançoit avec empressement & regardoit Telemaque avec complaisance, comme une personne qui lui étoit fort chere. Telemaque qui ne le reconnoissoit point, étoit en peine & en suspens.

Je te pardonne, ô mon cher fils, lui dit ce vieillard de ne me point reconnoître. Je suis Arcesius pere de Laërte. J'avois fini mes jours un peu avant qu'Ulysse mon petit-fils, partît pour aller au siege de Troye. Alors tu étois encore un petit enfant entre les bras de ta nourrice. Dès-lors j'avois conçû de toi de grandes esperances. Elles n'ont point été trompeuses, puisque je te vois descendu dans le Royaume de Pluton pour chercher ton pere, & que les Dieux te soûtiennent dans cette entreprise. O heureux enfant! les Dieux t'aiment & te préparent une gloire égale à celle de ton pere. O heureux moi-même de te revoir! Cesse de chercher Ulysse en ces lieux; il vit encore; & il est réservé pour relever notre maison dans l'Ile d'Ithaque. Laërte même, quoique le poids des années l'ait abattu, joüit encore de la lumiere, & attend que son fils revienne lui fermer les yeux. Ainsi les hommes passent comme les fleurs qui s'épanoüissent le matin, & qui le soir sont flétries & foulées aux pieds. Les générations des hommes s'écoulent comme les ondes d'un fleuve rapide. Rien ne peut arrêter le tems qui entraîne après lui tout ce qui paroît le plus immobile. Toi-même ô mon fils! mon cher fils, toi-même qui joüis maintenant d'une junesse si vive & si féconde en plaisirs, souviens-toi que ce bel âge n'est qu'une fleur qui sera presque

presque aussitôt sechée qu'éclose. Tu verras changer insensiblement les graces riantes, & les doux plaisirs qui t'accompagnent. La force, la santé, la joye, s'évanoüiront comme un beau songe ; il ne t'en restera qu'un triste souvenir. La vieillesse languissante, & ennemie des plaisirs viendra rider ton visage, courber ton corps, affoiblir tes membres, faire tarir dans ton cœur la source de la joye, te dégoûter du présent, te faire craindre l'avenir, te rendre insensible à tout, excepté la douleur. Ce tems te paroît éloigné. Helas ! tu te trompes, mon fils. Il se hâte ; le voilà qui arrive. Ce qui vient avec tant de rapidité n'est pas loin de toi, & le present qui s'enfuit, est déja bien loin, puisqu'il s'aneantit dans le moment que nous parlons, & ne peut plus se rapprocher. Ne compte donc jamais, mon fils, sur le present ; mais soûtiens-toi dans le sentier rude & âpre de la vertu par la vûë de l'avenir. Prépare-toi par des mœurs pures & par l'amour de la Justice, une place dans cet heureux séjour de la paix. Tu verras enfin bientôt ton pere reprendre l'autorité dans Ithaque. Tu es né pour regner après lui : mais helas ! ô mon fils, que la Royauté est trompeuse ! Quand on la regarde de loin, on ne voit que grandeur, éclat & délices ; mais de près tout est épineux. Un particulier peut sans deshonneur mener une vie douce & obscure. Un Roi ne peut, sans se deshonorer, préferer une vie douce & oisive aux fonctions pénibles du gouvernement. Il se doit à tous les hommes qu'il gouverne. Il ne lui est jamais permis d'être à lui-même. Ses moindres fautes sont d'une consequence infinie, parce qu'elles causent le malheur des peuples, & quelquefois pendant plusieurs siecles. Il doit réprimer l'audace des méchans, soûtenir l'innocence, dissiper la calomnie. Ce n'est pas assez pour lui de ne faire aucun mal ; il faut qu'il fasse tous les biens possibles dont l'Etat a besoin. Ce n'est pas assez de faire le bien pour soi-même, il faut enco-

encore empêcher tous les maux que les autres feroient, s'ils n'étoient retenus. Crains donc, mon fils, crains donc une condition si périlleuse, arme-toi de courage contre toi-même, contre les passions, & contre les flateurs.

En disant ces paroles, Arcesius paroissoit animé d'un feu divin, & montroit à Telemaque un visage plein de compassion pour les maux qui accompagnent la Royauté. Quand elle est prise, disoit-il, pour se contenter soi même, c'est une monstrueuse tyrannie. Quand elle est prise pour remplir ses devoirs & pour conduire un peuple inombrable, comme un pere conduit ses enfans, c'est une servitude accablante, qui demande un courage & une patience heroïque. Aussi est-il certain que ceux qui ont regné avec une sincere vertu, possedent ici tout ce que la puissance des Dieux peut donner pour rendre une félicité complette.

Pendant qu'Arcesius parloit de la sorte, ses paroles entroient jusqu'au fond du cœur de Telemaque. Elles s'y gravoient, comme un habile ouvrier avec son burrin grave sur l'airain les figures qu'il veut montrer aux yeux de la plus reculée posterité. Ces sages paroles étoient comme une flâme subtile qui pénétroit dans les entrailles du jeune Telemaque. Il se sentoit émû & embrasé. Je ne sçai quoi de divin sembloit fondre son cœur au dedans de lui. Ce qu'il portoit dans la partie la plus intime de lui-même, le consumoit secrettement. Il ne pouvoit ni le contenir, ni le supporter, ni résister à une si violente impression. C'étoit un sentiment vif & délicieux, qui étoit mêlé d'un tourment capable d'arracher la vie.

Ensuite Telemaque commença à respirer plus librement. Il reconnut dans le visage d'Arcesius une grande ressemblance avec Laërte. Il croyoit même se ressouvenir confusément d'avoir vû en Ulysse son pere des traits de cette même ressemblance, lorsqu'Ulysse partit pour le siege de Troye. Ce

Ce ressouvenir attendrit son cœur. Des larmes douces & mêlées de joye coulèrent de ses yeux. Il voulut embrasser une personne si chere. Plusieurs fois il l'essaya inutilement. Cette ombre vaine échapa à ses embrassemens, comme un songe trompeur se dérobe à l'homme qui croit en joüir. Tantôt la bouche alterée de cet homme dormant poursuit une eau fugitive; tantôt ses lévres s'agitent pour former des paroles que sa langue engourdie ne peut proferer ; ses mains s'étendent avec effort & ne prennent rien. Ainsi Telemaque ne peut contenter sa tendresse. Il voit Arcesius, il l'entend, il lui parle, il ne peut le toucher. Enfin il lui demande qui sont ces hommes qu'il voit autour de lui.

Tu vois, mon fils, lui répondit le sage vieillard, ces hommes qui ont été l'ornement de leurs siecles, la gloire & le bonheur du genre humain. Tu vois le petit nombre des Rois qui ont été dignes de l'être, & qui ont fait avec fidélité la fonction des Dieux sur la terre. Ces autres que tu vois assez près d'eux, mais séparez par ce petit nuage, ont une gloire beaucoup moindre. Ce sont des Heros à la verité; mais la récompense de leur valeur & de leurs expeditions militaires, ne peut être comparée avec celle des Rois sages, justes & bienfaisans.

Parmi ces Heros, tu vois Thesée qui a le visage un peu triste. Il a ressenti le malheur d'être trop credule pour une femme artificieuse, & il est encore affligé d'avoir si injustement demandé à Neptune la mort cruelle de son fils Hipolyte. Heureux s'il n'eût point été si prompt & si facile à irriter. Tu vois aussi Achille appuyé sur sa lance, à cause de cette blessure qu'il reçut au talon de la main du lâche Pâris, & qui finit sa vie. S'il eût été aussi sage, juste & moderé, qu'il étoit intrépide, les Dieux lui auroient accordé un long regne. Mais ils ont eu pitie des Phtiotes & des Dolo-

Dolopes, ſur leſquels il devoit naturellement regner après Pelée. Ils n'ont pas voulu livrer tant de peuples à la merci d'un homme fougueux, & plus facile à irriter que la mer la plus orageuſe. Les Parques ont accourci le fil de ſes jours, & il a été comme une fleur à peine écloſe, que le tranchant de la charuë coupe, & qui tombe avant la fin du jour, où on l'avoit vû naître. Les Dieux n'ont voulu s'en ſervir, que comme des torrens & des tempêtes, pour punir les hommes de leurs crimes. Ils ont fait ſervir Achille pour abattre les murs de Troye, pour venger le parjure de Laomedon, & les injuſtes amours de Pâris. Après avoir ainſi employé cet inſtrument de leur vengeance, ils ſe ſont appaiſez, & ils ont refuſé aux larmes de Thetis de laiſſer plus longtems ſur la terre ce jeune Heros, qui n'y étoit propre qu'à troubler les hommes, qu'à renverſer les Villes & les Royaumes.

Mais vois-tu cet autre avec ce viſage farouche? C'eſt Ajax fils de Telamon, & couſin d'Achille. Tu n'ignores pas ſans doute quelle fût ſa gloire dans les combats. Après la mort d'Achille il prétendit qu'on ne pouvoit donner ſes armes à nul autre qu'à lui. Ton pere ne crut pas les lui devoir ceder. Les Grecs jugérent en faveur d'Ulyſſe. Ajax ſe tua de deſeſpoir. L'indignation & la fureur ſont encore peintes ſur ſon viſage. N'approche pas de lui, mon fils; car il croiroit que tu veux lui inſulter dans ſon malheur, & il eſt juſte de le plaindre. Ne remarques-tu pas qu'il nous regarde avec peine, & qu'il entre bruſquement dans ce ſombre bocage, parce que nous lui ſommes odieux? Tu vois de cet autre côté Hector qui eût été invincible, ſi le fils de Thetis n'eût point été au monde dans le même tems. Mais voilà Agamemnon qui paſſe, & qui porte encore ſur lui les marques de la perfidie de Clitemneſtre. O mon fils! je fremis en penſant aux malheurs de cette famille de l'impie Tantale. La diviſion

division des deux freres Atrée & Thyeste a rempli cette maison d'horreur & de sang. Helas! combien un crime en attire-t-il d'autres? Agamemnon revenant à la tête des Grecs du siege de Troye, n'a pas eu le tems de joüir en paix de la gloire qu'il avoit acquise. Telle est la destinée de presque tous les Conquerans. Tous ces hommes, que tu vois, ont été redoutables dans la guerre. Mais ils n'ont point été aimables & vertueux. Aussi ne sont-ils que dans la seconde demeure des Champs Elisées.

Pour ceux-ci, ils ont regné avec justice, & ont aimé leurs peuples. Ils sont les amis des Dieux. Pendant qu'Achille & Agamemnon pleins de leurs querelles & de leurs combats conservent encore ici leurs peines & leurs défauts naturels; pendant qu'ils regrettent en vain la vie qu'ils ont perduë, & qu'ils s'affligent de n'être plus que des ombres impuissantes & vaines. Ces Rois justes étant purifiez par la lumiere divine, dont ils sont nourris, n'ont plus rien à desirer pour leur bonheur. Ils regardent avec compassion les inquiétudes des mortels, & les plus grandes affaires, qui agitent les hommes ambitieux, & leur paroissent comme des jeux d'enfans. Leurs cœurs sont rassasiez de la verité & de la vertu qu'ils puisent dans la source. Ils n'ont plus rien à souffrir d'eux-mêmes, plus de desirs, plus de besoins, plus de craintes. Tout est fini pour eux, excepté leur joye qui ne peut finir.

Considere, mon fils, cet ancien Roi Inachus qui fonda le Royaume d'Argos. Tu le vois avec cette vieillesse si douce & si majestueuse. Les fleurs naissent sous ses pas, sa démarche legere ressemble au vol d'un oiseau. Il tient en sa main une lyre d'or, & dans un transport éternel il chante les merveilles des Dieux. Il sort de son cœur & de sa bouche un parfum exquis. L'harmonie de sa lyre & de sa voix raviroit les hommes & les Dieux. Il est ainsi récompenſé pour avoir aimé le peuple qu'il aſſembla dans l'enceinte de ſes nouveaux murs, & auſquels il donna des loix.

De l'autre côté tu peux voir entre ces myrthes, Cecrops Egyptien, qui le premier regna dans Athenes, ville conſacrée à la ſage Déeſſe, dont elle porte le nom. Cecrops apportant des loix utiles de l'Egypte, qui a été pour la Grece la ſource des lettres & des bonnes mœurs, adoucit les naturels farouches des Bourgs de l'Attique, & les unit par les liens de la ſocieté. Il fut juſte, humain, compatiſſant: il laiſſa les peuples dans l'abondance, & ſa famille dans la médiocrité, ne voulant point que ſes enfans euſſent l'autorité après lui, parce qu'il jugeoit que d'autres en étoient plus dignes.

Il faut que je te montre auſſi dans cette petite Vallée Ericthon, qui inventa l'uſage de l'argent pour la monnoyë. Il le fit en vûe de faciliter le commerce entre les Iles de la Grece. Mais il prévit l'inconvenient attaché à cette invention. Appliquez-vous, diſoit-il à tous les peuples, à multiplier chez vous les richeſſes naturelles qui ſont les veritables. Cultivez la terre pour avoir une grande abondance de bled, de vin, d'huile & de fruits. Ayez des troupeaux innombrables qui vous nourriſſent de leur lait, & qui vous couvrent de leur laine. Par là vous vous mettrez en état de ne craindre jamais la pauvreté. Plus vous aurez d'enfans, plus vous ſerez riches, pourvû que vous les rendiez laborieux; car la terre eſt inépuiſable, & elle augmente ſa fécondité à proportion de ſes habitans qui ont ſoin de la cultiver. Elle les paye tous liberalement de leurs peines, au lieu qu'elle ſe rend avare & ingrate pour ceux qui la cultivent négligemment. Attachez-vous donc principalement aux veritables richeſſes, qui ſatisfont aux vrais beſoins de l'homme. Pour l'argent monnoyé, il ne faut en faire aucun cas, qu'autant qu'il eſt néceſſaire, ou pour les guerres inévitables

qu'on

qu'on a à soûtenir au-dehors, ou pour le commerce des marchandises necessaires qui manquent dans votre païs. Encore seroit-il à souhaiter qu'on laissât tomber le commerce à l'égard de toutes les choses qui ne servent qu'à entretenir le luxe, la vanité & la mollesse.

Ce sage Ericthon disoit souvent. Je crains bien, mes enfans, de vous avoir fait un present funeste, en vous donnant l'invention de la monnoyë. Je prévois qu'elle excitera l'avarice, l'ambition, le faste; qu'elle entretiendra une infinité d'arts pernicieux qui ne vont qu'à amollir & à corrompre les mœurs; qu'elle vous dégoûtera de l'heureuse simplicité, qui fait tout le repos & toute la sûreté de la vie; qu'enfin elle vous fera mépriser l'agriculture, qui est le fondement de la vie humaine, & la source de tous les vrais biens. Mais les Dieux me sont témoins que j'ai eu le cœur pur en vous donnant cette invention utile en elle-même. Enfin quand Ericthon apperçut que l'argent corrompoit les peuples, comme il l'avoit prévû, il se retira de douleur sur une montagne sauvage, où il vécut pauvre & éloigné des hommes jusques à une extrême vieillesse, sans vouloir se mêler du gouvernement des Villes.

Peu de tems après lui on vit paroître dans la Grece le fameux Triptoleme, à qui Cerès avoit enseigné l'art de cultiver les terres & de les couvrir tous les ans d'une moisson dorée. Ce n'est pas que les hommes ne connussent déja le bled, & la maniere de le multiplier en le semant. Mais ils ignoroient la perfection du labourage, & Triptoleme envoyé par Cerès, vint la charuë en main, offrir les dons de la Déesse à tous les peuples qui auroient assez de courage, pour vaincre leur paresse naturelle, & pour s'adonner à un travail assidu. Bientôt Triptoleme apprit aux Grecs à fendre la terre, & à la fertiliser en déchirant son sein. Bientôt les moissonneurs ardens & infatigables firent tomber sous leurs faucilles tranchantes tous les jaunes épics qui couvroient les campagnes. Les peuples mêmes sauvages & farouches qui couroient épars çà & là dans les forêts d'Epire & d'Etolie pour se nourrir de gland, adoucirent leurs mœurs, & se soûmirent à des loix, quand ils eurent appris à faire croître des moissons, & à se nourrir du pain. Triptoleme fit sentir aux Grecs le plaisir qu'il y a de ne devoir ses richesses qu'à son travail, & à trouver dans son champ tout ce qu'il faut pour rendre la vie commode & heureuse. Cette abondance si simple & si innocente, qui est attachée à l'agriculture, les fit souvenir des sages conseils d'Ericthon. Ils méprisérent l'argent & toutes les richesses artificielles, qui ne sont richesses qu'en l'imagination, qui tentent les hommes de chercher des plaisirs dangereux, & qui les detournent du travail, où ils trouveroient tous les biens réels, avec des mœurs pures dans une pleine liberté. On comprit donc qu'un champ fertile & bien cultivé est le vrai tresor d'une famille assez sage, pour vouloir vivre frugalement comme ses peres ont vécu. Heureux les Grecs, s'ils étoient demeurez fermes dans ces maximes si propres à les rendre puissans, libres, heureux, & dignes de l'être par une solide vertu! Mais helas! ils commencent à admirer les fausses richesses, ils négligent peu à peu les vrayes, & ils dégenerent de cette merveilleuse simplicité. O mon fils! tu regneras un jour. Alors souviens-toi de ramener les hommes à l'agriculture, d'honorer cet art, de soulager ceux qui s'y appliquent, & de ne souffrir point que les hommes vivent, ni oisifs, ni occupez à des arts qui entretiennent le luxe & la molesse. Ces deux hommes qui ont été si sages sur la terre, sont ici chéris des Dieux. Remarquez mon fils, que leur gloire surpasse autant celle d'Achille & des autres Heros, qui n'ont excellé que dans les combats, qu'un doux printems est au dessus de l'hyver glacé, & que la lumiere du Soleil est plus éclatante que celle de la Lune.

Pen-

Pendant qu'Arcesius parloit de la sorte, il apperçut que Telemaque avoit toûjours les yeux arrêtez du côté d'un petit bois de lauriers & d'un ruisseau bordé de violettes, de roses, de lys, & de plusieurs autres fleurs odoriferantes, dont les vives couleurs ressembloient à celles d'Iris, quand elle descend du ciel sur la terre pour annoncer à quelque mortel les ordres des Dieux. C'étoit le grand Roi Sesostris que Telemaque reconnut dans ce beau lieu. Il étoit mille fois plus majestueux, qu'il ne l'avoit jamais été sur le trône d'Egypte. Des rayons d'une lumiere douce sortoient de ses yeux, & ceux de Telemaque en étoient ébloüis. A le voir on eut cru qu'il étoit enyvré de nectar, tant l'esprit divin l'avoit mis dans un transport au dessus de la raison humaine pour récompenser ses vertus.

Telemaque dit à Arcesius. Je reconnois, ô mon pere! Sesostris, ce sage Roi d'Egypte, que j'y ai vû il n'y a pas longtems. Le voilà, repondit Arcesius; & tu vois par son exemple combien les Dieux sont magnifiques à récompenser les bons Rois. Mais il faut que tu saches que toute cette félicité n'est rien en comparaison de celle qui lui étoit destinée, si une trop grande prosperité ne lui eût fait oublier les regles de la modération & de la justice. La passion de rabaisser l'orgueil & l'insolence des Tyriens, l'engagea à prendre leur ville. Cette conquête lui donna le desir d'en faire d'autres. Il se laissa séduire par la vaine gloire des Conquerans. Il subjugua, ou pour mieux dire, il ravagea toute l'Asie. A son retour en Egypte il trouva que son frere s'étoit emparé de la Royaute, & avoit alteré par un gouvernement injuste les meilleures loix du païs. Ainsi ses grandes conquêtes ne servirent qu'à troubler son Royaume. Mais ce qui le rendit plus inexcusable, c'est qu'il fut enyvré de sa propre gloire. Il fit atteler à un char les plus superbes d'entre les Rois qu'il avoit vaincus. Dans la suite il reconnut sa faute,

& eut honte d'avoir été si inhumain. Tel fut le fruit de ses victoires. Voilà ce que les Conquerans font contre leurs Etats, & contre eux-mêmes en voulant usurper ceux de leurs voisins. Voilà ce qui fit décheoir un Roi, d'ailleurs si juste & si bienfaisant, & c'est ce qui diminuë la gloire que les Dieux lui avoient préparée.

Ne vois-tu pas cet autre, ô mon fils, dont la blessure paroît si éclatante ? C'est un Roi de Carie nommé Dioclides, qui se dévoûa pour son peuple dans une bataille ; parce que l'Oracle avoit dit que dans la guerre des Cariens & des Lyciens, la Nation dont le Roi périroit, seroit victorieuse.

Considere cet autre, c'est un sage Legislateur, qui ayant donné à sa Nation des loix propres à les rendre bons & heureux, leur fit jurer qu'ils ne violeroient jamais aucune de ces loix pendant son absence. Après quoi il partit, s'exila lui-même de sa patrie, & mourut pauvre dans une terre étrangere, pour obliger son peuple par ce serment à garder â jamais des loix si utiles.

Cet autre que tu vois, est Eunesime Roi des Pyliens, & un des ancêtres du sage Nestor. Dans une peste qui ravageoit la terre & qui couvroit de nouvelles ombres les bords de l'Acheron, il demanda aux Dieux d'appaiser leur colore, en payant par sa mort pour tant de milliers d'hommes innocens. Les Dieux l'exaucérent, & lui firent trouver ici la vraie Royauté, dont toutes celles de la terre ne sont que de vaines ombres.

Ce Vieillard que tu vois couronné de fleurs, est le fameux Belus. Il regna en Egypte, & il épousa Anchinoé fille du Dieu Nilus, qui cache la source de ses eaux, & qui enrichit les terres qu'il arrose par ses inondations. Il eut deux fils ; Danaüs, dont tu sais l'histoire ; & Egyptus qui donna son nom à ce beau Royaume. Belus se croyoit plus riche par l'abondance où il met-

mettoit son peuple, & par l'amour de ses sujets pour lui, que par tous les tributs qu'il auroit pû leur imposer. Ces hommes que tu crois morts, vivent, mon fils ; & c'est la vie qu'on traîne miserablement sur la terre, qui n'est qu'une mort. Les noms seulement sont changez. Plaise aux Dieux de te rendre assez bon pour mériter cette vie heureuse que rien ne peut plus finir ni troubler. Hâte-toi, il est tems d'aller chercher ton Pere. Avant que de le trouver helas ! que tu verras répandre de sang ! Mais quelle gloire t'attend dans les campagnes de l'Hesperie ? Souviens-toi des conseils du sage Mentor. Pourvû que tu les suives, ton nom sera grand parmi tous les peuples & dans tous les siecles.

Il dit; & aussitôt il conduisit Telemaque vers la porte d'yvoire, par où l'on peut sortir du tenebreux Empire du Pluton. Telemaque les larmes aux yeux le quitta sans pouvoir l'embrasser ; & sortant de ces sombres lieux, il retourna en diligence vers le camp des Alliez, après avoir rejoint les deux jeunes Crétois, qui l'avoient accompagné jusques auprès de la caverne, & qui n'esperoient plus de le revoir.

Fin du dix-neuviéme Livre.

LES AVANTURES DE TELEMAQUE, FILS D'ULYSSE.

LIVRE VINGTIEME.

CEpendant les Chefs de l'armée s'assemblérent, pour déliberer s'il faloit s'emparer de Venuse. C'étoit une ville forte, qu'Adraste avoit autrefois usurpée sur ses voisins les Apuliens Peucétes. Ceux-ci étoient entrez contre lui dans la ligue, pour demander justice sur cette invasion. Adraste pour les appaiser avoit mis cette ville en dépôt entre les mains des Lucaniens. Mais il avoit corrompu par argent & la garnison Lucanienne & celui qui la commandoit; de façon que la nation des Lucaniens avoit moins d'autorité effective que lui dans Venuse; & les Apuliens qui avoient consenti que la garnison Lucaniencanienne gardât Venuſe, avoient été trompez dans cette negociation.

Un Citoyen de Venuſe, nommé Demophante, avoit offert ſecretement aux Alliez de leur livrer la nuit une des portes de la ville. Cet avantage étoit d'autant plus grand, qu'Adraſte avoit mis toutes ſes proviſions de guerre & de bouche dans un château voiſin de Venuſe, qui ne pouvoit ſe défendre ſi Venuſe étoit priſe. Philoctete & Neſtor avoient déja opiné qu'il faloit profiter d'une ſi heureuſe occaſion. Tous les Chefs entraînez par leur autorité, & éblouïs par l'utilité d'une ſi facile entrepriſe, applaudiſſoient à ce ſentiment. Mais Telemaque à ſon retour fit ſes derniers efforts pour les en détourner.

Je n'ignore pas, leur dit-il, que ſi jamais un homme a mérité d'être ſurpris & trompé, c'eſt Adraſte; lui qui a ſi ſouvent trompé tout le monde. Je vois bien qu'en ſurprenant Venûſe vous ne feriez que vous mettre en poſſeſſion d'une ville qui vous appartient, puiſqu'elle eſt aux Apuliens, qui ſont un des peuples de votre ligue. J'avoüe que vous le pourriez faire avec d'autant plus d'apparence de raiſon, qu'Adraſte qui a mis cette ville en dépôt, a corrompu le Commandant & la Garniſon, pour y entrer quand il le jugera à propos. Enfin je comprens comme vous, que ſi vous preniez Venuſe, vous ſeriez dès le lendemain maîtres du Château où ſont tous les préparatifs de guerre qu'Adraſte y a aſſemblez; & qu'ainſi vous finiriez en deux jours cette guérre ſi formidable. Mais ne vaut-il pas mieux périr, que de vaincre par de tels moyens! Faut-il repouſſer la fraude par la fraude? Sera-t-il dit que tant de Rois liguez pour punir l'impie Adraſte de ſes tromperies, ſeront trompeurs comme lui? S'il nous eſt permis de faire comme Adraſte, il n'eſt point coupable, & nous avons tort de le vouloir punir. Quoi! l'Heſperie entiere, ſoutenuë de tant de colônies Grecques, & des Heros revenus du siege de Troye, n'a-t-elle point d'autres armes contre la perfidie & les parjures d'Adraste que la perfidie & le parjure ? Vous avez juré par les choses les plus sacrées, que vous laisseriez Venuse en dépôt dans les mains des Lucaniens. La Garnison Lucanienne, dites-vous, est corrompuë par l'argent d'Adraste. Je le crois comme vous. Mais cette Garnison est toujours à la solde des Lucaniens. Elle n'a point refusé de leur obéïr. Elle a gardé au moins en apparence la neutralité. Adraste ni les siens ne sont jamais entrez dans Venuse. Le traité subsiste. Votre serment n'est point oublié des Dieux. Ne gardera-t-on les paroles données, que quand on manquera de prétextes plausibles pour les violer ? Ne sera-t-on fidele & religieux pour les sermens, que quand on n'aura rien à gagner en violant sa foi ? Si l'amour de la vertu & la crainte des Dieux ne vous touchent plus, au moins soyez touchez de votre réputation & de votre interêt. Si vous montrez aux hommes cet exemple pernicieux, de manquer de parole & de violer votre serment, pour terminer une guerre ; quelles guerres n'exciterez-vous point par cette conduite impie ? Quel voisin ne sera pas contraint de craindre tout de vous & de vous détester ? Qui pourra desormais dans les necessitez les plus pressantes se fier à vous ? Quelle sûreté pourrez-vous donner quand vous voudrez être sinceres, & qu'il vous importera de persuader à vos voisins votre sincerité ? Sera ce un traité solemnel ? Vous en aurez foulé un aux pieds. Sera-ce un serment ? Hé ! ne saura-t-on pas que vous comptez les Dieux pour rien, quand vous esperez tirer du parjure quelque avantage ? La paix n'aura donc pas plus de sûreté que la guerre à votre égard. Tout ce qui viendra de vous, sera reçu comme une guerre, ou feinte, ou déclarée. Vous serez les ennemis perpetuels de tous ceux qui auront le malheur

malheur d'être vos voisins. Toutes les affaires qui demandent de la réputation, de la probité, & de la confiance, vous deviendront impossibles. Vous n'aurez plus de ressource pour faire croire ce que vous promettrez.

Voici, ajoûta Telemaque, un interêt encore plus pressant, qui doit vous frapper, s'il vous reste quelque sentiment de probité & quelque prévoyance sur vos interêts. C'est qu'une conduite si trompeuse attaque par le dedans toute votre ligue & va la ruiner. Votre parjure và faire triompher Adraste.

A ces paroles toute l'assemblée émûë lui demandoit, comment il osoit dire, qu'une action qui donneroit une victoire certaine à la ligue, pouvoit la ruiner? Comment, leur répondit-il, pourrez-vous vous confier les uns aux autres, si une fois vous rompez l'unique lien de la societé, & de la confiance qui est la bonne foi? Après que vous aurez posé pour maxime qu'on peut violer les regles de la probité & de la fidélité pour un grand interêt, qui d'entre vous pourra se fier à un autre, quand cet autre pourra trouver un grand avantage à lui manquer de parole & à le tromper? Où en serez-vous? Quel est celui d'entre vous qui ne voudra point prévenir les artifices de son voisin par les siens? Que devient une ligue de tant de peuples, lorsqu'ils sont convenus entr'eux par une déliberation commune, qu'il est permis de surprendre son voisin & de violer la foi donnée? Quelle sera votre défiance mutuelle, votre division, votre ardeur à vous détruire les uns les autres? Adraste n'aura plus besoin de vous attaquer. Vous vous déchirerez assez vous-mêmes. Vous justifierez ses perfidies. O Rois sages & magnanimes! ô vous qui commandez avec tant d'experience sur des peuples innombrables, ne dédaignez pas d'écouter les conseils d'un jeune homme. Si vous tombiez dans les plus affreuses extrémitez, où la guerre précipite quelquefois les hommes, il faudroit vous préserver par votre vigilance & par les efforts de votre vertu; car le vrai courage ne se laisse jamais abattre. Mais si vous avez une-fois rompu la barriere de l'honneur & de la bonne foi, cette perte est irréparable. Vous ne pourrez plus rêtablir ni la confiance necessaire au succès de toutes les affaires importantes, ni ramener les hommes aux principes de la vertu, après que vous leur aurez appris à les mépriser. Que craignez-vous? N'avez-vous pas assez de courage pour vaincre sans tromper? Votre vertu jointe aux forces de tant de peuples, ne vous suffit-elle pas? Combatons, mourons, s'il le faut, plûtôt que de vaincre si indignement. Adraste, l'impie Adraste est dans nos mains, pourvû que nous ayons horreur d'imiter sa lâcheté & sa mauvaise foi.

Lorsque Telemaque acheva ce discours, il sentit que la douce persuasion avoit coulé de ses lévres, & avoit passé jusqu'au fond des cœurs. Il remarqua un profond silence dans l'assemblée. Chacun pensoit, non à lui, ni aux graces de ses paroles, mais à la force de la verité qui se faisoit sentir dans la suite de son raisonnement. L'étonnement étoit peint sur les visages. Enfin on entendit un murmure sourd qui se répandoit peu à peu dans l'assemblée. Les uns regardoient les autres, & n'osoient parler les premiers. On attendoit que les Chefs de l'armée se declarassent, & chacun avoit de la peine à retenir ses sentimens. Enfin le grave Nestor prononça ces paroles:

Digne fils d'Ulysse, les Dieux vous ont fait parler, & Minerve, qui a tant de fois inspiré votre pere, a mis dans votre cœur le conseil sage & genereux que vous avez donné. Je ne regarde point votre jeunesse; je ne considere que Minerve dans tout ce que vous venez de dire. Vous avez parlé pour la vertu. Sans elle les plus grands avantages sont de vrayes pertes;

sans

ſans elle on s'attire bientôt la vengeance de ſes ennemis, la défiance de ſes Alliez, l'horreur de tous les gens de bien, & la juſte colere des Dieux. Laiſſons donc Venuſe entre les mains des Lucaniens, & ne ſongeons plus qu'à vaincre Adraſte par notre courage.

Il dit; & toute l'aſſemblée applaudit à ſes ſages paroles. Mais en applaudiſſant, chacun étonné tournoit les yeux vers le fils d'Ulyſſe, & on croyoit voir reluire en lui la ſageſſe de Minerve qui l'inſpiroit.

Ils s'éleva bientôt une autre queſtion dans le conſeil des Rois, où il n'acquit pas moins de gloire. Adraſte toujours cruel & perfide envoya dans le camp un Transfuge nommé Acante, qui devoit empoiſonner les plus illuſtres Chefs de l'armée. Sur tout il avoit ordre de ne rien épargner pour faire mourir le jeune Telemaque, qui étoit déja la terreur des Dauniens. Telemaque qui avoit trop de courage & de candeur pour être enclin à la défiance, reçut ſans peine avec amitié ce malheureux, qui avoit vû Ulyſſe en Sicile, & qui lui racontoit les avantures de ce Heros. Il le nourriſſoit & tâchoit de le conſoler dans ſon malheur; car Acante ſe plaignoit d'avoir été trompé & traité indignement par Adraſte. Mais c'étoit nourrir & réchauffer dans ſon ſein une vipere venimeuſe toute prête à faire une bleſſure mortelle. On ſurprit un autre Transfuge nommé Arion, qu'Acante envoyoit vers Adraſte pour lui apprendre l'état du camp des Alliez, & pour lui aſſurer qu'il empoiſonneroit le lendemain les principaux Rois avec Telemaque dans un feſtin que celui-ci lui devoit donner. Arion pris avoüa ſa trahiſon. On ſoupçonna qu'il étoit d'intelligence avec Acante, parce qu'ils étoient bons amis. Mais Acante profondément diſſimulé & intrépide, ſe défendoit avec tant d'art, qu'on ne pouvoit le convaincre, ni découvrir le fond de la conjuration.

Plu-

Plusieurs des Rois furent d'avis qu'il faloit dans le doute sacrifier Acante à la sûreté publique. Il faut, disoient-ils, le faire mourir. La vie d'un seul homme n'est rien, quand il s'agit d'assurer celle de tant de Rois. Qu'importe qu'un innocent périsse, quand il s'agit de conserver ceux qui representent les Dieux au milieu des hommes?

Quelle maxime inhumaine! quelle politique barbare, répondit Telemaque. Quoi! vous êtes si prodigues du sang humain! O vous qui êtes établis les Pasteurs des hommes, & qui ne commandez sur eux, que pour les conserver, comme un Pasteur conserve son troupeau, vous êtes donc les loups cruëls, & non pas les Pasteurs. Du moins vous n'êtes Pasteurs que pour tondre & pour égorger le troupeau, au lieu de le conduire dans les pâturages. Selon vous on est coupable dès que l'on est accusé. Un soupçon mérite la mort. Les innocens sont à la merci des envieux & des calomniateurs. A mesure que la défiance tyrannique croîtra dans vos cœurs, il faudra aussi égorger plus de victimes.

Telemaque disoit ces paroles avec une autorité & une vehemence qui entraînoit les cœurs, & qui couvroit de honte les auteurs d'un si lâche conseil. Ensuite se radoucissant, il leur dit. Pour moi je n'aime pas assez la vie pour vivre à ce prix. J'aime mieux qu'Acante soit méchant que si je l'étois, & qu'il m'arrache la vie par une trahison, que si je le faisois moi-même périr injustement dans le doute. Mais écoutez, ô vous, qui étant établis Rois, c'est-à-dire Juges des peuples, devez savoir juger les hommes avec justice, prudence, & modération; laissez-moi interroger Acante en votre presence.

Aussitôt il interroge cet homme sur son commerce avec Arion. Il le presse sur une infinité de circonstances. Il fait semblant plusieurs fois de le renvoyer à Adraste,

Adraste, comme un Transfuge digne d'être puni, pour observer s'il avoit peur d'être ainsi renvoyé, ou non. Mais le visage & la voix d'Acante demeurent tranquilles. Et Telemaque en conclut qu'Acante pouvoit n'être pas innocent.

Enfin ne pouvant tirer la verité du fond de son cœur, il lui dit. Donnez moi votre anneau, je veux l'envoyer à Adraste. A cette demande de son anneau, Acante pâlit, il fut embarassé. Telemaque dont les yeux étoient toujours attachez sur lui, l'apperçût; il prit cet anneau. Je m'en vais, lui dit-il, l'envoyer à Adraste par les mains d'un Lucanien nommé Polytrope, que vous connoissez, & qui paroîtra y aller secrettement de votre part. Si nous pouvons découvrir par cette voye votre intelligence avec Adraste, on vous fera périr impitoyablement par les tourmens les plus cruëls. Si au contraire vous avoüez dès-à-present votre faute, on vous la pardonnera, & on se contentera de vous envoyer dans une Ile de la mer, où vous ne manquerez de rien. Alors Acante avoüa tout, & Telemaque obtint des Rois qu'on lui donneroit la vie, parce qu'il la lui avoit promise. On l'envoya dans une des Iles Echinades, où il vécut en paix.

Peu de tems après un Daunien d'une naissance obscure, mais d'un esprit violent & hardi, nommé Dioscore, vint la nuit dans le camp des Alliez, leur offrir d'égorger dans sa tente le Roi Adraste. Il le pouvoit; car on est maître de la vie des autres, quand on ne compte plus pour rien la sienne. Cet homme ne respiroit que la vengeance, parce qu'Adraste lui avoit enlevé sa femme qu'il aimoit éperdûement, & qui étoit égale en beauté à Venus méme. Il étoit resolu, ou de faire perir Adraste & de reprendre sa femme, ou de perir lui méme. Il avoit des intilligences secrettes pour entrer la nuit dans la tente du Roi, & pour être favo-

favorisé dans cette entreprise par plusieurs Capitaines Dauniens. Mais il croyoit avoir besoin que les Rois Alliez attaquassent en même tems le camp d'Adraste, afin que dans ce trouble il pût plus facilement se sauver & enlever sa femme. Il étoit content de périr, s'il ne pouvoit l'enlever après avoir tué le Roi.

Aussitôt que Dioscore eut expliqué aux Rois son dessein, tout le monde se tourna vers Telemaque, comme, pour lui demander une décision. Les Dieux, répondit-il, qui nous ont préservé des traîtres, nous ont défendu de nous en servir. Quand même nous n'aurions pas assez de vertu pour détester la trahison, notre seul interêt suffiroit pour la rejetter. Dès que nous l'aurons autorisée par notre exemple, nous mériterons qu'elle se tourne contre nous. Dès ce moment, qui d'entre nous sera en sûreté ? Adraste pourra bien éviter le coup qui le menace & le faire retomber sur les Rois Alliez. La guerre ne sera plus une guerre. La sagesse & la vertu ne seront plus d'aucun usage. On ne verra plus que perfidie, trahison & assassinats. Nous en ressentirons nous-mêmes les funestes suites, & nous le mériterons, puisque nous aurons autorisé le plus grand des maux. Je conclus donc qu'il faut renvoyer le traître à Adraste. J'avouë que ce Roi ne le mérite pas. Mais toute l'Hesperie & toute la Grece, qui ont les yeux sur nous, méritent que nous tenions cette conduite pour en être estimez. Nous nous devons à nous-mêmes, & plus encore aux justes Dieux, cette horreur de la perfidie.

Aussitôt on envoya Dioscore à Adraste, qui fremit du péril où il avoit été, & qui ne pouvoit assez s'étonner de la generosité de ses ennemis; car les méchans ne peuvent comprendre la pure vertu. Adraste admiroit malgré lui ce qu'il venoit de voir, & n'osoit le louër. Cette action noble des Alliez rappelloit un honteux souvenir de toutes ses tromperies, & de toutes ses

ses cruautez. Il cherchoit à rabaisser la generosité de ses ennemis, & étoit honteux de paroître ingrat, pendant qu'il leur devoit la vie. Mais les hommes corrompus s'endurcissent bientôt contre tout ce qui pourroit les toucher.

Adraste qui vit que la réputation des Alliez augmentoit tous les jours, crut qu'il étoit pressé de faire contre eux quelque action éclatante. Comme il n'en pouvoit faire aucune de vertu, il voulut du moins tâcher de remporter quelque grand avantage sur eux par les armes, & il se hâta de combatre.

Le jour du combat étant venu, à peine l'Aurore ouvroit au Soleil les portes de l'Orient dans un chemin semé de roses, que le jeune Telemaque prevenant par les soins la vigilance des plus vieux Capitaines, s'arracha d'entre les bras du doux sommeil, & mit en mouvement tous les Officiers. Son casque couvert de crins flotans brilloit déja sur sa tête, & sa cuirasse sur son dos éblouïssoit les yeux de toute l'armée. L'ouvrage de Vulcain avoit outre sa beauté naturelle l'éclat de l'Egide, qui y étoit cachée. Il tenoit sa lance d'une main, de l'autre il montroit les divers postes qu'il faloit occuper. Minerve avoit mis dans ses yeux un feu divin, & sur son visage une majesté fiere qui promettoit déja la victoire. Il marchoit, & tous les Rois oubliant leur âge & leur dignité, se sentoient entrainez par une force superieure qui leur faisoit suivre ses pas. La foible jalousie ne pouvoit plus entrer dans les cœurs. Tout cede à celui que Minerve conduit insensiblement par la main. Son action n'avoit rien d'impetueux ni de precipité. Il étoit doux, tranquille, patient, toûjours prêt à écouter les autres, & profiter de leurs conseils: mais actif, prévoyant, attentif aux besonis les plus éloignez, arrangeant toutes choses à propos, ne s'embarassant de rien, & n'embarassant point les autres, excusant les fautes, réparant les mécomptes, prevenant les difficultez, ne demandant jamais rien de trop à personne, inspirant par tout la liberté & la confiance. Donnoit-il un ordre ? C'étoit dans les termes les plus simples & les plus clairs. Il le répetoit pour mieux instruire celui qui devoit l'executer. Il voyoit dans ses yeux s'il l'avoit bien compris. Il lui faisoit ensuite expliquer familierement, comment il avoit compris ses paroles, & le principal but de son entreprise. Quand il avoit ainsi éprouvé le bon sens de celui qu'il envoyoit, & qu'il l'avoit fait entrer dans ses vûës, il ne le faisoit partir qu'après lui avoir donné quelque marque d'estime & de confiance pour l'encourager. Ainsi tous ceux qu'il envoyoit, étoient pleins d'ardeur pour lui plaire & pour réüssir. Mais ils n'étoient point genez par la crainte qu'on leur imputeroit le mauvais succès ; car il excusoit toutes les fautes qui ne venoient point de mauvaise volonté.

L'horison paroissoit rouge & enflammé par les premiers rayons du Soleil. La mer étoit pleine des feux du jour naissant. Toute la côte étoit couverte d'hommes, d'armes, de chevaux & de chariots en mouvement. C'étoit un bruit confus, semblable à celui des flots en couroux, quand Neptune excite au fond de ses abîmes les noires tempêtes. Ainsi Mars commençoit par le bruit des armes, & par l'appareil fremissant de la guerre à semer la rage dans tous les cœurs. La campagne étoit pleine de piques herissées, semblables aux épics qui couvrent les sillons fertiles dans le tems des moissons. Déja s'élevoit un nuage de poussiere, qui déroboit peu à peu aux yeux des hommes la terre & le ciel. La confusion, l'horreur, le carnage, l'impitoyable mort s'avançoient.

A peine les premiers traits étoient jettez, que Telemaque levant les yeux & les mains vers le ciel, prononça ces paroles. O Jupiter pere des Dieux & des hommes, vous voyez de nôtre côté la justice & la

paix,

paix ; que nous n'avons point eû de honte de chercher. C'eſt à regret que nous combattons. Nous voudrions épargner le ſang des hommes. Nous ne haïſſons point cet ennemi même, quoi qu'il ſoit cruel, perfide & ſacrilege. Voyez & decidez entre lui & nous. S'il faut mourir, nos vies ſont dans vos mains. S'il faut delivrer l'Heſperie & abattre le Tyran, ce ſera vôtre puiſſance, & la ſageſſe de Minerve vôtre fille, qui nous donnera la victoire. La gloire vous en ſera dûë. C'eſt vous qui la balance en main reglez le ſort des combats. Nous combattons pour vous ; & puiſque vous êtes juſte, Adraſte eſt plus vôtre ennemi que le nôtre. Si votre cauſe eſt victorieuſe, avant la fin du jour, le ſang d'une Hecatombe entiere, ruiſſelera ſur vos Autels.

Il dit, & à l'inſtant il pouſſe ſes courſiers fougueux & écumans dans les rangs les plus preſſez des ennemis. Il rencontra d'abord Periandre Locrien couvert d'une peau de lion qu'il avoit tué dans la Cilicie, pendant qu'il y avoit voyagé. Il étoit armé comme Hercule d'une maſſuë énorme. Sa taille & ſa force le rendoient ſemblable aux Geans. Dès qu'il vit Telemaque, il mépriſa ſa jeuneſſe & la beauté de ſon viſage. C'eſt bien à toi, dit-il, jeune effeminé, à nous diſputer la gloire des combats. Va, enfant, va parmi les ombres chercher ton pere. En diſant ces paroles, il leve ſa maſſuë noüeuſe, peſante, armée de pointes de fer. Elle paroît comme un mât de navire. Chacun craint le coup de ſa chute ; elle menace la tête du fils d'Ulyſſe. Mais il ſe détourne du coup, & s'élance ſur Periandre avec la rapidité d'un aigle qui fend les airs. La maſſuë en tombant briſe une roüe d'un char auprès de celui de Telemaque. Cependant le jeune Grec perce d'un trait Periandre à la gorge. Le ſang qui coule à gros boüillons de ſa large playe étouffe ſa voix. Ses chevaux fougueux ne ſentant plus ſa main defaillante, & les rênes flottants ſur leur coû, s'emportent çà & là.

Il tombe de dessus son char, les yeux déja fermez à la lumiere, & la pâle mort étant déja peinte sur son visage défiguré. Telemaque eut pitié de lui. Il donna aussitôt son corps à ses domestiques, & garda comme une marque de sa Victoire, la peau du lion avec la massuë.

Ensuite il cherche Adraste dans la mêlée. Mais en le cherchant il précipite dans les enfers une foule de combattans; Hilée qui avoit attelé à son char deux coursiers semblables à ceux du Soleil, & nourris dans les vastes prairies qu'arose l'Aufide; Demoleon, qui dans la Sicile avoit autrefois presque égalé Erix dans les combats du Ceste; Crantor qui avoit été hôte & ami d'Hercule lorsque ce fils de Jupiter passant dans l'Hesperie, y ôta la vie à l'infame Cacus; Menecrate qui ressembloit, disoit-on, à Pollux dans la lute: Hypocoon Salapien qui imitoit l'adresse & la bonne grace de Castor pour mener un cheval; le fameux chasseur Eurimede toûjours teint du sang des ours & des sangliers qu'il tuoit dans les sommets couverts de neiges du froid Appennin, & qui avoit été, disoit-on, si cher à Diane, qu'elle lui avoit apris elle-même à tirer des fleches; Nicostrate vainqueur d'un Geant, qui vomissoit le feu dans les rochers du mont Gargan; Eleante qui devoit épouser la jeune Pholoé fille du fleuve Liris.

Elle avoit été promise par son pere à celui qui la delivreroit d'un serpent aîlé qui étoit né sur le bord du fleuve, & qui devoit la devorer dans peu de jours suivant la prédiction d'un oracle. Ce jeune homme par un excès d'amour se dévoüa pour tuer le monstre. Il réüssit. Mais il ne pût goûter le fruit de sa victoire, & pendant que Pholoé préparant à un doux hymenée, attendoit impatiemment Eleante, elle aprit qu'il avoit suivi Adraste dans les combats, que la Parque avoit tranché cruellement ses jours. Elle remplit de ses gemissemens les bois & les montagnes, qui sont auprès du du fleuve. Elle noya ses yeux de larmes, arracha ses beaux cheveux, oublia les guirlandes fleurs qu'elle avoit accoûtumé de cueillir, & accusa le ciel d'injustice. Comme elle ne cessoit de pleurer nuit & jour, les Dieux touchez de ses regrets, & pressé par les prieres du fleuve, mirent fin à sa douleur. A force de verser des larmes, elle fut tout-à-coup changée en fontaine, qui coulant dans le sein du fleuve, va joindre ses eaux à celle du Dieu son pere. Mais l'eau de cette fontaine est encore amere, l'herbe du rivage ne fleurit jamais, & on ne trouve d'autre ombrage, que celui des Cyprès sur les tristes bords.

Cependant Adraste qui aprit que Telemaque répandoit de tous côtez la terreur, le cherchoit avec empressement. Il esperoit de vaincre facilement le fils d'Ulysse dans un âge encore si tendre, & il menoit autour de lui trente Dauniens d'une force, d'une adresse, & d'une audace extraordinaire, ausquels il avoit promis de grandes recompenses, s'ils pouvoient dans le combat faire perir Telemaque, de quelque maniere que ce pût être. S'il l'eût rencontré dans le commencement du combat, sans doute ces trente hommes environnans le char de Telemaque, pendant qu'Adraste l'auroit attaqué de front, n'auroient eu aucune peine à le tuer. Mais Minerve les fit égarer.

Adraste crut voir & entendre Telemaque dans un endroit de la plaine, enfoncé au pied d'une coline, où il y avoit une foule de combatans. Il court, il vole, il veut se rassasier de sang. Mais au lieu de Telemaque, il aperçoit le vieil Nestor, qui d'une main tremblante jettoit au hazard quelques traits inutiles. Dans sa fureur il veut le percer, mais une troupe Pyliens se jetta autour de Nestor.

Alors uné nuée de traits obscurcit l'air & couvrit tous les combatans. On n'entendoit que les cris plaintifs des mourans, & le bruit des armes de ceux qui tomboient dans la mêlee. La terre gemissoit sous un monceau de morts. Des ruisseaux de sang couloient de toutes parts. Bellone & Mars avec les furies infernales vétuës de robes toutes dégoutantes de sang, repaissoient leurs yeux cruels de ce spectable, & renouvelloient sans cesse la rage dans les cœurs. Ces Divinitez ennemis des hommes repoussoient loin des deux partis la pitié genereuse, la valeur moderée, la douce humanité. Ce n'étoit plus dans cet amas confus d'hommes acharnez les uns sur les autres, que massacre, vengeance, desespoir & fureur brutale. La sage & invincible Pallas elle-même l'aiant vû, fremit, & recula d'horreur.

Cependant Philoctete marchant à pas lents, & tenant dans sa mains les fleches d'Hercule, se hâtoit d'aller au secours de Nestor. Adraste n'aiant pû atteindre le divin Vieillard, avoit lancé ses traits sur plusieurs Pyliens, ausquels il avoit fait mordre la poudre. Déja il avoit abattu Etesilas si leger à la course, qu'à peine il imprimoit la trace de ses pas dans le sable, & qu'il devançoit en son païs les plus rapides flots de l'Eurotas & de l'Alphée. A ses pieds étoient tombez Entyphron plus beau qu'Hylas, & aussi ardent chasseur qu'Hyppolite; Pterelas qui avoit suivi Nestor au siege de Troye, & qu'Achille même avoit aimé à cause de son courage & de sa force; Aristogiton, qui s'étant baigné, disoit-on, dans les ondes du fleuve Acheloüs, avoit reçu secretement de ce Dieu la vertu de prendre toutes sortes de formes. En effet, il étoit si souple & si prompt dans tous ses mouvemens, qu'il échapoit aux mains les plus fortes. Mais Adraste d'un coup de lance le rendit immobile, & son ame s'enfuit d'abord avec son sang.

Nestor, qui voyoit tomber ses plus vaillans Capitaines sous la main du cruel Adraste, comme les épics dorez pendant la moisson tombent sous la faux tranchante d'un infatigable moissonneur, oublioit le danger

ger où il exposoit inutilement sa vieillesse. Sa sagesse l'avoit quitté. Il ne songeoit plus qu'à suivre des yeux Pysistrate son fils, qui de son côté soûtenoit avec ardeur le combat, pour éloigner le peril de son pere. Mais le moment fatal étoit venu, où Pysistrate devoit faire sentir à Nestor, combien on est souvent malheureux d'avoir trop vécu.

Pisistrate porta un coup de lance si violent contre Adraste, que le Daunien devoit succomber. Mais il l'évita; & pendant que Pisistrate ébranlé du faux coup qu'il avoit donné, ramenoit sa lance, Adraste le perça d'un javelot au milieu du ventre. Les entrailles commencerent d'abord à sortir avec un ruisseau de sang. Son teint se flêtrit comme une fleur, que la main d'une Nymphe a cueillie dans les prez. Ses yeux étoient déja presque éteints, & sa voix défaillante. Alcée son gouverneur, qui étoit auprès de lui, le soutint comme il alloit tomber, & n'eût le tems que de le mener entre les bras de son pere. Là il vouloit parler & donner les dernieres marques de sa tendresse, mais en ouvrant la bouche, il expira.

Pendant que Philoctete répandoit autour de lui le carnage & l'horreur, pour repousser les efforts d'Adraste, Nestor, tenoit serré entre ses bras le corps de son fils. Il remplissoit l'air de ses cris, & ne pouvoit souffrir la lumiere. Malheureux, disoit-il, d'avoir été pere & d'avoir vécu si longtems! Helas! cruelles destinées, pourquoi n'avez-vous pas fini ma vie où à la chasse du sanglier de Calydon, ou au voyage de Choleos, ou au premier siege de Troye? Je serois mort avec gloire & sans amertume. Maintenant je traîne une vieillesse douloureuse, méprisée & impuissante: je ne vis plus que pour les maux: je n'ai plus de sentiment que pour la tristesse. O mon fils! ô cher Pisistrate! quand je perdis ton frere Antiloque, je t'avois pour me consoler; je ne t'ai plus, je n'ai plus rien, & rien ne me consolera.

ra. Tout est fini pour moi. L'esperance, seul adoucissement des peines des hommes, n'est plus un bien qui me regarde. Antiloque, Pisistrate, ô chers enfans, je croi que c'est aujourd'hui que je vous perds tous deux. La mort de l'un rouvre la playe que l'autre avoit faite au fond de mon cœur. Je ne vous verrai plus. Qui fermera mes yeux ? Qui recueillera mes cendres ? O Pisistrate, tu es mort comme ton frere en homme courageux ; il n'y a que moi qui ne puis mourir.

En disant ces paroles, il voulut se percer lui-même d'un dard qu'il avoit. Mais on arrêta sa main. On lui arracha le corps de son fils ; & comme cet infortuné vieillard tomboit en défaillance, on le porta dans sa tente, où aiant un peu repris ses forces, il voulut retourner au combat. Mais on le retint malgré lui.

Cependant Adraste & Philoctete se cherchoient. Leurs yeux étoient étincelans comme ceux d'un lion & d'un leopard, qui cherchent à se déchirer l'un l'autre dans les campagnes qu'arose le Caystre. Les menaces, la fureur guerriere & la cruelle vengeance éclatent dans leurs yeux farouches. Ils portent une mort certaine par tout, où ils lancent leurs traits. Tous les combattans les regardent avec effroi. Déja ils se voient l'un l'autre, & Philoctete tient en main une de ses fléches terribles, qui n'ont jamais manqué leur coup dans ses mains, & dont les blessures sont irremediables. Mais Mars qui favorisoit le cruel & intrepide Adraste, ne pût souffrir qu'il perit sitôt. Il vouloit par lui prolonger les horreurs de la guerre, & multiplier les carnages. Adraste étoit encore dû à la justice des Dieux pour punir les hommes, & pour verser leur sang.

Dans le moment où Philoctete veut l'attaquer, il est blessé lui-même par un coup de lance que lui donne Amphimaque jeune Lucanien, plus beau que le fameux Nirée, dont la beauté ne cedoit qu'à celle d'Achille parmi tous les Grecs qui combatirent au siege de de Troye. A peine Philoctete eut reçu le coup, qu'il tira la fleche contre Amphimaque. Elle lui perça le cœur. Aussitôt ses beaux yeux noirs s'éteignirent, & furent couverts des tenebres de la mort. Sa bouche plus vermeille que les roses, dont l'aurore naissante seme l'horison ; une pâleur afreuse ternit ses joues : ce visage si tendre & si gracieux se desigura tout-à-coup. Philoctete lui-même en eut pitié. Tous les combattans gemirent en voyant ce jeune homme tomber dans son sang, où il se rouloit, & ses cheveux aussi beaux que ceux d'Apollon trainez dans la poussiere.

Philoctete aiant vaincu Amphimaque fut contraint de se retirer du combat. Il perdoit son sang & ses forces. Son ancienne blessure même dans l'effort du combat sembloit prête à se r'ouvrir & à renouveller ses douleurs; car les enfans d'Esculape avec leur science divine n'avoient pû le guerir entierement. Le voila prêt à tomber sur un monceau de corps sanglants qui l'environnent. Archidame, le plus fier & le plus adroit de tous les Oebaliens qu'il avoit menez avec lui pour fonder Petilie, l'enleve du combat dans le moment où Adraste l'auroit sans peine abattu à ses pieds. Adraste ne trouve plus rien qui ose lui resister ni retarder sa victoire. Tout tombe, tout s'enfuit; c'est un torrent, qui aiant surmonté ses bords, entraîne par ses vagues furieuses les moissons, les troupeaux, les bergers, & les villages.

Telemaque entendit de loin les cris des vainqueurs, & il vit le desordre des siens qui fuyoient devant Adraste, comme une troupe de cerfs timides traverse les Campagnes, les bois & les montagnes, les fleuves mêmes les plus rapides, quand ils sont poursuivis par des Chasseurs. Telemaque gemit. L'indignation paroît dans ses yeux. Il quitte les lieux où il a combattu longtems avec tant de danger & de gloire. Il court pour soûtenir les siens. Il s'avance tout couvert du sang

ſang d'une multitude d'ennemis qu'il a étendus ſur la pouſſiere. De loin il pouſſe un cri qui ſe fait entendre aux deux armées.

Minerve avoit mis je ne ſçai quoi de terrible dans ſa voix, dont les montagnes voiſines retentirent. Jamais Mars dans la Thrace n'a fait entendre plus fortement ſa cruelle voix, quand il apelle les furies infernales, la guerre & la mort. Ce cri de Telemaque porte le courage & l'audace dans le cœur des ſiens. Il glace d'épouvente les ennemis. Adraſte même a honte de ſe ſentir troublé. Je ne ſçai combien de funeſtes preſages le font fremir, & ce qui l'anime, eſt plûtôt un deſeſpoir qu'une valeur tranquille. Trois fois ſes genoüils tremblans commencerent à ſe dérober ſous lui. Trois fois il recula ſans ſonger â ce qu'il faiſoit. Une pâleur de défaillance & une ſueur froide ſe répandit dans tous ſes membres. Sa voix enroüée & heſitante ne pouvoit achever aucune parole. Ses yeux pleins d'un feu ſombre & étincelant paroiſſoient ſortir de ſa tête. On le voyoit, comme Oreſte agité par les furies. Tous ſes mouvemens étoient convulſifs. Alors il commença a croire qu'il y a des Dieux. Il s'imaginoit les voir irritez & entendre une voix ſourde qui ſortoit du fond de l'abime pour l'appeller dans le noir Tartare. Tout lui fait ſentir une main celeſte & invincible ſuſpenduë ſur ſa tête, qui alloit s'apeſantir pour le fraper. L'eſperance étoit éteinte au fond de ſon cœur. Son audace ſe diſſipoit, comme la lumiere du jour diſparoît quand le Soleil ſe couche dans le ſein des ondes, & que la terre s'envelope des ombres de la nuit.

L'impie Adraſte trop longtems ſouffert ſur la terre; trop longtems, ſi les hommes n'euſſent eû beſoin d'un tel châtiment; l'impie Adraſte touchoit enfin à ſa derniere heure. Il court forcené au devant de ſon inévitable deſtin. L'horreur, les cuiſans remords, la conſternaſternation, la fureur, la rage, le deſeſpoir, marchent avec lui. A peine voit-il Telemaque, qu'il croit voir l'Averne qui s'ouvre & les tourbillons de flâmes qui ſortent du noir Phlegeton prêtes à le devorer. Il s'écrie, & ſa bouche demeure ouverte ſans qu'il puiſſe prononcer aucune parole. Tel qu'un homme dormant, qui dans un ſonge affreux ouvre la bouche & fait des efforts pour parler. Mais la parole lui manque toujours & il la cherche en vain. D'une main tremblante & precipitée Adraſte lance ſon dard contre Telemaque. Celui-ci intrepide, comme l'ami des Dieux, ſe couvre de ſon bouclier. Il ſemble que la victoire le couvrant de ſes aîles tient déja une couronne ſuſpenduë au deſſus de ſa tête. Le courage doux & paiſible reluit dans ſes yeux. On le prendroit pour Minerve même, tant il paroît ſage & meſuré au milieu des plus grands perils. Le dard lancé par Adraſte eſt repouſſé par le bouclier. Alors Adraſte ſe hâte de tirer ſon épée, pour ôter au fils d'Ulyſſe l'avantage de lancer ſon dard à ſon tour. Telemaque voyant Adraſte l'épée à la main, ſe hâte de la mettre auſſi, & laiſſe ſon dard inutile.

Quand on les vit ainſi combattre de près, tous les autres combattans en ſilence mirent bas leur armes pour les regarder attentivement, & on attendit de leur combat la deſtinée de toute la guerre. Les deux glaives brillans comme les éclairs d'où partent les foudres ſe croiſent pluſieurs fois, & portent des coups inutiles ſur les armes polies, qui en retentiſſent. Les deux combattans s'alongent, ſe replient, s'abaiſſent, ſe relevent tout-à-coup, & enfin ſe ſaiſiſſent. Le lierre en naiſſant au pied d'un ormeau n'en ſerre pas plus étroitement le tronc dur & noüeux par ſes rameaux entrelaſſez, juſques aux plus hautes branches de l'arbre, que ces deux combattans ſe ſerrent l'un l'autre. Adraſte n'avoit encore rien perdu de ſa force. Telemaque

n'avoit

n'avoit pas toute la sienne. Adraste fait plusieurs efforts pour surprendre son ennemi, & pour l'ébranler. Il tâche de saisir l'épée du jeune Grec, mais en vain. Dans le moment où il la cherche, Telemaque l'enleve de terre & le renverse sur le sable. Alors cet impie qui avoit toujours méprisé les Dieux, montre une lâche crainte de la mort. Il a honte de demander la vie, & il ne peut s'empêcher de témoigner qu'il la desire. Il tâche d'émouvoir la compassion de Telemaque. Fils d'Ulysse, dit-il, enfin c'est maintenant que je connois les justes Dieux. Ils me punissent, comme je l'ai merité. Il n'y a que le malheur qui ouvre les yeux des hommes pour voir la verité. Je la vois, elle me condamne. Mais qu'un Roi malheureux vous fasse souvenir de vôtre pere qui est loin d'Ithaque, & touche vôtre cœur.

Telemaque qui le tenant sous ses genoux avoit le glaive, déja levé pour lui percer la gorge, répondit aussitôt. Je n'ai voulu que la victoire & la paix des nations que je suis venu secourir. Je n'aime point à répandre le sang, Vivez-donc, Adraste, mais vivez pour reparer vos fautes; rendez tout ce que vous avez usurpé; rétablissez le calme & la justice sur les bords de la grande Hesperie que vous avez soüillée par tant de massacres & de trahisons. Vivez, & devenez un autre homme. Aprenez par vôtre chute, que les Dieux sont justes, que les méchans sont malheureux, qu'ils se trompent en cherchant la felicité dans la violence, dans l'inhumanité & dans le mensonge, qu'enfin rien n'est si doux ni si heureux que la simple & constante vertu. Donnez-nous pour ôtage vôtre fils Metrodore avec douze des principaux de vôtre nation.

A ces paroles, Telemaque laisse relever Adraste, & lui tend la main sans se défier de sa mauvaise foi. Mais aussitôt Adraste lui lance un second dard fort court qu'il tenoit caché. Le dard étoit si aigu & lancé

avec

avec tant d'adresse, qu'il eût percé les armes de Telemaque, si elles n'eussent été divines. En même tems Adraste se jette derriere un arbre pour éviter la poursuite de Telemaque. Alors celui-cy s'écrie: Dauniens, vous le voyez, la victoire est à nous. L'impie ne se sauve que par la trahison. Celui qui ne craint point les Dieux, craint la mort. Au contraire, celui qui les craint, ne craint qu'eux. En disant ces paroles, il s'avance vers les Dauniens, & fait signe aux siens qui étoient de l'autre côté de l'arbre, de couper chemin au perfide Adraste. Adraste prêt d'être surpris, fait semblant de retourner sur ses pas, & veut renverser les Crétois qui se presentent à son passage. Mais tout-à-coup Telemaque prompt comme la foudre, que la main du pere des Dieux lance du haut Olympe sur les têtes coupables, vient fondre sur son ennemi. Il le saisit d'une main victorieuse, il le renverse, comme le cruel Aquilon abat les tendres moissons qui dorent les campagnes, il ne l'écoute plus, quoi que l'impie ose encore une fois essayer d'abuser de la bonté de son cœur. Il enfonce son glaive & le précipite dans les flâmes du noir Tartares; digne châtiment de ses crimes.

Fin du vingtiéme Livre.

LES

LES AVANTURES DE TELEMAQUE, FILS D'ULYSSE.

LIVRE VINGTUN.

A Peine Adraste fut mort que tous les Dauniens loin de déplorer leur défaite & la perte de leur Chef, se réjoüirent de leur delivrance. Ils tendirent les mains aux Alliez en signe de paix & de reconciliation. Metrodore fils d'Adraste, que son pere avoit nourri dans des maximes de dissimulation, d'injustice & d'inhumanité, s'enfuit lâchement. Mais un esclave complice de ses infamies & de ses cruautez qu'il avoit affranchi & comblé de biens, & auquel seul il se confia dans sa fuite, ne songea qu'à le trahir pour son propre interêt. Il le tua par derriere pendant qu'il fuioit, lui coupa la tête & la

& la porta dans le camp des Alliez, esperant une grande recompense d'un crime qui finissoit la guerre. Mais ont eut horreur de ce scelerat, & on le fit mourir.

Telemaque aiant vû la tête de Metrodore qui étoit un jeune homme d'une merveilleuse beauté, & d'un naturel excellent, que les plaisirs & les mauvais exemples avoient corrompu, ne pût retenir ses larmes. Helas! s'écria-t-il; voila ce que fait le poison de la prosperité pour un jeune Prince. Plus il a d'élevation & de vivacité, plus il s'éloigne de tout sentiment de vertu; & maintenant je serois peut-être de même, si les malheurs où je suis né, graces aux Dieux, & les instructions de Mentor ne m'avoient apris a me moderer.

Les Dauniens assemblez demanderent comme l'unique condition de paix, qu'on leur permit de faire un Roy de leur nation, qui pût effacer par ses vertus l'opprobre dont l'impie Adraste avoit couvert la Royauté. Ils remercioient les Dieux d'avoir frapé le Tyran; ils venoient en foule baiser la main de Telemaque qui avoit été trempée dans le sang de ce monstre, & leur défaite étoit pour eux comme un triomphe. Ainsi tomba en un moment, sans aucune ressource, cette puissance qui menaçoit toutes les autres dans l'Hesperie, & qui faisoit trembler tant de peuples. Semblable à ces terrains qui paroissent fermes & immobiles, mais que l'on sape peu à peu par dessous. Longtems on se mocque du foible travail qui en attaque les fondemens: rien ne paroît affoibli, tout est uni, rien ne s'ébranle. Cependant tous les soûtiens soûterrains sont détruits peu à peu jusques au moment où tout à coup le terrain s'abaisse & ouvre un abîme. Ainsi une puissance injuste & trompeuse, quelque prosperité qu'elle se procure par ses violences, creuse elle-même un précipice sous ses pieds. La fraude & l'inhumanité sapent

sapent peu à peu tous les plus solides fondemens de l'autorité illegitime. On l'admire, on la craint, on tremble devant elle jusqu'au moment où elle n'est déja plus. Elle tombe de son propre poids, & rien ne la peut relever, parce qu'elle a détruit de ses propres mains les vrais soûtiens de la bonne foi & de la justice, qui attirent l'amour & la confiance.

Les Chefs de l'armée s'assemblerent dès le lendemain pour accorder un Roi aux Dauniens. On prend plaisir à voir les deux camps confondus par une amitié si inespérée, & les deux armées qui n'en faisoient plus qu'une. Le sage Nestor ne pût se trouver dans ce conseil, parce que la douleur jointe à la vieillesse avoit flétri son cœur, comme la pluie abat & fait languir le soir une fleur, qui étoit le matin pendant la naissance de l'aurore, la gloire & l'ornement des vertes campagnes. Ses yeux étoient devenus deux fontaines de larmes qui ne pouvoient tarir. Loin d'eux s'enfuioit le doux sommeil qui charme les plus cuisantes peines, L'esperance qui est la vie du cœur de l'homme, étoit éteinte en lui. Toute nourriture étoit amere à cet infortuné Vieillard. La lumiere même lui étoit odieuse. Son ame ne demandoit plus qu'à quitter son corps, & qu'à se plonger dans l'éternelle nuit de l'empire de Pluton. Tous ses amis lui parloient en vain. Son cœur en défaillance étoit dégoûté de toute amitié, comme un malade est dégoûté des meilleurs alimens. A tout ce qu'on pouvoit lui dire de plus touchant, il ne répondit que par des gemissemens & des sanglots. De tems en tems on l'entendoit dire: O Pisistrate, Pisistrate, Pisistrate, mon fils, tu m'appelles, je te suis. Pisistrate, tu me rendras la mort douce. O mon cher fils! je ne desire plus pour tout bien, que de te revoir sur les rives du Styx. Il passoit des heures entieres sans prononcer aucune parole, mais gemissant, & levant les mains & les yeux noyez de larmes vers le Ciel.

Ce-

Cependant les Princes assemblez attendoient Telemaque qui étoit auprès, du corps de Pisistrate. Il répandoit sur son corps des fleurs à pleines mains, il y ajoûtoit des parfums exquis & versoit des larmes ameres. O mon compagnon disoit-il. Je n'oublierai jamais de t'avoir vû à Pylos, de t'avoir suivi à Sparte, de t'avoir retrouvé sur les bords de la grande Hesperie. Je te dois mille soins. Je t'aimois, tu m'aimois aussi. J'ai connu ta valeur. Elle auroit surpassé celle de plusieurs Grecs fameux. Helas! elle t'a fait perir avec gloire; mais elle a derobé au monde une vertu naissante qui eût égalé celle de ton pere. Oüi ta sagesse & ton éloquence dans un âge meur auroient été semblables à celles de ce vieillard, l'admiration de toute la Grece. Tu avois déja cette douce insinuation, à laquelle on ne peut resister quand il parle; ces manieres naïves de raconter, cette sage moderation, qui est un charme pour apaiser les esprits irritez; cette autorité qui vient de la prudence & de la force des bons conseils. Quand tu parlois, tous prétoient l'oreille, tous étoient prévenus, tous avoient envie de trouver que tu avois raison. Ta parole simple & sans faste couloit doucement dans les cœurs comme la rosée sur l'herbe naissante. Helas! tant de biens que nous possedions il y a quelques heures, nous sont enlevez à jamais. Pisistrate que j'ai embrassé ce matin, n'est plus. Il ne nous en reste qu'un douloureux souvenir. Au moins si tu avois fermé les yeux de Nestor, avant que nous eussions fermé les tiens, il ne verroit pas ce qu'il voit, il ne seroit pas le plus malheureux de tous les peres.

Après ces paroles, Telemaque fit laver la plaie sanglante qui étoit dans le côté de Pisistrate. Il le fit étendre dans un lit de pourpre, où sa tête panchée avec la pâleur de la mort, ressembloit à un jeune arbre, qui aiant couvert la terre de son ombre & poussé vers le ciel ses rameaux fleuris, a été entamé par le tranchant de la coignée d'un bucheron. Il ne tient plus à sa racine, ni à la terre mere feconde, qui nourrit les tiges dans son sein. Il languit, sa verdure s'efface. Il ne peut plus se soûtenir; il tombe. Ses rameaux qui cachoient le Ciel, traînent sur la poussiere, flêtris & desseichez. Il n'est plus qu'un tronc abattu & dépoüillé de toutes ses graces. Ainsi Pisistrate en proie à la mort étoit déja emporté par ceux qui devoient le mettre dans le bucher fatal. Déja la flâme montoit vers le Ciel. Une troupe de Pyliens, les yeux baissez & pleins de larmes, leurs armes renversées, le conduisoient lentement. Le corps est bientôt brûlé, les cendres sont mises dans une urne d'or, & Telemaque qui prend soin de tout, confie cette urne comme un grand tresor à Callimaque, qui avoit été le gouverneur de Pisistrate. Gardez, lui dit-il, ces cendres tristes, mais precieux restes de celui que vous avez aimé. Gardez-les pour son pere; mais attendez à les lui donner quand il aura assez de force pour les demander. Ce qui irrite la douleur en un tems, l'adoucit en un autre.

Ensuite Telemaque entra dans l'assemblée des Rois liguez, où chacun garda le silence pour l'écouter, dès qu'on l'aperçut. Il en rougit, & on ne pouvoit le faire parler. Les loüanges qu'on lui donna par des acclamations publiques sur tout ce qu'il venoit de faire, augmenterent sa honte. Il auroit voulu se pouvoir cacher. Ce fut la premiere fois qu'il parut embarassé & incertain. Enfin il demanda comme une grace qu'on ne lui donnât plus aucune loüange. Ce n'est pas, dit-il, que je ne les aime, sur tout quand elles sont données par de si bons juges de la vertu. Mais c'est que je crains de les aimer trop. Elles corrompent les hommes. Elles les remplissent d'eux-mêmes. Elles les rendent vains & presomptueux. Il faut les meriter

& les

& les fuïr. Les meilleures loüanges ressemblent aux fausses. Les plus méchans de tous les hommes, qui sont les tyrans, sont ceux qui se sont fait le plus louër par des flateurs. Quel plaisir y a-t-il â être loüé comme eux ? Les bonnes loüanges sont celles que vous me donnerez en mon absence, si je suis assez heureux pour en meriter. Si vous me croiez veritablement bon, vous devez croire aussi que je veux être modeste & craindre la vanité. Epargnez-moi donc, si vous m'estimez, & ne me loüez pas comme un homme amoureux de loüanges.

Après avoir parlé ainsi, Telemaque ne répondit plus rien à ceux qui continuoient de l'élever jusqu'au ciel, & par un air d'indifference il arréta bien-tôt les éloges qu'on lui donnoit. On commença à craindre de le fâcher en le loüant. Ainsi les loüanges finirent; mais l'admiration augmenta. Tout le monde sçut la tendresse qu'il avoit témoignée à Pisistrate, & les soins qu'il avoit pris de lui rendre les derniers devoirs. Toute l'armée fut plus touchée de ces marques de la bonté de son cœur, que de tous les prodiges de sagesse & de valeur qui venoient d'éclater en lui. Il est sage, il est vaillant, se disoient-ils en secret les uns aux autres. Il est l'ami des Dieux, & le vrai Heros de nôtre âge. Il est au dessus de l'humanité. Mais tout cela n'est que merveilleux; tout cela ne fait que nous étonner. Il est humain, il est bon, il est fidele & tendre, il est compatissant, liberal, bien-faisant, & tout entier à ceux qu'il doit aimer. Il est les delices de ceux qui vivent avec lui, il s'est défait de sa hauteur, de son indifference & de sa fierté. Voila ce qui est d'usage: Voila ce qui touche les cœurs: Voila ce qui nous attendrit pour lui, & qui nous rend sensibles à toutes ses vertus Voila ce qui fait que nous donnerions tous nos vies pour lui.

A peine ces discours furent-ils finis qu'on se hâta

de parler de la necessité de donner un Roi aux Dauniens. La plûpart des Princes qui étoient dans le conseil, opinoient qu'il faloit partager entr'eux ce païs, comme une terre conquise. On offrit à Telemaque pour sa part la fertile contrée d'Arpos, qui porte deux fois l'an les riches dons de Cerés, les doux presens de Bachus, & les fruits toûjours verds de l'olivier consacré à Minerve. Cette terre, lui disoit-on, doit vous faire oublier la pauvre Ithaque avec ses cabanes & les rochers affreux de Dulichie ; & les bois sauvages de Zacynthe. Ne cherchez plus vôtre pere qui doit être peri dans les flots au promontoire Capharée, par la vengeance de Nauplius, & par la colere de Neptune; ni vôtre mere que ses amans possedent depuis votre depart; ni vôtre patrie, dont la terre n'est point favorisée du ciel, comme celle que nous vous offrons.

Il écoutoit patiemment ces discours. Mais les rochers de Thrace & de Thessalie ne sont pas plus sourds ni plus insensibles aux plaintes des amans desesperez, que Telemaque l'étoit à ces offres. Pour moi, répondit-il, je ne suis touché ni de richesses, ni de delices. Qu'importe de posseder une plus grande étenduë de terre & de commander à un plus grand nombre d'hommes? On n'en a que plus d'embaras & moins de liberté. La vie est assez pleine de malheurs pour les hommes les plus sages & les plus moderez, sans y ajoûter encore la peine de gouverner les autres hommes indociles, inquiets, injustes, trompeurs & ingrats? Quand on veut être le maître des hommes pour l'amour de soi-même ne regardant que sa propre autorité, ses plaisirs, & sa gloire; on est impie, on est tyran, on est le fleau du genre humain. Quand au contraire on ne veut gouverner les hommes, que selon les vraies regles pour leur propre bien, on est moins leur maître que leur tuteur. On n'en a que la peine

peine qui est infinie, & on est bien éloigné de vouloir étendre plus loin son autorité. Le berger qui ne mange point le troupeau, qui le défend des loups en exposant sa vie, qui veille nuit & jour pour le conduire dans les bons pâturages, n'a point d'envie d'augmenter le nombre de ses moutons, & d'enlever ceux du voisin. Ce seroit augmenter sa peine. Quoique je n'aie jamais gouverné, ajoûtoit Telemaque, J'ai appris par les loix & par les hommes sages qui les ont faites, combien il est penible de conduire les Villes & les Royaumes. Je suis donc content de ma pauvre Itaque, quoi qu'elle soit petite & pauvre. J'aurai assez de gloire, pourvû que j'y regne avec justice, pieté, & courage. Encore même n'y regnerai-je que trop tôt. Plaise aux Dieux, que mon Pere échapé à la fureur des vagues, y puisse regner jusqu'à la plus extréme vieillesse, & que je puisse aprendre longtems sous lui, comment il faut vaincre ses passions, pour sçavoir moderer celles de tout un peuple.

Ensuite Telemaque dit. Ecoutez, ô Princes assemblés ici, ce que je crois vous devoir dire pour vôtre interêt. Si vous donnez aux Dauniens un Roi juste, il les conduira avec justice; il leur aprendra combien il ést utile de conserver la bonne foi & de n'usurper jamais le bien de ses voisins. C'est ce qu'ils n'ont jamais pû apprendre sous l'impie Adraste. Tandis qu'ils seront conduits par un Roi sage & moderé, vous n'aurez rien à craindre d'eux. Ils vous devront ce bon Roi, que vous leur aurez donné. Ils vous devront la paix & la prosperité dont ils joüiront. Ces peuples, loin de vous attaquer vous beniront sans cesse, & le Roi & le peuple, tout sera l'ouvrage de vos mains. Si au contraire, vous voulez partager leur païs entre vous, voici les malheurs que je vous predis. Ce peuple poussé au desespoir recommencera la guerre. Il combattra justement pour sa libertê, & les Dieux ennemis de la

 tyran-

tyrannie combattront avec lui. Si les Dieux s'en mêlent, tôt ou tard vous serez confondus, & vos prosperitez se dissiperont comme la fumée. Le conseil & la sagesse seront ôtez à vos chefs, le courage à vos armées, l'abondance à vos terres. Vous vous flaterez, vous serez temeraires dans vos entreprises, vous ferez taire les gens de bien, qui voudront dire la verité, vous tomberez tout-à-coup; & on dira de vous: Est-ce donc là ces peuples florissans qui devoient faire la loi à toute la terre? & maintenant ils fuient devant leurs ennemis: Ils sont le joüet des Nations, qui les foulent aux pieds. Voila ce que les Dieux ont fait. Voila ce que meritent les peuples injustes, superbes & inhumains.

De plus, considerez que si vous entreprenez, de partager entre vous cette conquête, vous réünissez contre vous tous les peuples voisins. Vôtre ligue formée pour défendre la liberté commune de l'Hesperie contre l'usurpateur Adraste, deviendra odieuse; & c'est vous-mêmes que tous les peuples accuseront avec raison de vouloir usurper la tyrannie universelle. Mais je supose que vous soiez victorieux, & des Dauniens & de tous les autres peuples. Cette victoire vous détruira. Voici comment.

Considerez que cette entreprise vous desunira tous. Comme elle n'est point fondée sur la justice, vous n'aurez-point de regle pour borner entre vous les pretentions de chacun. Chacun voudra que sa part de la conquête soit proportionnée à sa puissance. Nul d'entre vous n'aura assez d'autorité sur les peuples pour faire paisiblement ce partage. Voila la source d'une guerre dont vos petits enfans ne verront pas la fin. Ne vaut-il pas bien mieux être juste & moderé, que de suivre son ambition avec tant de peril & au travers de tant de malheurs inévitables? La paix profonde, les plaisirs doux & innocens qui l'accompagnent, l'heureuse abondance,

dance, l'amitié de ses voisins, la gloire qui est inséparable de la justice, l'autorité qu'on acquiert en se rendant par la bonne foi l'arbitre de tous les peuples étrangers, ne sont-ce pas des biens plus durables que la folle vanité d'une conquête injuste? O Princes! ô Rois! Vous voiez que je vous parle sans interêt? Ecoutez donc celui qui vous aime assez pour vous contredire & pour vous déplaire en vous representant la verité.

Pendant que Telemaque parloit ainsi avec une autorité, qu'on n'avoit jamais vûë en nul autre, & que tous les Princes étonnez & en suspens admiroient la sagesse de ses conseils; on entendit un bruit confus qui se répandit dans tout le camp, & qui vint jusqu'au lieu où se tenoit l'assemblée. Un étranger, dit-on est venu aborder sur ces côtes, avec une troupe d'hommes armez. Et cet inconnu est d'une haute mine. Tout paroît heroïque en lui; on voit aisément qu'il a longtems souffert, & que son grand courage l'a mis audessus de toutes ses souffrances. D'abord les peuples du païs, qui gardent la côte, ont voulu le repousser comme un ennemi qui vient faire une irruption. Mais après avoir tiré son epée avec un air intrepide, il a déclaré qu'il sauroit se défendre, si on l'attaquoit, mais qu'il ne demandoit que la paix & l'hospitalité. Aussitôt il a presenté un rameau d'olivier comme un supliant. On l'a écouté; il a demandé à être mené vers ceux qui gouvernent dans cette côte de l'Hesperie, & on l'amene ici, pour le faire parler aux Rois assembléz.

A peine ce discours fut achevé, qu'on vit entrer cet inconnu avec une majesté qui surprit toute l'assemblée. On auroit crû facilement que c'étoit le Dieu Mars, quand il assemble sur les montagnes de Thrace ses troupes sanguinaires; il commença à parler ainsi.

O vous Pasteurs des peuples, qui êtes sans doute assemblez ici, ou pour défendre la patrie contre les ennemis, ou pour faire fleurir les plus justes loix, écoutez un homme que la fortune a persecuté. Fassent les Dieux que vous n'éprouviez jamais de semblables malheurs. Je suis Diomede Roi d'Etolie, qui blessa Venus au siege de Troye. La vengeance de cette Déesse me poursuit dans tout l'Univers. Neptune qui ne peut rien refuser à la divine fille de la mer m'a livré à la rage des vents & des flots, qui m'ont brisé plusieurs fois contre les écueils. L'inexorable Venus m'a ôté toute esperance de revoir mon Royaume, ma famille & cette douce lumiere du païs où je commençai à voir le jour en naissant. Non, je ne reverrai jamais tout ce qui m'a été le plus cher au monde. Je viens après tant de naufrages chercher sur ces rives inconnuës un peu de repos & une retraite assurée. Si vous craignez les Dieux, & sur tout Jupiter qui a soin des étrangers; si vous êtes sensibles à la compassion, ne me refusez-pas dans ces vastes païs quelque coin de terre infertile, quelques deserts, quelques sables, ou quelques rochers escarpez, pour y fonder avec mes compagnons une Ville qui soit du moins une triste image de nôtre patrie perduë. Nous ne demandons qu'un peu de place, qui vous soit inutile. Nous vivrons en paix avec vous dans une étroite alliance. Vos ennemis seront les nôtres. Nous entrerons dans tous vos interêts. Nous ne demandons que la liberté de vivre selon nos loix.

Pendant que Diomede parloit ainsi, Telemaque aiant les yeux attachez sur lui, montra sur son visage toutes les differentes passions. Quand Diomede commença à parler de ses longs malheurs, il espera que cet homme si majestueux seroit son Pere. Aussitôt qu'il eût déclaré qu'il étoit Diomede, le visage de de Telemaque se flêtrit comme une belle fleur que les noirs Aquilons viennent de ternir de leur soufle cruël. Ensuite les paroles de Diomede qui se plaignoit de la longuë colere d'une Divinité, l'attendrit par le souvenir des mêmes disgraces souffertes par son pere & par lui. Des larmes mêlées de douleur & de joye coulerent sur ses jouës, & il se jetta tout à coup sur Diomede pour l'embrasser.

Je suis, dit-il, le fils d'Ulysse que vous avez connu, & qui ne vous fut pas inutile quand vous prîtes les chevaux fameux de Rhesus. Les Dieux l'ont traité, sans pitié comme vous. Si les oracles de l'Erebe ne sont pas des trompeurs, il vit encore; mais helas! il ne vit point pour moi. J'ai abandonné Itaque pour le chercher. Je ne puis revoir maintenant ni Itaque ni lui. Jugez par mes malheurs de la compassion que j'ai pour les vôtres. C'est l'avantage qu'il y à-a être malheureux, qu'on sait compatir aux peines d'autrui. Quoi que je ne sois ici qu'étranger, je puis, grand Diomede, (car malgré les miseres, qui ont accablé ma patrie dans mon enfance, je n'ai pas été assez mal élevé pour ignorer quelle est vôtre gloire dans les combats.) Je puis, ô le plus invincible de tous les Grecs après Achille, vous procurer quelques secours. Ces Princes que vous voiez sont humains. Ils sçavent qu'il n'y a ni vertu, ni vrai courage, ni gloire solide sans l'humanité. Le malheur ajoûte un nouveau lustre à la gloire des grands hommes. Il leur manque quelque chose quand ils n'ont jamais été malheureux. Il manque dans leur vie des exemples de patience & de fermeté. La vertu souffrante attendrit tous les cœurs qui ont quelque goût pour la vertu. Laissez-nous donc le soin de vous consoler; puisque les Dieux vous donnent à nous. C'est un present qu'ils nous font, & nous devons nous croire heureux de pouvoir adoucir vos peines.

Pendant qu'il parloit, Diomede étonné le regardoit fixement, & sentoit son cœur tout émû. Ils s'embrassoient comme s'ils avoient été liez d'une amitié étroite. O digne fils, du sage Ulysse, disoit Diomede, je reconnois en vous la douceur de son visage, la grace de ses discours, la force de son éloquence, la noblesse de ses sentimens, la sagesse de ses pensées.

Cependant Philoctete embrasse aussi le grand fils de Tydée. Ils se racontent leurs tristes avantures. Ensuite Philoctete lui dit. Sans doute vous serez bien-aise de revoir le sage Nestor. Il vient de perdre Pisistrate le dernier de ses enfans. Il ne lui reste plus dans la vie qu'un chemin de larmes qui le méne vers le tombeau. Venez le consoler. Un ami malheureux est plus propre qu'un autre à soulager son cœur.

Ils allerent aussitôt dans la tente de Nestor, qui reconnut à peine Diomede, tant la tristesse abatoit son esprit & ses sens. D'abord Diomede pleura avec lui, & leur entrevûë fut un redoublement de douleur. Mais peu à peu la presence de cet ami apaisa son cœur. On reconnut aisément que ses maux étoient un peu suspendus, par le plaisir de raconter ce qu'il avoit souffert, & d'entendre à son tour ce qui étoit arrivé à Diomede.

Pendant qu'ils s'entretenoient, les Rois assenblez avec Telemaque examinoient ce qu'ils devoient faire. Telemaque leur conseilloit de donner à Diomede le païs d'Arpine, & de choisir pour Roi des Dauniens, Polydamas qui étoit de leur nation. Ce Polydamas étoit un fameux Capitaine, qu'Adraste par jalousie n'avoit jamais voulu emploier, de peur qu'on attribuât à cet homme habile le succez, dont il esperoit seul avoir la gloire. Polydamas l'avoit souvent averti en particulier qu'il exposoit trop sa vie, & le salut de son

état

état dans cette guerre contre tant de Nations conjurées. Il l'avoit voulu engager à tenir une conduite plus droite & plus moderée avec ses voisins. Mais les hommes qui haïssent la verité, haïssent aussi les gens qui ont la hardiesse de la dire. Ils ne sont touchez, ni de leur sincerité, ni de leur zéle, ni de leur desinteressement. Une prosperité trompeuse endurcissoit le cœur d'Adraste contre les plus salutaires conseils. En ne les suivant pas, il triomphoit tous les jours de ses ennemis. La hauteur, la mauvaise foi, la violence mettoient toûjours la victoire dans son parti. Tous les malheurs dont Polydamas l'avoit si longtems menacé, n'arrivoient pas. Adraste se mocquoit d'une sagesse timide, qui prevoioit toujours des inconveniens. Polydamas lui éoit insuportable. Il s'éloigna de toutes les charges. Il le laissa languir dans la solitude & dans la pauvreté.

D'abord Polydamas fut accablé de cette disgrace. Mais elle lui donna ce qui lui manquoit, en lui ouvrant les yeux sur la vanité des grandes fortunes. Il devint sage à ses dépens. Il se rejoüit d'avoir été malheureux. Il aprit peu à peu à se taire, à vivre de peu, à se nourrir tranquillement de la verité, & à cultiver en lui les vertus secretes qui sont encore plus estimables que les éclatantes; enfin à se passer des hommes. Il demeura au pied du mont Gargant dans un desert, où un rocher en demi voute lui servoit de toit. Un ruisseau qui tomboit de la montagne, appaisoit sa soif. Quelques arbres lui donnoient leurs fruits. Il avoit deux esclaves qui cultivoient un petit champ. Il travailloit lui-même avec eux de ses propres mains. La terre le payoit de ses peines avec usure, & ne le laissoit manquer de rien. Il avoit non seulement des fruits & des legumes en abondance, mais encore toutes sortes de fleurs odoriferantes. Là il deploroit le malheur des peuples, que l'ambition insensée d'un Roi entraîne à leur

leur perte. Là il atendoit chaque jour que les Dieux justes, quoi que patiens, fissent tomber Adraste. Plus sa prosperité croissoit, plus il croioit voir, de près sa chute irremediable; car l'imprudence heureuse dans ses fautes, & la puissance montée jusqu'au dernier excez de l'autorité absolué sont les avantcoureurs du renversement des Rois & des Roiaumes. Quand il aprit la defaite & la mort d'Adraste, il ne témoigna aucune joye, ni de l'avoir prévuë, ni d'être delivré de ce Tiran. Il gemit seulement par la crainte de voir les Dauniens dans la servitude.

Voila l'homme que Telemaque proposa, pour le faire regner. Il y avoit déja quelque tems qu'il connoissoit son courage & sa valeur. Car Telemaque selon les conseils de Mentor, ne cessoit de s'informer des qualitez bonnes & mauvaises de toutes les personnes qui étoient dans quelque emploi considerable, non seulement parmi les nations alliées, qu'il servoit en cette guerre, mais encore chez les ennemis. Son principal soin étoit de découvrir, & d'examiner par tout les hommes qui avoient quelque talent, ou une vertu particuliere.

Les Princes alliez eurent d'abord quelque repugnance à mettre Polydamas dans la Roiauté. Nous avons éprouvé, disoient-ils, combien un Roi des Dauniens, quand il aime la guerre, & qu'il la sçait faire, est redoutable à ses voisins. Polydamas est un grand Capitaine, & il peut nous jetter dans de grands perils. Mais Telemaque leur répondit: Polydamas, il est vrai, sçait la guerre: mais il aime la paix, & voila les deux choses qu'il faut souhaiter. Un homme qui connoît les malheurs, les dangers & les difficultez de la guerre, est bien plus capable de l'éviter, qu'un autre qui n'en a aucune experience. Il a apris à goûter le le bonheur d'une vie tranquille. Il a condamné les entreprises d'Adraste. Il en a prévû les suites funestes. Un Prince foible, ignorant, & sans experience, est plus à craindre pour vous, qu'un homme qui connoîtra & qui decidera tout par lui-même. Le Prince foible & ignorant, ne verra que par les yeux d'un favori passionné ou d'un Ministre flateur, inquiet & ambitieux. Ainsi ce Prince aveugle s'engagera à la guerre sans la vouloir faire. Vous ne pourrez jamais vous assurer de lui, car il ne pourra être seur de lui-même. Il vous manquera de parole. Il vous reduira bientôt à cette extremité, qu'il faudra, ou que vous le fassiez perir, ou qu'il vous accable. N'est-il pas plus utile, plus seur, & en même tems plus juste, & plus noble de répondre fidelement à la confiance des Dauniens, & de leur donner un Roi digne de commander?

Toute l'assemble fut persuadée par ces discours. On alla proposer Polydamas aux Dauniens, qui attendoient une réponse avec impatience. Quand ils entendirent le nom de Polydamas, ils répondirent. Nous reconnoissons bien maintenant que les Princes alliez veulent agir de bonne foi avec nous & faire une paix éternelle, puisqu'ils nous veulent donner pour Roi un homme si vertueux & si capable de nous gouverner. Si on eût proposé un homme lâche, effeminé & mal instruit, nous aurions crû qu'on ne cherchoit qu'à nous abatre & qu'à corrompre la forme de nôtre gouvernement. Nous aurions conservé en secret un vif ressentiment d'une conduite si dure & si artificieuse. Mais le choix de Polydamas nous montre une veritable candeur. Les Alliez sans doute n'attendent rien de nous que de juste & de noble; puisqu'ils nous accordent un Roi, qui est incapable de faire rien contre la liberté & contre la gloire de notre Nation. Aussi pouvons-nous pro-

protester à la face des justes Dieux, que les fleuves remonteront vers leurs sources, avant que nous cessions d'aimer des peuples si bien-faisants. Puissent nos derniers Neveux se ressouvenir du bienfait que nous recevons aujourd'hui, & renouveller de generation en generation la paix de l'âge d'or dans toute la côte de l'Hesperie.

Telemaque leur proposa ensuite de donner à Diomede les campagnes d'Arpine, pour y fonder une Colonie. Le nouveau peuple, leur disoit-il, vous devra son établissement dans un païs que vous n'occupez point. Souvenez-vous que tous les hommes doivent s'entr'aimer, que la terre est trop vaste pour eux, qu'il faut bien avoir des voisins, & qu'il vaut mieux en avoir qui vous soient obligez de leur établissement. Soyez touchez du malheur d'un Roi, qui ne peut retourner dans son païs. Polydamas & lui étans unis ensemble par les liens de la justice & de la vertu, qui sont les seuls durables, vous entretiendront dans une paix profonde, & vous rendront redoutables à tous les peuples voisins qui penseroient à s'agrandir. Vous voiez, ô Dauniens, que nous avons donné à vôtre terre & à vôtre nation un Roi capable d'en élever la gloire jusqu'au Ciel. Donnez aussi, puisque nous vous le demandons, une terre qui vous est inutile, à un Roi qui est digne de toutes sortes de secours.

Les Dauniens répondirent qu'ils ne pouvoient rien refuser à Telemaque, puisque c'étoit lui qui leur avoit procuré Polydamas pour Roi. Aussitôt ils partirent pour l'aller chercher dans son desert & pour le faire regner sur eux. Avant de partir, ils donnerent les fertiles pleines d'Arpine à Diomede pour y fonder un nouveau Roiaume. Les Alliez en furent ravis, parce que cette colonie des Grecs fortifioit puissament le parti des Alliez,

liez, ſi jamais les Dauniens vouloient renouveler les uſurpations dont Adraſte avoit donné le mauvais exemple. Tous les Princes ne ſongerent qu'à ſe ſeparer. Telemaque les larmes aux yeux partit avec ſa troupe, après avoir embraſſé tendrement le vaillant Diomede, le ſage & inconſolable Neſtor, & le fameux Philoctete digne heritier des fléches d'Hercule.

Fin du vingt-un Livre.

LES

LES AVANTURES DE TELEMAQUE, FILS D'ULYSSE.

LIVRE VINGT-DEUXIEME.

LE jeune fils d'Ulysse brûloit d'impatience de retrouver Mentor à Salente, & de s'embarquer avec lui pour revoir Itaque, où il esperoit que son pere seroit arrivé. Quand il s'aprocha de Salante, il fut bien étonné de voir toute la campagne des environs qu'il avoit laissée presque inculte & deserte, cultivée comme un jardin & pleine d'ouvriers diligens. Il reconnut l'ouvrage de la sagesse de Mentor; Ensuite entrant dans la Ville, il remarqua qu'il y avoit beaucoup moins d'artisans pour les delices de la vie, & beaucoup moins de magnificence. Il en fut choqué, car il aimoit naturellement tou-

toutes

tes les choſes qui ont de l'éclat & de la politeſſe; mais d'autres penſées occuperent auſſitôt ſon cœur. Il vit de loin venir à lui Idomenée avec Mentor. Auſſitôt ſon cœur fut émû de joye & de tendreſſe. Malgré tous les ſuccez qu'il avoit eû dans la guerre contre Adraſte, il craignoit que Mentor ne fût pas content de lui, & à meſure qu'il s'avançoit, il cherchoit dans les yeux de Mentor pour voir s'il n'avoit rien à ſe reprocher.

D'abord Idomenée embraſſa Telemaque comme ſon propre fils. Enſuite Telemaque ſe jetta au col de Mentor & l'arroſa de ſes larmes. Mentor lui dit. Je ſuis content de vous. Vous avez fait de grandes fautes, mais elles vous ont ſervi à vous connoître, & à vous défier de vous-même. Souvent on tire plus de fruit de ſes fautes que de ſes belles actions. Les grandes actions enflent le cœur, & inſpirent une preſomption dangereuſe. Les fautes font rentrer l'homme en lui-même, & lui rendent la ſageſſe qu'il avoit perduë dans les bons ſuccez. Ce qui vous reſte à faire, c'eſt de loüer les Dieux, & de ne vouloir pas que les hommes vous louënt. Vous avez fait de grandes choſes, mais avouez la verité; ce n'eſt guére vous par qui elles ont été faites. N'eſt-il pas vrai qu'elles vous ſont venuës comme quelque choſe d'étranger qui étoit mis en vous? N'étiez-vous pas capable de les gâter par vôtre promptitude, & par vôtre imprudence? Ne ſentez-vous pas que Minerve vous a comme transformé en un autre homme au deſſus de vous-même pour faire par vous ce que vous avez fait? Elle a tenu tous vos défauts en ſuſpens, comme Neptune quand il apaiſe les tempêtes, ſuſpend les flots irritez.

Pendant qu'Idomenée interrogeoit avec curioſité les Cretois qui étoient revenus de la guerre, Telemaque écoutoit ainſi les ſages conſeils de Mentor. Enſuite il regardoit avec étonnement de tous côtez, & diſoit à Mentor. Voici un changement, dont je ne comprens pas bien la raison. Est-il arrivé quelque calamité à Salente pendant mon absence? D'où vient qu'on n'y remarque plus cette magnificence qui éclatoit par tout avant mon départ? Je ne vois plus ni or, ni argent, ni pierres précieuses. Les habits sont simples. Les bâtimens qu'on fait sont moins vastes & moins ornez. Les arts languissent. La ville est devenuë une solitude.

Mentor lui répondit en souriant. Avez-vous remarqué l'état de la campagne autour de la Ville? Oüi, répondit Telemaque, j'ai vû par tout le labourage en honneur, & les champs défrichez. Lequel vaut mieux, ajoûta Mentor, ou une Ville superbe en or & en argent avec une campagne negligée & sterile, ou une campagne cultivée & fertile, avec une Ville médiocre & modeste dans ses mœurs? Une grande Ville fort peuplée d'artisans occupez à amolir les mœurs pas les délices de la vie, quand elle est entourée d'un Royaume pauvre & mal cultivé, ressemble à un monstre dont la téte est d'une grosseur énorme, & dont tout le corps extenué & privé de nourriture n'a aucune proportion avec cette tête. C'est le nombre du peuple, & l'abondance des alimens, qui fait la vraie force, & la vraie richesse d'un Royaume. Idomenée a presentement un peuple innombrable, & infatigable dans le travail, qui remplit toute l'étenduë de son païs. Tout son païs n'est plus qu'une seule Ville. Salente n'en est que le centre. Nous avons transporté la Ville dans la Campagne; Les hommes qui manquoient à la campagne, & qui étoient superflus à la Ville. De plus nous avons attiré dans ce païs beaucoup de peuples étrangers. Plus les peuples se multiplient, plus ils multiplient les fruits de la terre par leur travail. Cette multiplication si douce & si paisible augmente plus un Royaume, qu'une conquête. On n'a rejetté de cette Ville que les Arts superflus, qui détournent les pauvres de la culture de la terre pour les vrais besoins, & qui corrompent les riches en les jet-

jettant dans le faste & dans la molesse. Mais nous n'avons fait aucun tort aux beaux Arts, ni aux hommes qui ont un vrai genie pour les cultiver. Ainsi Idomenée est beaucoup plus puissant qu'il ne l'étoit quand vous admiriez sa magnificence. Cet éclat éblouïssant cachoit une foiblesse, & une misere qui eussent bientôt renversé son Empire. Maintenant il a un plus grand nombre d'hommes, & il les nourrit plus facilement. Ces hommes accoûtumez au travail, à la peine & au mépris de la vie par l'amour des bonnes loix, sont tous prêts à combattre pour défendre les terres cultivées de leurs propres mains. Bientôt cet Etat, que vous croyez déchû sera la merveille de l'Hesperie.

Souvenez-vous, ô Telemaque, qu'il y a deux choses pernicieuses dans le gouvernement des peuples, ausquelles on n'apporte presque jamais aucun remede. La premiere est une autorité injuste & trop violente dans les Rois. La seconde est le luxe, qui corrompt les mœurs. Quand les Rois s'accoûtument à ne connoître plus d'autres loix que leurs volontez absolues, & qu'ils ne mettent plus de frein à leurs passions, ils peuvent tout. Mais à force de tout pouvoir, ils sapent les fondements de leur puissance. Ils n'ont plus de regles certaines, ni de maximes de gouvernement. Chacun à l'envi les flâte. Ils n'ont plus de peuples, il ne leur reste que des esclaves dont le nombre diminuë chaque jour. Qui leur dira la verité? Qui donnera des bornes à ce torrent? Tout cede, les sages s'enfuyent, se cachent, & gemissent. Il n'y a qu'une revolution soudaine & violente, qui puisse amener dans son cours naturel cette puissance debordée. Souvent même le coup qui pourroit la moderer l'abat sans ressource. Rien ne menace tant d'une chûte funeste, qu'une autorité qu'on pousse trop loin. Elle est semblable à un arc trop tendu, qui se rompt enfin tout à coup, si on ne le relâche. Mais qui est-ce qui osera le

 relâ-

relâcher ? Idomenée étoit gaté jusqu'au fond du cœur, par cette autorité si flateuse. Il avoit été renversé de son Trône. Mais il n'avoit pas été détrompé. Il a falu que les Dieux nous ayent envoyez ici pour le desabuser de cette puissance aveugle & outrée, qui ne convient point à des hommes. Encore a-t-il fallu des especes de miracles pour lui ouvrir les yeux.

L'autre mal presque incurable est le luxe. Comme la trop grande autorité empoisonne les Rois, le luxe empoisonne tout une Nation. On dit que le luxe sert à nourir les pauvres aux dépens des riches, comme si les pauvres ne pouvoient pas gagner leur vie plus utilement, en multipliant les fruits de la terre, sans amolir les riches par des rafinemens de volupté. Toute une Nation s'accoûtume à regarder comme des necessitez de la vie, les choses les plus superfluës. Ce sont tous les jours des nouvelles necessitez qu'on invente, & on ne peut plus se passer des choses qu'on ne connoissoit point trente ans auparavant. Ce luxe s'appelle bon goût, perfection des arts, & politesse de la Nation. Ce vice qui en attire une infinité d'autres est loüé comme une vertu. Il répand sa contagion depuis les Rois aux derniers de la lie du peuple. Les proches parens du Roi veulent imiter sa magnificence; les grands celle des parens du Roi ; les gens mediocres veulent égaler les grands : car qui est-ce qui se fait justice ? Les petits veulent passer pour médiocres. Tout le monde fait plus qu'il ne peut, les uns par faste, & pour se prévaloir de leurs richesses ; les autres par mauvaise honte, & pour cacher leur pauvreté. Ceux mêmes qui sont assez sages pour condamner un si grand desordre, ne le sont pas assez pour oser lever la tête les premiers, & pour donner des exemples contraires. Toute une Nation se ruïne. Toutes les conditions se confondent. La passion d'acquerir du bien, pour soûtenir une vaine depence, corrompt les ames

les

les plus pures. Il n'eſt plus queſtion que d'être riche. La pauvreté eſt une infamie. Soyez ſavant, habile, vertueux : inſtruiſez les hommes, gagnez des batailles, ſauvez la patrie, ſacrifiez tous vos interêts, vous êtes mepriſé, ſi vos talens ne ſont relevez par le faſte. Ceux mêmes qui n'ont pas de bien, veulent paroître en avoir, ils en depenſent comme s'ils en avoient. On emprunte, on trompe, on uſe de mille artifices indignes pour parvenir. Mais qui remediera à ces maux? Il faut changer le goût & les habitudes de toute une Nation. Il faut lui donner de nouvelles loix. Qui le pourra entreprendre ſi ce n'eſt un Roi Philoſophe, qui ſçache par l'exemple de ſa propre moderation faire honte à tous ceux qui aiment une dépenſe faſtueuſe, & encourager les ſages qui ſeront bien aiſes d'être autoriſez dans une honnête frugalité?

Telemaque écoutant ce diſcours, étoit comme un homme qui revient d'un profond ſommeil. Il ſentoit la verité de ces paroles, & elles ſe gravoient dans ſon cœur, comme un ſçavant Sculpteur imprime les traits qu'il veut graver ſur le marbre; enſorte qu'il lui donne de la tendreſſe, de la vie & du mouvement. Telemaque ne répondit rien. Mais repaſſant tout ce qu'il venoit d'entendre, il parcouroit des yeux les choſes qu'on avoit changées dans la Ville. Enſuite il diſoit à Mentor.

Vous avez fait Idomenée le plus ſage de tous les Rois. Je ne connois plus ni lui ni ſon peuple. J'avouë même que ce que vous avez fait ici eſt infiniment plus grand que les victoires que nous venons de remporter. Le hazard & la force ont beaucoup de part au ſuccez de la guerre. Il faut que nous partagions la gloire des combats avec nos ſoldats. Mais tout votre ouvrage vient d'une ſeule tête. Il a fallu que vous ayez travaillé ſeul contre un Roi & contre tout ſon peuple pour le corriger. Les ſuccès de la guerre ſont toûjours

jours funestes & odieux. Ici tout est l'ouvrage d'une sagesse celeste. Tout est doux, tout est pur, tout est aimable, tout marque une autorité qui est au-dessus de l'homme. Quand les hommes veulent de la gloire, que ne la cherchent-ils dans cette application à faire du bien? O qu'ils s'entendent mal en gloire, d'en esperer une solide, en ravageant la terre, & en répandant le sang humain?

Mentor montra sur son visage une joye sensible, de voir Telemaque si desabusé des victoires & des conquêtes, dans un âge où il étoit si naturel, qu'il fut enyvré de la gloire qu'il avoit acquise.

Ensuite Mentor ajoûta. Il est vrai que tout ce que vous voyez ici est bon & loüable. Mais sçachez qu'on pourroit faire des choses encore meilleures. Idomenée modere ses passions, & s'applique à gouverner son peuple avec justice. Mais il ne laisse pas de faire encore bien des fautes, qui sont des suites malheureuses de ses fautes anciennes. Quand les hommes veulent quitter le mal, le mal semble encore les poursuivre. Longtems il leur reste des mauvaises habitudes, un naturel affoibli, des erreurs inveterées, & des preventions presque incurables. Heureux ceux qui ne se sont jamais égarez! Ils peuvent faire le bien plus parfaitement. Les Dieux, o Telemaque, vous demanderont encore plus qu'à Idomenée; parce que vous avez connu la verité dès votre jeunesse, & que vous n'avez jamais été livré aux seductions d'une trop grande prosperité.

Idomenée, continuoit Mentor est sage & eclairé, mais il s'applique trop au détail, & ne medite pas assez le gros de ses affaires, pour former des plans. L'habilité d'un Roi qui est au-dessus des hommes, ne consiste pas à faire tout par lui-même. C'est une vanité grossiere que d'esperer d'en venir à bout, ou de vouloir persuader au monde qu'on en est capable. Un Roi doit gouverner en choisissant, & en conduisant ceux

ceux qui gouvernent sous lui. Il ne faut pas qu'il fasse le détail ; car c'est faire la fonction de ceux qui ont à travailler sous lui. Il doit seulement s'en faire rendre compte, & en sçavoir assez pour entrer dans ce compte avec discernement. C'est merveilleusement gouverner, que de choisir & d'appliquer selon leurs talens les gens qui gouvernent. Le supréme & parfait gouvernement consiste à gouverner ceux qui gouvernent. Il faut les observer, les moderer, les corriger, les animer, les élever, les rabaisser, les changer de places & les tenir toujours dans sa main. Vouloir examiner tout par soi-même, c'est défiance, c'est petitesse, c'est se livrer à une jalousie pour les détails, qui consument le tems & la liberté d'esprit necessaires pour les grandes choses. Pour former de grands desseins, il faut avoir l'esprit libre & reposé. Il faut penser à son aise dans un entier dégagement de toutes les expeditions d'affaires épineuses. Un esprit épuisé par le détail, est comme la lie du vin qui n'a plus ni force ni de delicatesse. Ceux qui gouvernent par le détail, sont toûjours determinez par le present, sans étendre leurs vûës sur un avenir éloigné. Ils sont toûjours entraînez par l'affaire du jour où ils sont, & cette effaire étant seule à les occuper, elle les frappe trop. Elle retrecit leur esprit; car on ne juge sainement des affaires, que quand on les compare toutes ensemble, & qu'on les place toutes dans un certain ordre, afin qu'elles ayent de la suite, & de la proportion. Manquer à suivre cette regle dans le gouvernement, c'est ressembler à un Musicien, qui se contenteroit de trouver des tons harmonieux, & qui ne se mettroit point en peine de les unir, & de les accorder, pour en composer une musique douce & touchante. C'est ressembler aussi à un architecte qui croit avoir tout fait, pourvû qu'il assemble des grandes colomnes & beaucoup de pierres bien taillées, sans penser à l'ordre, & à la proportion des ornemens de son édifice.

Dans le tems qu'il fait un salon, il ne prevoit pas qu'il faudra faire un escalier convenable. Quand il travaille au corps du bâtiment, il ne songe ni à la cour ni au portail. Son ouvrage n'est qu'un assemblage confus de parties magnifiques qui ne sont point faites les unes pour les autres. Cet ouvrage loin de lui faire honneur, est un monument qui éternisera sa honte: car il fait voir que l'ouvrier n'a pas sçû penser avec assez d'étenduë, pour concevoir a la fois le dessein general de tout son ouvrage. C'est un caractere d'esprit court & subalterne. Quand on est né avec ce genie borné au détail, on n'est propre qu'à executer sous autrui. N'en doutez pas, ô mon cher Telemaque. Le gouvernement d'un Royaume demande une certaine harmonie comme la Musique, & des justes proportions comme l'Architecture.

Si vous voulez que je me serve encore de la comparaison de ces arts, je vous ferai entendre combien les hommes, qui gouvernent par le détail, sont mediocres. Celui qui dans un concert, ne chante que certaines choses, quoi qu'il les chante parfaitement, n'est qu'un chanteur. Celui qui conduit tout le concert, & qui en regle à la fois toutes les parties, est le seul Maître de musique. Tout de méme celui qui taille les colomnes, ou qui éleve un côté du bâtiment, n'est qu'un masson. Mais celui qui a pensé tout l'édifice & qui en a toutes les proportions dans sa tête, est le seul Architecte. Ainsi ceux qui travaillent, qui expedient, qui font le plus d'affaires, sont ceux qui gouvernent le moins. Ils ne sont que les ouvriers subalternes. Le vrai genie, qui conduit l'Etat, est celui qui ne faisant rien fait tout faire, qui pense, qui invente, qui prévoit l'avenir, qui retourne dans le passé, qui arrange, qui proportionne, qui prepare de loin, qui se roidit sans cesse pour luter contre la fortune, comme un nageur contre le torrent de l'eau, qui est attentif nuit & jour pour ne laisser rien au hazard.

Croyez-

Croyez-vous Telemaque, qu'un grand peintre travaille assiduëment depuis le matin jusqu'au soir, pour expedier plus promptement ses ouvrages: Non, cette gêne & ce travail servile éteindroient tout le feu de son imagination. Il ne travailleroit plus de genie. Il faut que tout se fasse irregulierement & par saillies suivant que son goût le méne, & que son esprit l'excite. Croyez vous qu'il passe son tems à broyer des couleurs, & à preparer des pinceaux? Non, c'est l'occupation de ses éleves. Il se reserve le soin de penser. Il ne songe qu'à faire des traits hardis, qui donnent de la noblesse, de la vie, & de la passion à ses figures. Il a dans la tête les pensées, & les sentimens des Heros qu'il veut representer. Il se transporte dans leurs siecles & dans toutes les circonstances où ils ont été. A cette espece d'entousiasme il faut qu'il joigne une sagesse qui le retienne, que tout soit vrai, correct, & proportionné l'un à l'autre. Croyez-vous, Telemaque, qu'il faille moins d'élevation de genie, & d'effort de pensée pour faire un grand Roi, que pour faire un bon Peintre? Concluez donc que l'occupation d'un Roi doit être de penser, de former de grands projets & de choisir les hommes propres à les executer sous lui.

Telemaque lui répondit: Il me semble que je comprens tout ce que vous me dites. Mais si les choses alloient ainsi, un Roi seroit souvent trompé, n'entrant point par lui même dans le détail. C'est vous même qui vous trompez, repartit Mentor. Ce qui empêche qu'on ne soit trompé, c'est la connoissance générale du gouvernement. Les gens qui n'ont point de principes dans les affaires, & qui n'ont point de vrai discernement des esprits, vont toûjours comme à tâtons. C'est un hazard quand il ne se trompent pas; Il ne savent pas même precisement ce qu'ils cherchent, ni à quoi ils doivent tendre. Ils ne savent que se défier,

& se défient plûtôt des honnêtes gens qui les contredisent, que des trompeurs qui les flatent. Au contraire ceux qui ont des principes pour le gouvernement, & qui se connoissent en hommes, savent ce qu'ils doivent chercher en eux, & les moyens d'y parvenir. Ils connoissent, assez, du moins en gros, si les gens dont ils se servent, sont des instrumens propres à leurs desseins, & s'ils entrent dans leurs veuës pour tendre au but qu'ils se proposent. D'ailleurs comme ils ne se jettent point dans les détails accablans, ils ont l'esprit plus libre pour envisager d'une seule veuë le gros de l'ouvrage, & pour observer s'il s'avance vers la fin principale. S'il sont trompez, du moins ils ne le sont guere dans l'essentiel. D'ailleurs ils sont au-dessus des petites jalousies, qui marquent un esprit borné & une ame basse. Ils comprennent qu'on ne peut éviter d'être trompé dans les grandes affaires, puis qu'il faut s'y servir des hommes, qui sont si souvent trompeurs. On perd plus par l'irresolution, où jette la defiance, qu'on ne perdroit à se laisser un peu tromper. On est trop heureux, quand on n'est trompé que dans les choses mediocres. Les grandes ne laissent pas de s'acheminer, & c'est la seule chose, dont un grand homme doit être en peine. Il faut reprimer severement la tromperie, quand on la découvre, mais il faut compter sur quelque tromperie, si l'on ne veut point être veritablement trompé. Un artisan dans sa boutique voit tout de ses propres yeux, & fait tout de ses propres mains. Mais un Roi dans un grand Etat ne peut tout faire, ni tout voir. Il ne doit faire que les choses que nul autre ne peut faire sous lui. Il ne doit voir, que ce qui entre dans la decision des choses importantes.

Enfin Mentor dit à Telemaque. Les Dieux vous aiment, & vous preparent un regne plein de sagesse. Tout ce que vous voiez ici, est fait, moins pour la

gloire

gloire d'Idomenée, que pour vôtre instruction. Tous ces sages établissemens, que vous admirez dans Salente, ne sont que l'ombre de ce que vous ferez un jour à Ithaque, si vous répondez par vos vertus, à vôtre haute destinée. Il est tems que nous songions à partir d'ici. Idomenée tient un vaisseau prêt pour nôtre retour.

Aussi-tôt Telemaque ouvrit son cœur à son ami, mais avec quelque peine sur un attachement qui lui faisoit regreter Salente. Vous me blâmerez peut-être, lui dit il, de prendre trop facilement des inclinations dans les lieux où je passe. Mais mon cœur me feroit de continuels reproches, si je vous cachois que j'aime Antiope fille d'Idomenée. Non, mon cher Mentor, ce n'est point une passion aveugle, comme celle dont vous m'avez gueri dans l'Ile de Calypso. J'ai bien reconnu la profondeur de la plaie que l'amour m'avoit fait auprès d'Eucaris. Je ne puis encore prononcer son nom sans être troublé. Le tems & l'absence n'ont pû l'éffacer. Cette experience funeste m'aprend à me défier de moi même. Mais pour Antiope, ce que je sens n'a rien de semblable. Ce n'est point amour passionné, c'est goût, c'est estime, c'est persuasion. Que je serois heureux, si je passois ma vie avec elle? Si jamais les Dieux me rendent mon pere, & qu'ils me permettent de choisir une femme, Antiope sera mon épouse. Ce qui me touche en elle, c'est son silence, sa modestie, sa retraite, son travail assidu, son industrie pour les ouvrages de laine & de broderie, son application à conduire toute la maison de son pere depuis que sa mere est morte, son mépris des vaines parures, l'oubli & l'ignorance même, qui paroît en elle de sa beauté. Quand Idomenée lui ordonne de mener les danses des jeunes Cretois au son des flûtes, on la prendroit pour la riante Venus, qui est accompagnée des graces. Quand il la mene avec lui à la chasse dans

les

les forêts, elle paroît majestueuse & adroite à tirer de l'arc comme Diane au milieu de ses Nymphes. Elle seule ne le sçait pas, & tout le monde l'admire. Quand elle entre dans le Temple des Dieux, & qu'elle porte sur sa tête les choses sacrées dans des corbeilles, on croiroit qu'elle est elle-même la divinité, qui habite dans les Temples. Avec quelle crainte & quelle religion voions nous offrir des sacrifices, & détourner la colere des Dieux, quand il faut expier quelque faute, ou détourner quelque funeste presage. Enfin quand on la voit avec une troupe de femmes tenant en sa main une aiguille d'or, on croit que c'est Minerve même, qui a pris sur la terre une forme humaine, & qui inspire aux hommes les beaux arts. Elle anime les autres à travailler, elle leur adoucit le travail, & l'ennui, par les charmes de sa voix, lors qu'elle chante toutes les merveilleuses histoires des Dieux, & elle surpasse la plus exquise peinture, par la delicatesse de ses broderies. Heureux l'homme qu'un doux hymen unira avec elle! Il n'aura à craindre que de la perdre & de lui survivre.

Je prens ici, mon cher Mentor, les Dieux à témoin que je suis tout prêt à partir. J'aimerai Antiope tant que je vivrai, mais elle ne retardera pas d'un moment mon retour en Ithaque. Si un autre la devoit posseder, je passerois le reste de mes jours avec tristesse & amertume; mais enfin je la quiterai. Quoi que je sache que l'absence peut me la faire perdre; je ne veux ni lui parler, ni parler à son pere, de mon amour; car je ne dois en parler qu'à vous seul, jusqu'à ce qu'Ulysse remonté sur son trone, m'ait déclaré qu'il y consent. Vous pouvez reconnoître par là, mon cher Mentor, combien cet attachement est different de la passion, dont vous m'avez vû aveuglé pour Eucharis.

Mentor répondit, ô Telemaque, je conviens de cette differen-

difference. Antiope est douce, simple, sage, ses mains ne méprisent point le travail; elle prévoit de loin; elle pourvoit à tout; elle sait se taire & agir de suite sans empressement. Elle est à toute heure occupée, & ne s'embarasse jamais; parce qu'elle fait chaque chose à propos. Le bon ordre de la maison de son pere est sa gloire. Elle en est plus ornée que de sa beauté. Quoi-qu'elle ait soin de tout, & qu'elle soit chargée de corriger, de refuser, d'épargner (choses qui font haïr presque toutes les femmes) elle s'est renduë aimable à toute la maison. C'est qu'on ne trouve en elle ni passion, ni entêtement, ni legereté, ni humeur, comme dans les autres femmes. D'un seul regard elle se fait entendre, & on craint de lui déplaire. Elle donne des ordres précis. Elle n'ordonne que ce qu'on peut executer. Elle reprend avec bonté, & en reprenant elle encourage. Le cœur de son pere se repose sur elle comme un voiageur abatu par les ardeurs du soleil, se repose à l'ombre sur l'herbe tendre. Vous avez raison, Telemaque. Antiope est un tresor digne d'être recherché dans les terres les plus éloignées. Son esprit non plus que son corps ne se pare jamais de vains ornemens. Son imagination, quoi que vive, est retenuë. Elle ne parle que pour la necessité, & si elle ouvre la bouche, la douce persuasion, & les graces naïves coulent de ses levres. Des qu'elle parle, tout le monde se taît & elle en rougit. Peu s'en faut qu'elle ne suprime ce qu'elle a voulu dire, quand elle aperçoit qu'on l'écoute si attentivement. A peine l'avons-nous entenduë parler.

Vous souvenez-vous, ô Telemaque, d'un jour que son pere la fit venir. Elle parut les yeux baissez, couverte d'un grand voile, & elle ne parla que pour moderer la colere d'Idomenée, qui vouloit faire punir rigoureusement un de ses esclaves. D'abord elle entra dans sa peine; puis elle le calma, enfin elle lui fit ententendre ce qui pouvoit excuser ce malheureux, & sans faire sentir au Roi qu'il s'étoit trop emporté, elle lui inspira des sentimens de justice & de compassion. Thetis, quand elle flate le vieux Nerée, n'apaise pas avec plus de douceur les flots irritez. Ainsi Antiope sans prendre aucune autorité, & sans se prevaloir de ses charmes maniera un jour le cœur de son époux, comme elle touche maintenant sa lyre, quand elle en veut tirer les plus tendres accords. Encore une fois Telemaque, votre amour pour elle est juste. Les Dieux vous la destinent. Vous l'aimez d'un amour raisonnable. Il faut attendre qu'Ulysse vous la donne. Je vous louë de n'avoir pas voulu lui découvrir vos sentimens. Mais sçachez que si vous eussiez pris quelques détours pour lui apprendre vos desseins, elle les auroit rejettez, & auroit cessé de vous estimer. Elle ne se promettra jamais à personne. Elle se laissera donner par son pere. Elle ne prendra jamais pour epoux, qu'un homme qui craigne les Dieux & qui remplisse toutes les bienseances. Avez vous observé comme moi, qu'elle se montre encore moins, & quelle baisse plus les yeux depuis votre retour ? Elle sait tout ce qui vous est arrivé d'heureux dans la guerre. Elle n'ignore ni votre naissance, ni vos avantures, ni tout ce que les Dieux ont mis en vous. C'est ce qui la rend si modeste & si reservée. Allons, Telemaque, allons vers Ithaque. Il ne me reste plus qu'à vous faire trouver vôtre Pere, & qu'à vous mettre en etat d'obtenir une femme digne de l'age d'or, fût elle bergere, dans la froide Algide, au lieu qu'elle est fille d'un Roi de Salente. Vous seriez trop heureux de la posseder.

Fin du Livre vingt-deuxiéme.

LES

LES AVANTURES DE TELEMAQUE, FILS D'ULYSSE.

LIVRE VINGT-TROISIEME.

Domenée qui craignoit le depart de Telemaque & de Mentor, ne ſongeoit qu'à le retarder. Il repreſenta à Mentor qu'il ne pouvoit regler ſans lui un different, qui s'étoit elevé entre Diaphanes prêtre de Jupiter conſervateur, & Heliodore prêtre d'Apollon ſur les preſages qu'on tire du vol des oiſeaux & des entrailles des victimes. Pourquoi, lui repondit Mentor, vous mêleriez-vous des choſes ſacrées? Laiſſez en la deciſion aux Etruriens, qui ont la Tradition des plus anciens Oracles, & qui ſont inſpirez, pour être les interpretes des Dieux. Employez ſeulement votre autorité à etouffer

etouffer ces disputes dès leur naissance. Ne montrez ni partialité, ni prevention. Contentez-vous d'appuyer la decision, quand elle sera faite. Souvenez vous qu'un Roi doit être soumis à la Religion, & qu'il ne doit jamais entreprendre de la regler. La Religion vient des Dieux; elle est au dessus des Rois. Si les Rois se mêlent de la Religion, au lieu de la proteger, ils la mettront en servitude. Les Rois sont si puissants, & les autres hommes sont si foibles, que tout sera en peril d'être alteré au gré des Rois, si on les fait entrer dans les questions, qui regardent les choses sacrées. Laissez donc en pleine liberté la decision aux amis des Dieux, & bornez-vous â reprimer ceux, qui n'obéiront pas à leur jugement, quand il aura été prononcé.

Ensuite Idomenée se plaignit de l'embarras, où il étoit sur un grand nombre de procès, entre divers particuliers, qu'on le pressoit de juger. Decidez, lui repondoit Mentor, toutes les questions nouvelles, qui vont à établir des maximes generalles de jurisprudence, & à interpreter les Loix; mais ne vous chargez jamais de juger les causes particulieres. Elles viendroient toutes en foule vous assieger. Vous seriez l'unique juge de tout votre peuple. Tous les autres juges qui sont sous vous deviendroient inutiles. Vous seriez accablé, & ces petites affaires vous deroberoient aux grandes, sans que vous puissiez suffire à regler le detail des petites. Gardez-vous donc bien de vous jetter dans cet embarras. Renvoyez les affaires des particuliers aux Juges ordinaires. Ne faites que ce que nul autre ne peut faire pour vos soulager.

On me presse encore, disoit Idomenée, de faire certains mariages. Les personnes d'une naissance distinguée qui m'ont servi dans toutes les guerres, & qui ont perdu de trés-grands biens en me servant, voudroient trouver une espece de recompense, en en epousant certaines filles riches. Je n'ai qu'un mot à dire, pour leur procurer ces etablissemens.

Il est vrai, repondit Mentor, qu'il ne vous en couteroit qu'un mot. Mais ce mot lui même vous couteroit trop cher. Voudriez-vous ôter aux peres & aux meres la liberté, & la consolation de choisir leurs gendres & par consequent leurs héritiers? Ce seroit mettre toutes le familles dans le plus rigoureux esclavage. Vous vous rendriez responsable de tous les malheurs domestiques de vos citoiens. Les mariages ont asses d'epines, sans leur donner encore cette amertume. Si vous avez des serviteurs fideles à recompenser, donnez leur des terres incultes. Adjoutez-y des rangs & des honneurs proportionnez à leur condition & à leur service. Adjoutez-il, s'il le faut, quelque argent pris par vos epargnes sur les fonds destinez à votre depense. Mais ne payez jamais vos debtes en sacrifiant les filles riches, malgré leur parenté.

Idomenée passa bientôt de cette question à une autre. Les Sybarites, disoit-il, se plaignent de ce que nous avons usurpé des terres qui leur appartiennent, & de ce que nous les avons données, comme des champs à defricher aux etrangers que nous avons attirez depuis peu ici. Cederai-je à ces peuples? Si je le fais, chacun croira qu'il n'y a qu'a former des pretensions sur nous.

Il n'est pas juste, repondit Mentor, de croire les Sybarites dans leur propre cause. Mais il n'est pas juste aussi de vous croire dans la vôtre. Qui croirons nous donc, repartit Idomenée? Il ne faut croire, repartit Mentor, aucune des deux parties. Mais il faut prendre pour arbitre un peuple voisin, qui ne soit suspect d'aucun côté. Tels sont les Sipontins. Ils n'ont aucun interest contraire au vôtre. Mais suis-je obligé, repondit Idomené, à croire quelque arbitre? Ne suis-je pas Roi? Un Souverain est il obligé à se soumettre à des étrangers ſur l'étenduë de ſa domination ?

Mentor reprit ainſi le diſcours. Puiſque vous voulez tenir ferme, il faut que vous jugiez, que votre droit eſt bon. D'un autre coté les Sybarites ne relachent rien. Ils ſoutiennent que leur droit eſt certain. Dans cette opinion de ſentimens, il faut qu'un arbitre choiſi par les parties vous accommode, ou que le ſort des armes decide. Il n'y a point de milieu. Si vous entriez dans une Republique, où il n'y eut ni Magiſtrats, ni Juges, & où chaque famille ſe crut en droit de ſe faire juſtice à elle même par violence ſur toutes ſes pretenſions contre ſes voiſins, vous deploreriez le malheur d'une telle nation, & vous auriez horreur de cet affreux deſordre, où toutes les familles s'armeroient les unes contre les autres. Croyez-vous que le Dieux regardent avec moins d'horreur le monde entier, qui eſt la Republique univerſelle, ſi chaque peuple qui n'eſt que comme une grande famille, ſe croit en plein droit de ſe faire par violence juſtice à ſoi même ſur toutes ſes pretenſions contre les autres peuples voiſins? Un particulier qui poſſede un champ comme l'heritage de ces Anceſtres ne peut s'y maintenir que par l'autorité des Loix, & par le jugement du Magiſtrat. Il ſeroit tres-ſeverement puni comme un ſeditieux, s'il vouloit conſerver par la force, ce que la juſtice lui a donné. Croiez-vous que les Rois puiſſent d'abord employer la violence, pour ſoutenir leur pretenſions, ſans avoir tenté toutes les voïes de douceur, & d'humanité? La juſtice n'eſt elle pas encore plus ſacrée, & plus inviolable pour les Rois par rapport à des païs entiers, que pour les familles par rapport à quelques champs labourez? Sera-t-on injuſte & raviſſeur, quand on ne prend que quelques arpens de terre? Sera-t'on juſte? Sera-t'on Heros, quand on prend des Provinces? Si on ſe previent, ſi on ſe flate, ſi on

s'aveugle

s'aveugle dans les petits interêts des particuliers, ne doit-on pas encore plus craindre de se flater & de s'aveugler sur les grands interêts d'Etat? Se croira-t'on soi même, dans une matiere, où l'on a tant de raison de se defier de soi? Ne craindra-t-on point de se tromper dans des cas, où l'erreur d'un seul homme a des consequences affreuses? L'erreur d'un Roi qui se flate sur ses pretensions, cause souvent des ravages, des famines, des massacres, des pestes, des depravations de mœurs, dont les effets funestes s'étendent jusque dans les siecles les plus reculez. Un Roi qui assemble toujours tant de flateurs autour de lui, ne craindra-t-il point d'être flaté en ces occasions? S'il convient de quelque arbittre pour terminer le different, il montre son equité, sa bonne foi, sa moderation. Il publie les solides raisons, sur les quelles sa cause est fondée. L'arbitre choisi est un Mediateur amiable, & non un juge de riguer. On ne se soumet pas aveuglement à ses decisions, mais on a pour lui une grande deference. Il ne prononce pas une sentence en juge Souverain, mais il fait des propositions, & on sacrifie quelque chose par ses conseils, pour conserver la paix. Si la guerre vient, malgré tous les soins qu'un Roi prend pour conserver la paix, il a du moins alors pour lui le temoignage de sa conscience, l'estime de ses voisins, & la juste protection des Dieux. Idomenée touché de ce discours consentit que les Sipontins fussent mediateurs entre lui & les Sybarites.

Alors le Roi voiant que tous les moiens de retenir les deux etrangers lui échapoient, essaya de les arrêter par un lien plus fort. Il avoit remarqué que Telemaque aimoit Antiope, & il espera de le prendre par cette passion. Dans cette vüe il la fit chanter plusieurs fois pendant des festins. Elle le fit, pour ne desobéïr pas à son Pere, mais avec tant de modestie & de tristesse, qu'on voyoit bien la peine qu'elle souffroit en obéïssant. Idomenée alla jusqu'à vouloir qu'elle chantât la victoire remportée sur les Dauniens & sur Adraste. Mais elle ne put se resoudre â chanter les loüanges de Telemaque. Elle s'en defendit avec respect, & son Pere n'osa la contraindre. Sa voix douce & touchante penetroit le cœur du jeune fils d'Ulysse. Il étoit tout emû. Idomenée qui avoit les yeux attachez sur lui, joüissoit du plaisir de remarquer son trouble. Mais Telemaque ne faisoit pas semblant d'appercevoir le dessein du Roi. Il ne pouvoit en ces occasions s'empêcher d'etre fort touché. Mais la raison étoit en lui au-dessus du sentiment, & ce n'étoit plus ce même Telemaque, qu'une passion tyrannique avoit autrefois captivé dans l'Ile de Calypso. Pendant qu'Antiope chantoit, il gardoit un profond Silence. Des qu'elle avoit fini, il se hatoit de tourner la conversation sur quelque autre matiere.

Le Roi ne pouvant par cette voie réüssir dans son dessein, prit enfin la resolution de faire une grande chasse, dont il voulut donner le plaisir à sa fille. Antiope pleura, ne voulant point y aller. Mais il fallut executer l'ordre absolu de son Pere. Elle monta sur un cheval ecumant, fougueux, & semblable à ceux que Castor domptoit pour les combats. Elle le conduit sans peine. Une troupe de jeunes filles la suit avec ardeur. Elle paroit au milieu d'elles, comme Diane dans les forêts. Le Roi la voit, & il ne peut se lasser de la voir. En la voiant il oublie tous ses malheurs passez. Telemaque le voit aussi. Il est encore plus touché de la modestie d'Antiope, que de son adresse, & de toutes ses Graces.

Les chiens poursuivoient un sanglier d'une grandeur enorme, & furieux, comme celui de Calydon. Ses longues soyes étoient dures & herissées comme des dards. Ses yeux etincellans étoient pleins de sang & de feu. Son soufle se faisoit entendre de loin, comme le

bruit

bruit ſourd des vent ſéditieux, quand Eole les rapelle dans ſon antre, pour appaiſer les tempêtes. Ses deffenſes longuës, & crochuës, comme la faux trenchante des moiſſonneurs, coupoient le tronc des arbres. Tous les chiens qui oſoient approcher, étoient déchirez. Les plus hardis chaſſeurs en le pourſuivant craignoient de l'atteindre. Antiope legere à la courſe, comme les vents, ne craignit point de l'attaquer de prés. Elle lui lance un trait, qui le perce au deſſus de l'épaule. Le ſang de l'animal farouche ruiſſelle, & le rend plus furieux. Il ſe tourne vers celle qui l'a bleſſé. Auſſitot le cheval d'Antiope malgré ſa fierté, fremit & recule. Le ſanglier monſtrueux s'elance contre lui, ſemblable aux peſantes machines, qui ébranlent les murailles des plus fortes villes. Le Courſier chancele, & eſt abattu. Antiope ſe voit par terre hors d'etat d'eviter le coup fatal de la deffenſe du ſanglier animé contr'elle. Mais Telemaque attentif au danger d'Antiope étoit deja deſcendu de cheval. Plus prompt que les eclairs il ſe jette entre le cheval abattu, & le ſanglier qui revient pour vanger ſon ſang. Il tient dans ſes mains un long dard, & l'enfonce preſque tout entier dans le flanc de l'horrible animal, qui tombe plein de rage.

A l'inſtant Telemaque en coupe la hure qui fait encore peur, & qui étonne tous les chaſſeurs. Il la preſente à Antiope. Elle en rougit, elle conſulte des yeux ſon Pere, qui après avoir été ſaiſi de frayeur, eſt tranſporté de joye de la voir hors du peril, & lui fait ſigne qu'elle doit accepter ce don. En la prenant elle dit à Telemaque. Je reçois de vous avec reconnoiſſance un autre don plus grand. Car je vous dois la vie.

A peine eut elle parlé qu'elle craignit d'avoir trop dit. Elle baiſſa le yeux, & Telemaque qui vit ſon embaras, n'oſa lui dire que ces paroles. Heureux le fils d'Ulysse d'avoir conservé une vie si precieuse! Mais plus heureux encore, s'il pouvoit passer la sienne auprès de vous! Antiope sans lui repondre rentra brusquement dans la troupe de ses jeunes compagnes, où elle remonta à cheval.

Idomenée auroit des ce moment promis sa fille à Telemaque; Mais il espera d'enflammer davantage sa passion, en le laissant dans l'incertitude, & crut même le retenir encore à Salente par le desir d'assurer son mariage. Idomenée raisonnoit ainsi en lui même. Mais les Dieux se joüent de la sagesse des hommes. Ce qui devoit retenir Telemaque, fut precisement ce qui le pressa de partir. Ce qu'il commençoit à sentir, le mit dans une juste defiance de lui même. Mentor redoubla ses soins, pour lui inspirer un desir impatient de s'en retourner à Ithaque, & il pressa en même tems Idomenée de le laisser partir.

Le vaisseau étoit déja prest. Car Mentor qui regloit tous les momens de la vie de Telemaque, pour l'élever à la plus haute gloire, ne l'arretoit à chaque lieu, qu'autant qu'il le falloit pour exercer sa vertu, & pour lui faire acquerir de l'experience.

Mentor avoit eu soin de faire preparer le vaisseau dès l'arrivée de Telemaque. Mais Idomenée, qui avoit eu beaucoup de repugnance à le voir preparer, tomba dans une tristesse mortelle & dans une desolation à faire pitié, lors qu'il vit que ses deux hôtes, dont il avoit tiré tant de secours alloient l'abandonner. Il se renfermoit dans les lieux les plus secrets de sa maison. Là il soulageoit son cœur en poussant des gemissemens, & en versant des larmes. Il oublioit le besoin de se nourrir. Le sommeil n'adoucissoit plus ses cuisantes peines. Il se dessechoit, il se consumoit par ses inquietudes. Semblable à un grand arbre qui couvre la terre de ses rameaux épais, & dont un ver commence à ronger la tige dans les canaux déliez où la seve coule pour sa nourriture. Cet arbre que les vents n'ont jamais ébranlé, que la terre feconde se plaît à nourrir dans son sein, & que la hache du Laboureur a réspecté, ne laisse pas de languir, sans qu'on puisse découvrir la cause de son mal. Il se flétrit, il se depoüille de ses feüilles qui sont sa gloire : Il ne montre plus qu'un tronc couvert d'une écorce entr'ouverte & de ses branches seches. Tel parut Idomenée dans sa douleur.

Telemaque attendri n'osoit lui parler. Il craignoit le jour du départ. Il cherchoit des pretextes, pour le retarder, & il seroit demeuré longtems dans cette incertitude, si Mentor ne lui eût dit. Je suis bien aise de vous voir si changé. Vous étez né dur & hautain, votre cœur ne se laissoit toucher que de vos commoditez & de vos interêts. Mais vous êtes enfin devenu homme, & vous commencez par l'experience de vos maux à compatir à ceux des autres. Sans cette compassion, on n'a ni bonté, ni vertu, ni capacité, pour gouverner les hommes. Mais il ne faut pas la pousser trop loin, ni tomber dans une amitié foible. Je parlerois volontiers à Idomenée pour le faire consentir à nôtre départ, & je vous épargnerois l'embaras d'une conversation si fâcheuse. Mais je ne veux point que la mauvaise honte, & la timidité dominent vôtre cœur. Il faut que vous vous accoutumiez à mêler le courage & la fermeté avec une amitié tendre & sensible. Il faut craindre d'affliger les hommes sans necessité. Il faut entrer dans leurs peines, quand on ne peut éviter de leur en faire, & adoucir le plus qu'on peut le coup qu'il est impossible de leur épargner entierement. C'est pour chercher cet adoucissement, répondit Telemaque, que j'aimerois mieux qu'Idomenée aprît nôtre départ par vous que par moi.

Mentor lui dit aussitot. Vous vous trompez, mon cher Telemaque. Vous êtes né comme les enfans des

Rois, nourris dans la pourpre, qui veulent que tout se fasse à leur mode, & que toute la nature obeïsse à leurs volontez; Mais qui n'ont la force de resister à personne en face. Ce n'est pas qu'ils se soucient des hommes, ni qu'ils craignent par bonté de les affliger; mais c'est, que pour leur propre commodité ils ne veulent point voir autour d'eux des visages tristes & mécontens. Les peines & les miseres des hommes ne les touchent point, pourvû qu'elles ne soient pas sous leurs yeux. S'ils en entendent parler, ce discours les importune & les attriste. Pour leur plaire il faut toûjours leur dire que tout va bien. Pendant qu'ils sont dans leurs plaisirs, ils ne veulent rien voir ni entendre qui puisse interrompre leur joye. Faut-il reprendre, corriger, detromper quelqu'un, resister aux passions, & aux pretentions injustes d'un homme importun? ils en donneront toûjours la commission à quelqu'autre personne, plûtôt que de parler eux-mêmes avec une douce fermeté dans ces occasions. Ils se laisseroient plûtôt arracher les graces les plus injustes; ils gâteroient leurs affaires les plus importantes, faute de sçavoir decider contre le sentiment de ceux ausquels ils ont à faire tous les jours. Cette foiblesse qu'on sent en eux, fait que chacun ne songe qu'à s'en prevaloir. On les presse, on les importune, on les accable, & on reüssit en les accablant. D'abord on les flate, & on les encense pour s'insinuer. Mais dès qu'on est dans leur confiance, & qu'on est auprès d'eux dans les emplois de quelque autorité, on les méne loin, on leur impose le joug, ils en gemissent; ils veulent souvent le secouër. Mais ils le portent toute leur vie. Ils sont jaloux de ne paroître point gouvernez, & ils le sont toûjours. Ils ne peuvent même se passer de l'être; Car ils sont semblables à ces foibles tiges de vignes, qui n'aiant par elles-mêmes aucun soûtien, rampent toûjours autour du tronc de quelque grand arbre.

Je

Je ne souffrirai point, ô Telemaque, que vous tombiez dans ce defaut, qui rend un homme imbecile pour le gouvernement. Vous qui êtes tendre, jusqu'à n'oser parler à Idomenée, vous ne serez plus touché de ses maux, dès que vous serez sorti de Salente. Ce n'est point sa douleur qui vous attendrit. C'est sa presence qui vous embarasse. Allez parler, vous même à Idomenée. Aprenez en cette occasion à être tendre & ferme tout ensemble. Montrez-lui vôtre douleur de le quitter. Mais montrez-lui aussi d'un ton decisif la necessité de nôtre dêpart.

Telemaque n'osoit ni resister à Mentor, ni aller trouver Idomenée. Il étoit honteux de sa crainte, & n'avoit pas le courage de la surmonter. Il hesitoit, il faisoit deux pas, & revenoit incontinent pour alleguer à Mentor quelque nouvelle raison de differer. Mais le seul regard de Mentor lui ôtoit la parole, & faisoit disparoître tous ses beaux pretextes. Est-ce donc là, disoit Mentor en soûriant, ce vainqueur des Dauniens, ce liberateur de la grande Hesperie, & ce fils du sage Ulysse qui doit être après lui l'oracle de la Grece? Il n'ose dire à Idomenée qu'il ne peut plus retarder son retour dans sa patrie pour voir son pere! O peuples d'Ithaque! combien seriez vous malheureux un jour, si vous aviez un Roi, que la mauvaise honte domine, & qui sacrifie les plus grands interêts à ses foiblesses sur les plus petites choses. Voiez, Telemaque, quelle difference il y a entre la valeur dans les combats & le courage dans les affaires? Vous n'avez-point craint les armes d'Adraste, & vous craignez la tristesse d'Idomenée? Voila ce qui deshonore les Princes, qui ont fait les plus grandes actions. Après avoir paru des Heros dans la guerre, ils se montrent les derniers des hommes dans les actions communes, où d'autres se soûtiennent avec vigueur.

Telemaque sentant la verité de ces paroles, & piqué

de ce reproche, partit brusquement sans s'écouter lui-même. Mais à peine commence-t-il à paroître dans le lieu où Idomenée étoit assis, les yeux baissez, languissans & abattu de tristesse, qu'ils se craignirent l'un l'autre. Ils n'osoient se regarder, ils s'entendoient sans se rien dire, & chacun craignoit que l'autre ne rompit le silence. Ils se mirent tous deux à pleurer. Enfin Idomenée pressé d'un excès de douleur, s'écria. A quoi sert de chercher la vertu, si elle récompense si mal ceux qui l'aiment? Après m'avoir montré ma foiblesse, on m'abandonne. He bien! je vais retomber dans tous mes malheurs. Qu'on ne me parle plus de bien gouverner. Non je ne puis le faire. Je suis las des hommes. Où voulez vous aller, Telemaque. Vôtre pere n'est plus, vous le cherchez inutilement. Itaque est en proye à vos ennemis, ils vous feront perir si vous y retournez. Quelqu'un d'entr'eux aura épousé vôtre mere. Demeurez ici, vous serez mon gendre & mon heritier. Vous regnerez après moi. Pendant ma vie même, vous aurez ici un pouvoir absolu. Ma confiance sera sans bornes. Que si vous êtes insensible à tous ces avantages, du moins laissez-moi Mentor, qui est toute ma ressource. Parlez Répondez-moi. N'endurcissez pas vôtre cœur. Ayez pitié du plus malheureux de tous les hommes. Quoi! vous ne dites rien? Ah! je comprens combien les Dieux me sont cruëls. Je le sens encore plus rigoureusement qu'en Crete, lorsque je perçai mon propre fils.

Enfin Telemaque lui répondit d'une voix troublée & timide: Je ne suis point à moi. Les destinées me rapellent dans ma patrie. Mentor qui a la sagesse des Dieux, m'ordonne en leur nom de partir. Que voulez-vous que je fasse? Renoncerai-je à mon pere, à ma mere, à ma patrie, qui me doit être encore plus chere qu'eux? Etant né pour être Roi, je ne suis pas destiné à une vie douce & tranquille, ni à suivre mes incli-

inclinations. Votre Royaume eſt plus puiſſant que celui de mon Pere. Mais je dois preferer ce que les Dieux me deſtinent à ce que vous avez la bonté de m'offrir. Je me croirois heureux, ſi j'avois Antiope pour Epouſe ſans eſperance de votre Royaume. Mais pour m'en rendre digne, il faut que j'aille où mes devoirs m'appellent, & que ce ſoit mon pere qui vous la demande. Ne m'avez-vous pas promis de me renvoier à Itaque? N'eſt-ce pas ſur cette promeſſe que j'ai combattu pour vous contre Adraſte avec les Alliez? Il eſt tems que je ſonge à reparer mes malheurs domeſtiques. Les Dieux qui m'ont donné à Mentor, ont auſſi donné Mentor au fils d'Ulyſſe pour lui faire remplir ſes deſtinées. Voulez-vous que je perde Mentor après avoir perdu tout le reſte? Je n'ai plus ni bien, ni retraite, ni pere, ni mere, ni patrie aſſurée. Il ne me reſte qu'un homme ſage & vertueux, qui eſt le plus précieux don de Jupiter. Jugez vous même ſi je puis y renoncer, & conſentir qu'il m'abandonne. Non je mourrois plûtôt. Arrachez-moi la vie. La vie n'eſt rien. Mais ne m'arrachez pas Mentor.

A meſure que Telemaque parloit, ſa voix devenoit plus forte, & ſa timidité diſparoiſſoit. Idomenée ne ſçavoit que répondre, & ne pouvoit demeurer d'accord de ce que le fils d'Ulyſſe lui diſoit. Lors qu'il ne pouvoit plus parler, du moins il tâchoit par ſes regards & par ſes geſtes de faire pitié. Dans ce moment il vit paroître Mentor, qui lui dit ces graves paroles.

Ne vous affligez point. Nous vous quittons, mais la ſageſſe qui preſide aux conſeils des Dieux, demeurera ſur vous. Croyez ſeulement que vous êtes trop heureux que Jupiter nous ait envoyez ici, pour ſauver vôtre Royaume, & pour vous ramener de vos égaremens. Philocles, que nous vous avons rendu, vous ſervira fidelement. La crainte des Dieux, le goût de la vertu, l'amour des peuples, la compaſſion pour les miſe-

miserables seront toûjours dans son cœur. Ecoutez-le, servez-vous de lui avec confiance & sans jalousie. Le plus grand service que vous puissiez en tirer, est de l'obliger à vous dire tous vos défauts sans adoucissement. Voila en quoi consiste le plus grand courage d'un bon Roi, que de chercher de vrais amis qui fassent remarquer ses fautes. Pourvû que vous ayez ce courage, nôtre absence ne vous nuira point, & vous vivrez heureux. Mais si la flaterie, qui se glisse comme un serpent, retrouve un chemin jusqu'à votre cœur, pour vous mettre en défiance contre les conseils desinterressez, vous êtes perdu. Ne vous laissez point abattre mollement à la douleur; mais efforcez-vous de suivre la vertu. J'ai dit à Philocles tout ce qu'il doit faire pour vous soulager, pour n'abuser jamais de vôtre confiance. Je puis vous répondre de lui. Les Dieux vous l'ont donné, comme ils m'ont donné à Telemaque. Chacun doit suivre courageusement sa destinée. Il est inutile de s'affliger. Si jamais vous aviez besoin de mon secours, après que j'aurai rendu Telemaque à son pere & à son pais, je reviendrois vous voir. Que pourrois-je faire qui me donnât un plaisir plus sensible? je ne cherche ni biens, ni autorité sur la terre. Je ne veux qu'aider ceux qui cherchent la justice & la vertu. Pourrois je jamais oublier la confiance & l'amitié que vous m'avez témoignée?

A ces mots, Idomenée fut tout à coup changé. Il sentit son cœur appaisé, comme Neptune de son Trident appaise les flots en couroux & les plus noires tempêtes. Il restoit seulement en lui une douleur douce & paisible. C'étoit plûtôt une tristesse, & un sentiment tendre qu'une vive douleur. Le courage, la confiance, la vertu, l'esperance du discours des Dieux commencerent à renaître au dedans de lui.

Hé bien, dit-il, mon cher Mentor, il faut donc tout perdre, & ne se point décourager. Du moins souve-

ſouvenez - vous d'Idomenée. Quand vous ſerez arrivez à Ithaque, où vôtre ſageſſe vous comblera de proſperité n'oubliez pas que Salente fut vôtre ouvrage, & que vous y avez laiſſé un Roi malheureux qui n'eſpere qu'en vous. Allez, digne fils d'Ulyſſe, je ne vous retiens plus. Je n'ai garde de reſiſter aux Dieux qui m'avoient prêté un ſi grand treſor. Allez auſſi Mentor, le plus grand & le plus ſage de tous les hommes. Si toute fois l'humanité peut faire ce que j'ai vû en vous, & ſi vous n'étes point une Divinité ſous une forme empruntée, pour inſtruire les hommes foibles & ignorans. Allez conduire le fils d'Ulyſſe, plus heureux de vous avoir, que d'être le vainqueur d'Adraſte. Allez tous deux. Je n'oſe plus parler. Pardonnez més ſoûpirs. Allez, vivez, ſoyez heureux enſemble. Il ne me reſte plus rien au monde que le ſouvenir de vous avoir poſſedez ici. O beaux jours, trop heureux jours, jours dont je n'ai pas connu aſſez le prix! Jours trop rapidement écoulez, vous ne reviendrez jamais, jamais mes yeux ne verront ce qu'ils voyent.

Mentor prit ce moment pour le départ. Il embraſſa Philocles qui l'aroſa de ſes larmes ſans pouvoir parler. Telemaque voulut prendre Mentor par la main pour ſe retirer de celles d'Idomenée. Mais Idomenée prenant le chemin du port, ſe mit entre Mentor & Telemaque. Il les regardoit, il gemiſſoit, il commençoit des paroles entre-coupées, & n'en pouvoit achever aucunes.

Cependant on entend des cris confus ſur le rivage couvert de matelots. On tend les cordages. Le vent favorable ſe leve. Telemaque & Mentor les larmes aux yeux prennent congé du Roi, qui les tient longtems ſerrez entre ſes bras, & qui les ſuit des yeux auſſi loin qu'il le peut.

Fin du vingt-troiſiéme Livre.

LES

LES AVANTURES DE TELEMAQUE, FILS D'ULYSSE.

LIVRE VINGT-QUATRIEME.

DEja les voiles s'enflent. On leve les ancres, la terre semble s'enfuir. Le Pilote experimenté aperçoit de loin la montagne de Leucate, dont la tête se cache dans un tourbillon de frimats glacez, & les monts Acrocerauniens, qui montrent encore un front orgueilleux au Ciel, après avoir été si souvent écrasez par la foudre.

Pendant cette navigation Telemaque disoit à Mentor. Je crois maintenant concevoir les maximes du gouvernement, que vous m'avez expliquées. D'abord elles me paroissoient comme un songe. Mais peu à peu elles se démêlent dans mon esprit, & s'y presentent claire-

clairement; comme tous les objets paroissent sombres le matin au premieres lueurs de l'aurore ; mais ensuite ils semblent sortir comme d'un Caos, quand la lumiere qui croit insensiblement , leur rend pour ainsi dire leurs figures & leurs couleurs naturelles. Je suis très-persuadé que le point essentiel du gouvernement est de bien discerner les differens caracteres d'esprits, pour les choisir, & pour les appliquer selon leurs talens. Mais il me reste à sçavoir comment on peut se connoître en hommes.

Alors Mentor lui répondit. Il faut étudier les hommes, pour les connoître. Il en faut voir souvent & traiter avec eux. Les Rois doivent converser avec leurs sujets, les faire parler, les consulter, les éprouver par de petits emplois, dont il leur fassent rendre compte, pour voir s'ils sont capables des plus hautes fonctions. Comment, est-ce mon cher Telemaque, que vous aviez apris à Ithaque à vous connoître en statuës ? C'est à force d'en voir, & de remarquer leurs défauts, & leurs perfections avec des gens experimentez. Tout de même, parlez souvent des bonnes & des mauvaises qualitez des hommes avec d'autres hommes sages & vertueux, qui ayent longtems étudié leurs caracteres. Vous aprendrez insensiblement, comment ils sont faits, & ce qu'il est permis d'en attendre. Qui est-ce qui vous a apris à connoître les bons & les mauvais Poëtes? C'est la frequente lecture, & la reflexion avec des gens qui avoient le goût de la Poësie. Qui est-ce qui vous a acquis le discernement sur la Musique? C'est la même application à observer les musiciens. Comment peut-on esperer de bien gouverner les hommes, si on ne les connoît pas? Et comment les connoîtra-t-on , si on ne vit jamais avec eux ? Ce n'est pas vivre avec eux, que de les voir tous en public, où l'on ne dit de part & d'autre que des choses indifferentes & préparées avec art? Il est question de les voir en particulier,

culier, de tirer du fond de leur cœur toutes les ressources secrettes qui y sont, de les tâter de tous côtez, & les sonder pour découvrir leurs maximes. Mais pour bien juger des hommes, il faut commencer par sçavoir ce qu'ils doivent être, sçavoir ce que c'est que le vrai & solide merite, pour discerner ceux qui en ont, d'avec ceux qui n'en ont pas. On ne cesse de parler de vertu & de merite, sans savoir ce que c'est précisement que le merite & la vertu. Ce ne sont que de beaux mots, que des termes vagues pour la plûpart des hommes qui se font honneur d'en parler à toute heure. Il faut avoir des principes certains de justice, de raison, & de vertu, pour connoître ceux qui sont raisonnables & vertueux. Il faut savoir les maximes d'un bon & sage gouvernement, pour connoître les hommes qui ont les maximes, & ceux qui s'en éloignent par une fausse subtilité. En un mot, pour mesurer plusieurs corps, il faut avoir une mesure fixe. Pour juger, il faut tout de même avoir des principes constans ausquels tous nos jugemens se reduisent. Il faut sçavoir précisement quel est le but de la vie humaine, & quelle fin on doit se proposer en gouvernant les hommes. Ce but unique & essentiel est de ne vouloir jamais l'autorité & la grandeur pour soi ; car cette recherche ambitieuse n'iroit qu'à satisfaire un orgueil tirannique; mais on doit se sacrifier dans les peines infinies du gouvernement, pour rendre les hommes bons & heureux. Autrement on marche à tâtons, & au hazard pendant toute la vie. On va comme un Navire en pleine mer, qui n'a point de Pilote, qui ne consulte point les Astres, & à qui toutes les côtes voisines sont inconnuës. Il ne peut faire que naufrage.

Souvent les Princes, faute de savoir en quoi consiste la vraye vertu, ne savent point ce qu'ils doivent chercher dans les hommes. La vraye vertu a pour eux quelque chose d'âpre. Elle leur paroit trop austére

&

& independante : Elle les effraye, & les aigrit. Ils se tournent vers la flaterie. Dès-lors ils ne peuvent plus trouver ni de sincerité ni de vertu. Dès-lors ils courent après un vain fantosme, de fausse gloire, qui les rend indignes de la veritable. Ils s'accoûtument bientôt à croire qu'il n'y en a point de vraye vertu, sur la terre: car les bons connoissent bien les méchans. Mais les méchans ne connoissent point les bons, & ne peuvent pas croire qu'il y en ait. De tels Princes ne savent que se défier de tout le monde également. Ils se cachent, ils se renferment, ils sont jaloux sur les moindres choses. Ils craignent les hommes & se font craindre d'eux. Ils fuyent la lumiere; ils n'osent paroître dans leur naturel. Quoi-qu'ils ne veüillent point être connus, ils ne laissent pas de l'être: car la curiosité maligne de leurs sujets penetre & devine tout. Mais ils ne connoissent personne. Les gens interessez, qui les obsedent, sont ravis de les voir inaccessibles. Un Roi inaccessible aux hommes, l'est aussi à la verité. On noircit par d'infames raports, & on écarte tout ce qui pourroit leur ouvrir les yeux. Ces sortes de Rois passent leur vie dans une grandeur sauvage & farouche, ou craignans sans cesse d'être trompez, ils le sont toûjours inévitablement, & meritent de l'être. Dès qu'on ne parle qu'à un petit nombre de gens, on s'engage à recevoir toutes leurs passions, & tous leurs préjugez. Les bons mêmes ont leurs deffauts & leurpreventions. De plus on est à la merci des raporteurs, nation basse & maligne, qui se nourrit de venins qui empoisonne les choses innocentes, qui grossit les petites, qui invente le mal plûtôt que de cesser de nuire, qui se joüe pour son interêt de la défiance & de l'indigne curiosité d'un Prince foible & ombrageux.

Connoissez donc, ô mon cher Telemaque, connoissez les hommes. Examinez-les; faites les parler les uns sur les autres. Eprouvez les peu à peu; ne vous livrez à aucun ; profitez de vos experiences, lors que vous aurez été trompé dans vos jugemens. Car vous ferez trompé quelque fois, & les méchans sont très profonds, pour ne surprendre pas les bons par leurs deguisemens. Aprenez par là à ne juger promptement de personne, ni en bien, ni en mal. L'un & l'autre est très-dangereux. Ainsi vos erreurs passées vous instruiront très-utilement. Quand vous aurez trouvé des talens & de la vertu dans un homme, servez vous-en avec confiance : car les honnêtes gens veulent qu'on sente leur droiture. Ils aiment mieux de l'estime, & de la confiance que des tresors. Mais ne les gâtez pas en leur donnant un pouvoir sans bornes. Tel eût été toûjours vertueux, qui ne l'est plus, parce que son maître lui a donné trop d'autorité & trop de richesses. Quiconque est assez aimé des Dieux pour trouver dans tout un Royaume deux ou trois vrais amis d'une sagesse & d'une bonté constante, trouve bientôt par eux d'autres personnes qui leur ressemblent, pour remplir les places inferieures. Par les bons ausquels on se confie, on aprend ce qu'on ne peut pas discerner par soi-même sur les autres sujets.

Mais faut-il, disoit Telemaque, se servir des méchans, quand ils sont habiles, comme je l'ai oüi dire souvent? On est souvent, répondit Mentor, dans la necessité de s'en servir. Dans une nation agitée & en desordre, on trouve souvent des gens injustes & artificieux, qui sont déja en autorité. Ils ont des emplois importans qu'on ne peut leur ôter. Ils ont acquis la confiance de certaines personnes puissantes, qu'on a besoin de menager. Il faut les ménager eux-mêmes, ces hommes scelerats, parce qu'on les craint, & qu'ils peuvent tout bouleverser. Il faut bien s'en servir pour un tems ; mais il faut aussi avoir en vûë de les rendre peu à peu inutiles. Pour la vraye & intime confiance, gardez-vous bien de la leur donner jamais. Car ils

peu-

peuvent en abuser, & vous tenir ensuite malgré vous par vôtre secret; chaîne plus difficile à rompre, que toutes les chaînes de fer. Servez-vous d'eux pour des négotiations passageres; Traitez-les bien; engagez-les par leurs passions mêmes à vous être fidéles. Car vous ne les tiendrez que par là. Mais ne les mettez point dans vos deliberations les plus secrettes. Ayez toûjours un ressort prêt pour les remuer à vôtre gré. Mais ne leur donnez jamais la clef de vôtre cœur, ni de vos affaires. Quand votre Etat devient paisible, reglé, conduit par des hommes sages & droits, dont vous êtes seur, peu à peu les méchans, dont vous étiez contraint de vous servir, déviennent inutiles. Alors il ne faut cesser de les bien traiter: car il n'est jamais permis d'être ingrat, même pour les méchans. Mais en les traitant bien, il faut tâcher de les rendre bons. Il est necessaire de tolerer en eux certains défauts qu'on pardonne à l'humanité. Il faut néanmoins relever peu à peu l'autorité & reprimer les maux qu'ils feroient ouvertement, si on les laissoit faire. Après tout, c'est un mal que le bien se fasse par les méchans, & quoi que ce mal soit souvent inévitable, il faut tendre néanmoins peu à peu à le faire cesser. Un Prince sage, qui ne voudra que le bon ordre & la justice, parviendra avec le tems à se passer des hommes corrompus & trompeurs. Il en trouvera assez de bons qui auront une habileté suffisante.

Mais ce n'est pas assez de trouver de bons sujets dans une Nation, il est necessaire d'en former de nouveaux. Ce doit être, répondit Telemaque, un grand embaras. Point du tout, reprit Mentor. L'aplication que vous avez à chercher les hommes habiles & vertueux pour les élever, excite & anime tous ceux qui ont du talent & du courage. Chacun fait des efforts. Combien y a-t-il d'hommes qui languissent dans une oisiveté obscure, & qui deviendroient de grands hommes, si l'emulation & l'esperance du succès les animoit au travail ? Combien y a-t-il d'hommes que la misere & l'impuissance de s'élever par la vertu, tentent de s'élever par le crime? Si donc vous attachez les récompenses & les honneurs au genie & à la vertu, combien de sujets se formeront d'eux-mêmes ? Mais combien en formez-vous, en les faisant monter de degré en degré, depuis les derniers emplois jusqu'aux premiers? Vous exercerez les talens ; vous éprouverez l'étenduë de l'esprit & la sincerité de la vertu. Les hommes qui parviendront aux plus hautes places, auront été nouris sous vos yeux dans les inferieures. Vous les aurez suivis toute leur vie de degré en degré. Vous jugerez d'eux, non par leurs paroles, mais par toute la suite de leurs actions.

Pendant que Mentor raisonnoit ainsi avec Telemaque, ils aperçurent un vaisseau Pheacien, qui avoit relâché dans une petite Ile deserte & sauvage, bordée de rochers affreux. En même tems les vents se tûrent: les plus doux zephirs même semblerent retenir leur haleine. Toute la mer devint unie comme une glace. Les voiles abatuës ne pouvoient plus animer le vaisseau. L'effort des rameurs déja fatiguez, étoit inutile. Il falut aborder en cette Ile, qui étoit plûtôt un écüeil qu'une Ile propre à être habitée par des hommes. En un autre tems moins calme, on n'auroit pû y aborder sans un grand peril. Les Pheaciens qui attendoient le vent, ne paroissoient pas moins impatiens que les Salentins de continuer leur navigation. Telemaque s'avança vers eux sur ces rivages escarpez. Aussitôt il demande au premier homme qu'il rencontre, s'il n'a point vû Ulysse Roi d'Ithaque dans la maison du Roi Alcinoüs.

Celui auquel il s'étoit adressé par hazard, n'étoit pas Pheacien. C'étoit un étranger inconnu, qui avoit un air majestueux, mais triste & abatu. Il paroissoit

réveur,

réveur, & à peine écouta-t-il d'abord la question de Telemaque. Mais enfin il lui répondit. Ulysse, vous ne vous trompez pas, a été reçû chez le Roi Alcinoüs comme en un lieu, où l'on craint Jupiter & où l'on exerce l'hospitalité. Mais il n'y est plus, & vous l'y chercherez inutilement. Il est parti pour revoir Ithaque, si les Dieux appaisez souffrent enfin qu'il puisse jamais saluër ses Dieux Penates.

A peine cet étranger eût prononcé tristemént ces paroles, qu'il se jetta dans un petit bois épais, sur le haut d'un rocher, d'où il regardoit tristement la mer, fuyant les hommes qu'il voyoit, & paroissant affligé de ne pouvoir partir. Telemaque le regardoit fixement. Plus il le regardoit plus il étoit émû & étonné. Cet inconnu, disoit-il à Mentor, m'a répondu comme un homme qui écoute à peine ce qu'on lui dit, & qui est plein d'amertume. Je plains les malheureux, depuis que je le suis. A peine a-t-il daigné m'écouter, & me repondre. Je sens que mon cœur s'interesse pour cet homme, sans savoir pourquoi. Il m'a assez mal reçû. Je ne puis cesser néanmoins de souhaiter la fin de ses maux.

Mentor soûriant, répondit: Voila à quoi servent les malheurs de la vie. Ils rendent les Princes moderez, & sensibles aux peines des autres. Quand ils n'ont jamais goûté que le doux poison des prosperitez, ils se croyent des Dieux. Ils veulent que les montagnes s'aplanissent pour les contenter. Ils comptent pour rien les hommes. Ils veulent se jouër de la nature entiere. Quand ils entendent parler de souffrances, ils ne savent ce que c'est. C'est un songe pour eux. Ils n'ont jamais vû la distance du bien & du mal. L'infortune seule peut leur donner de l'humanité, & changer leur cœur de rocher en un cœur humain. Alors ils sentent qu'ils sont hommes, & qu'ils doivent ménager les autres hommes, qui leur ressemblent. Si un inconnu vous fait tant de pitié, parce qu'il est comme vous errant sur ce rivage, combien devrez-vous avoir plus de compassion pour le peuple d'Ithaque? Lors que vous le verrez un jour souffrir, ce peuple que les Dieux vous auront confié, comme on confie un troupeau à un berger, & qui sera peut-être malheureux par vôtre ambition, ou par vôtre faste ou par vôtre imprudence; car les peuples ne souffrent que par les fautes des Rois, qui dévroient veiller pour les empêcher de souffrir.

Pendant que Mentor parloit ainsi, Telemaque étoit plongé dans la tristesse, & dans le chagrin. Il lui répondit enfin, avec un peu d'émotion: si toutes ces choses sont vrayes, l'état d'un Roi est bien malheureux. Il est l'esclave de tous ceux ausquels il paroît commander. Il est fait pour eux; il se doit tout entier à eux; il est chargé de tous leurs besoins; il est l'homme de tout le peuple & de chacun en particulier; il faut qu'il s'accommode à leurs foiblesses, qu'il les corrige en pere, qu'il les rende sages & heureux. L'autorité qu'il paroît avoir n'est pas la sienne. Il ne peut rien faire, ni pour sa gloire, ni pour son plaisir. Son autorité est celle des loix. Il faut qu'il leur obéïsse. A proprement parler, il n'est que le defenseur des loix pour les faire regner. Il faut qu'il veille & qu'il travaille pour les maintenir. Il est l'homme le moins libre, & le moins tranquille de son Royaume. C'est un esclave qui sacrifie son repos & sa liberté, pour la liberté publique.

Il est vrai, répondit Mentor, que le Roi n'est Roi que pour avoir soin de son peuple, comme un berger de son troupeau, ou comme un pere de sa famille. Mais trouvez-vous, mon cher Telemaque, qu'il soit malheureux d'avoir du bien à faire à tant de gens? Il corrige les méchans par des punitions. Il encourage les bons par des récompenses. Il represente les Dieux en conduisant ainsi à la vertu tout le genre humain.

N'a-t-

N'a-t-il pas assez de gloire à faire garder les loix? Celle de se mettre au-dessus des loix est une gloire fausse, qui ne merite que de l'horreur & du mépris. S'il est méchant, il ne peut être que malheureux ; car il ne sauroit trouver aucune paix dans ses passions & dans sa vanité. S'il est bon, il doit goûter le plus pur & le plus solide de tous les plaisirs, à travailler pour la vertu, & à attendre des Dieux une éternelle recompense.

Telemaque agité au dedans par une peine secrette sembloit n'avoir jamais compris ces maximes, quoi qu'il en fut rempli, & qu'il les eut lui-même enseignées aux autres. Une humeur noire lui donnoit contre ses véritables sentimens un esprit de contradiction, & de subtilité, pour rejetter les veritez que Mentor expliquoit. Telemaque opposoit à ces raisons l'ingratitude des hommes. Quoi! disoit-il, prendre tant de peine pour se faire aimer des hommes, qui ne vous aimeront peut-être jamais, & pour faire du bien à des méchans, qui se serviront de vos bien-faits pour vous nuire?

Mentor lui répondit patiemmént. Il faut compter sur l'ingratitude des hommes, & ne pas laisser de leur faire du bien. Il faut les servir, moins pour l'amour d'eux, que pour l'amour des Dieux qui l'ordonnent. Le bien qu'on fait n'est jamais perdu. Si les hommes l'oublient, les Dieux s'en souviennent & le recompensent. De plus, si la multitude est ingrate, il y a toûjours des hommes vertueux qui sont touchez de vôtre vertu. La multitude, quoi que changeante & capricieuse, ne laisse pas de faire une espece de justice à la veriable vertu. Mais voulez-vous empêcher l'ingratitude des hommes? Ne travaillez point uniquement à les rendre puissans, riches, redoutables par les armes, heureux par les plaisirs. Cette gloire, cette abondance & les delices les corrompent. Ils n'en seront que

 plus

plus méchans, & par consequent plus ingrats. C'est leur faire un present funeste. C'est leur offrir un poison delicieux. Mais appliquez-vous à redresser leurs mœurs, à leur inspirer la justice, la sincerité, la craînte des Dieux, l'humanité, la fidelité, la moderation, le desinteressement. Et les rendant bons, vous les empêcherez d'être ingrats. Vous leur donnerez le veritable bien, qui est la vertu; & la vertu si elle est solide, les attachera toûjours à celui qui la leur aura inspirée. Ainsi en leur donnant les veritables biens, vous vous ferez du bien à vous meme, & vous n'aurez point à craindre leur ingratitude. Faut-il s'étonner que les hommes soient ingrats pour des Princes qui ne les ont jamais exercez qu'à l'injustice, qu'à l'ambition, qu'à l'inhumanité, qu'à la hauteur, qu'à la mauvaise foi. Le Prince ne doit attendre d'eux que ce qu'il leur aura apris à faire. Si au contraire il travailloit par son exemple & par son autorité à les rendre bons, il trouveroit le fruit de son travail dans leur vertu, du moins il trouveroit dans la sienne & dans l'amitié des Dieux de quoi se consoler de tous les mecomptes.

A peine le discours fut il achevé que Telemaque s'avança avec empressement vers les Pheaciens du vaisseau, qui étoit arreté sur le rivage. Il s'adressa à un vieillard d'entr'eux pour lui demander, d'où ils venoient, où ils alloient, & s'ils n'avoient point vu Ulysse. Le vieillard repondit. Nous venons de notre Ile, qui est celle des Pheaciens. Nous allons chercher des marchandises vers l'Epire. Ulysse, comme on vous l'a deja dit, a passé dans notre patrie. Mais il en est parti.

Quel est, adjouta aussitot Telemaque, cet homme si triste, qui cherche les lieux les plus deserts en attendant que votre vaisseau parte ? C'est repondit le Vieillard, un etranger, qui nous est inconnu. Mais on dit qu'il se nomme Cleomenes ; qu'il est né en Phrygie; qu'un Oracle

Oracle avoit predit à sa mere avant sa naissance qu'il seroit Roi, pourvû qu'il ne demeurat point dans sa patrie; & que s'il y demeuroit, la colere des Dieux se feroit sentir aux Phrygiens par une cruelle peste.

Dés qu il fut ne, ses parens le donnerent à des Matelots, qui le porterent dans l'Ile de Lesbos. Il y fut nourri en secret, aux depens de sa patrie, qui avoit un si grand interest de le tenir eloigné. Bientot il devint grand, robuste, agreable, & adroit à tous les exercices du corps. Il s'appliqua même avec beaucoup de gout & de genie aux sciences & aux beaux Arts; mais on ne put le souffrir dans aucun païs.

La prediction faite sur lui devint celebre. On le reconnut bientôt par tout où il alla. Par tout les Rois craignoient qu'il ne leur enlevât leurs diademes. Ainsi il est errant depuis sa jeunesse, & il ne peut trouver aucun lieu du monde, où il lui soit libre de s'arreter. Il a souvent passé chez des peuples fort eloignez du sien. Mais à peine est-il arrivé dans une ville, qu'on y decouvre sa naissance, & l'oracle qui le regarde. Il a beau se cacher, & choisir en chaque lieu quelque genre de vie obscure, les talens eclatent, dit-on, toujours malgré lui, & pour la guerre, & pour les Lettres, & pour les affaires les plus importantes. Il se presente toujours en chaque païs quelque occasion imprevüe, qui l'entraine, & qui le fait connoitre au public. C'est son merite qui fait son malheur. Il le fait craindre & l'exclut de tous les païs, où il veut habiter. Sa destinée est d'être estimé, aimé, admiré par tout, mais rejetté de toutes les terres connuës.

Il n'est plus jeune, & cependant il n'a pû encore trouver aucune coste ni de l'Asie, ni de la Grece, où l'on ait voulu le laisser vivre en quelque repos. Il paroit sans ambition, & il ne cherche aucune fortune. Il se trouveroit trop heureux que l'Oracle ne lui eut jamais promis la Royauté. Il ne lui reste aucune esperance de revoir jamais sa Patrie, car il sait qu'il ne pouroit porter que le deüil, & les larmes dans toutes les familles. La Royauté même pour laquelle il souffre, ne lui paroit point desirable. Il court malgré lui après elle, par une triste fatalité, de Royaume en Royaume, & elle semble fuir devant lui, pour se joüer de ce malheureux jusqu'à sa vieillesse. Funeste present des Dieux, qui trouble tous ses plus beaux jours, ce qui ne lui cause que des peines dans l'age, où l'homme infirme n'a plus besoin que de repos!

Il s'en va, dit-il, chercher vers la Thrace quelque peuple sauvage & sans loix, qu'il puisse assembler, policer, & gouverner pendant quelques années; après quoi L'Oracle étant accompli, on n'aura plus rien à craindre de lui dans les Royaumes les plus florissants. Il compte de se retirer alors en liberté dans un village de Carie, où il s'adonnera à l'agriculture, qu'il aime passionnement. C'est un homme sage & moderé, qui craint les Dieux, qui connoit bien les hommes & qui sait vivre en paix avec eux, sans les estimer. Voila ce qu'on raconte de cet étranger, dont vous me demandez des nouvelles.

Pendant cette conversation, Telemaque retournoit souvent les yeux vers la mer, qui commençoit à être agitée. Le vent soûlevoit les flots, qui venoient battre les rochers, les blanchissant de leur écume. Dans ce moment le vieillard dit à Telemaque: Il faut que je parte. Mes compagnons ne peuvent m'attendre. En disant ces mots il court au rivage; on s'embarque; on n'entend que cris confus sur le rivage par l'ardeur des Mariniers impatiens de partir.

Cet Inconnu, qu'on nommoit Cleomenes, avoit erré quelque tems dans le milieu de l'Ile, montant sur le sommet de tous le rochers, & considerant de là l'esl'espace immense des mers avec une tristesse profonde. Telemaque ne l'avoit point perdu de veuë, & ne cessoit d'observer ses pas. Son cœur étoit attendri pour un homme vertueux errant, malheureux, destiné aux plus grandes choses, & servant de joüet à une rigoureuse fortune. Au moins, disoit il en lui même, peut-être reverrai-je Ithaque. Mais ce Cleomenes ne peut jamais revoir la Phrygie. L'exemple d'un homme encore plus malheureux que lui adoucissoit la peine de Telemaque.

Enfin cet homme voiant son vaisseau prêt, descendit de ces rochers escarpez, avec autant de vitesse & d'agilité, qu'Apollon dans les forêts de Lycie, aiant noué ses cheveux blonds, passe au travers des précipices pour aller percer de ses flêches les cerfs & les sangliers. Déja cet inconnu est dans le vaisseau, qui fénd l'onde amere, & qui s'éloigne de la terre. Une impression secrete de douleur saisit le cœur de Telemaque. Il s'afflige sans sçavoir pourquoi. Les larmes coulent de ses yeux, & rien ne lui est si doux, que de pleurer.

En même tems il aperçoit sur le rivage tous les Mariniers de Salente, couchez sur l'herbe, & profondément endormis. Ils étoient las & abatus. Le doux sommeil s'étoit insinué dans leurs membres & tous les humides pavots de la nuit avoient été répandus sur eux en plein jour par la puissance de Minerve. Telemaque est étonné de voir cet assoupissement universel des Salentins, pendant que les Pheaciens avoient été si attentifs & si diligens pour profiter du vent favorable. Mais il est encore plus occupé à regarder le vaisseau Pheacien prêt à disparoître au milieu des flots, qu'à marcher vers les Salentins pour les éveiller. Un étonnement, & un trouble secret tient ses yeux attachez vers ce vaisseau déja parti, dont il ne voit plus que les voiles, qui blanchissent un peu dans l'onde azurée. Il n'én'écoute pas même Mentor qui lui parle, & il est tout hors de lui-même dans un transport semblable à celui des Menades, lors qu'elles tiennent le Thyrse en main, & qu'elles font retentir de leurs cris insensez, les rives de l'Hebre, avec les montagnes de Rhodope & Ismare.

Enfin, il revient un peu de cette espece d'enchantement, & les larmes recommencerent à couler de ses yeux. Alors Mentor lui dit. Je ne m'étonne point, mon cher Telemaque, de vous voir pleurer. La cause de vôtre douleur qui vous est inconnuë, ne l'est pas à Mentor. C'est la nature qui parle & qui se fait sentir. C'est elle qui attendrit vôtre cœur. L'Inconnu qui vous a donné une si triste émotion, est le grand Ulysse. Ce qu'un vieillard Pheacien vous a raconté de lui sous le nom de Cleomenes, n'est qu'une fiction faite pour cacher plus surement le retour de votre Pere dans son Royaume. Il s'en va tout droit à Ithaque. Déja il est bien prés du port, & il revoit enfin ces lieux si longtems desirez. Vos yeux l'ont vû, comme on vous l'avoit prédit autrefois, mais sans le connoître. Bientôt vous le verrez & vous le connoîtrez, & il vous connoîtra. Mais maintenant les Dieux ne pouvoient permettre vôtre reconnoissance hors d'Ithaque. Son cœur n'a point été moins ému que le vôtre. Il est trop sage pour se découvrir à un mortel dans un lieu, où il pouroit être exposé à des trahisons & aux insultes des cruels amans de Penelope. Ulysse vôtre pere est le plus sage de tous les hommes. Son cœur est comme un puits profond. On ne sauroit y puiser son secret. Il aime la verité, & ne dit jamais rien qui la blesse. Mais il ne la dit que pour le besoin, & la sagesse, comme un sceau, tient toujours ses levres fermees à toute parole inutile. Combien a-t-il été ému en vous parlant? Combien s'est il fait de violence pour ne se point découvrir? Que n'a-t-il pas souffert en

vous

vous voiant? Voilà ce qui le rendoit triste, & abatu.

Pendant ce discours, Telemaque attendri & troublé ne pouvoit retenir un torrent de larmes. Les sanglots l'empêcherent même longtems de répondre. Enfin il s'écria : Helas! mon cher Mentor, je sentois bien dans cet Inconnu, je ne sai quoi qui m'attiroit a lui, & qui remuoit toutes mes entrailles. Mais pourquoi ne m'avez-vous pas dit avant son départ, que c'étoit Ulysse, puisque vous le connoissiez? Pourquoi l'avez-vous laissé partir sans lui parler, & sans faire semblant de le connoître? Quel est donc ce mistere? Serai-je toûjours malheureux? Les Dieux irritez veulent-ils me tenir, comme Tantale, alteré, qu'une eau trompeuse amuse, s'enfuiant de ses levres? Ulysse! Ulysse! M'avez-vous échapé pour jamais? Peut-être ne le verrai je plus? Peut-être que les amans de Penelope le feront tomber dans les embûches qu'ils me préparoient? Au moins si je le suivois, je mourois avec lui? O Ulysse! ô Ulysse! si la tempête ne vous rejette point encore contre quelque écueil (car j'ai tout à craindre de la fortune ennemie) je tremble de peur que vous n'ariviez à Ithaque avec un sort aussi funeste qu'Agamemnon à Micenes. Mais pourquoi, cher Mentor, m'avez-vous envié mon bonheur? Maintenant je l'embrasserois; je serois déja avec lui dans le port d'Ithaque; nous combatrions pour vaincre tous nos ennemis.

Mentor lui répondit en soûriant: Voiez, mon cher Telemaque comment les hommes sont faits. Vous voila tout desolé, parce que vous avez vu votre Pere sans le connoître. Que n'eussiez vous pas donné hier, pour être assuré, qu'il n'étoit pas mort? Aujourd'hui vous en êtes assuré par vos propres yeux, & cette assurance qui devroit vous combler de joyë, vous laisse dans l'amertume. Ainsi le cœur malade des mortels compte

compte toujours pour rien, ce qu'il a le plus desiré, dès qu'il le possede, & est ingenieux pour se tourmenter sur ce qu'il ne le possede pas encore. C'est pour exercer vôtre patience que les Dieux vous tiennent ainsi en suspens. Vous regardez ce tems comme perdu. Sachez que c'est le plus utile de vôtre vie; car ces peines servent à vous exercer dans la plus necessaire de toutes les vertus pour ceux qui doivent commander. Il faut être patient pour devenir maître de soi & des autres hommes. L'impatience, qui paroît une force & une vigueur de l'ame, n'est qu'une foiblesse. Celui qui ne sait pas attendre & souffrir, est comme celui qui ne sait pas se taire sur un secret. L'un & l'autre manquent de fermeté pour se retenir, comme un homme qui court dans un chariot, & qui n'a pas la main assez ferme pour arrêter quand il faut les coursiers fougueux. Ils n'obéïssent plus au frein, ils se précipitent, & l'homme foible auquel ils échapent, est brisé dans sa chute. Ainsi l'homme impatient est entrainé par ses desirs indomptez & farouches dans un abîme de malheurs; plus sa puissance est grande, plus son impatience lui est funeste. Il n'attend rien. Il ne se donne le tems de rien mesurer. Il force toutes choses pour se contenter. Il rompt les branches pour cueillir le fruit avant qu'il soit meur. Il brise les portes plûtôt que d'attendre qu'on les lui ouvre. Il veut moissonner quand le sage Laboureur seme. Tout ce qu'il fait à la hâte, & à contre tems est mal fait, & ne peut avoir de durée non plus que ses desirs volages. Tels sont les projets insensez d'un homme qui croit pouvoir tout, & qui se livre à ses desirs impatients pour abuser de sa puissance. C'est pour vous apprendre à être patient, mon cher Telemaque, que les Dieux exercent tant votre patience, & semblent se joüer de vous, dans la vie errante, où ils vous tiennent toujours incertain. Les biens que vous esperez, se montrent à

vous,

vous, & s'enfuient comme un songe leger, que le réveil fait disparoître, pour vous apprendre que les choses même qu'on croit tenir dans ses mains, s'échapent dans l'instant. Les plus sages leçons d'Ulysse ne vous seront pas aussi utiles que sa longue absence, & que les peines que vous souffrez en le cherchant? Ensuite Mentor voulut mettre la patience de Telemaque à une derniere epreuve encore plus forte. Dans le moment où le jeune homme alloit, avec ardeur presser les matelots pour hater son depart, Mentor l'arreta tout à coup & l'engagea à faire sur le rivage un grand sacrifice à Minerve. Telemaque fait avec docilité ce que Mentor veut. On dresse deux autels de gason, l'encens fume, le sang des victimes coule. Telemaque pousse des soupirs tendres vers le Ciel, il reconnoit la puissante protection de la Déesse.

A peine le sacrifice est-il achevé qu'il suit Mentor dans les routes sombres d'un petit bois voisin. Là il aperçoit tout à coup, que le visage de son ami prend une nouvelle forme. Les rides de son front s'effacent, comme les ombres disparoissent, quand l'aurore de ses doigts de rose, ouvre les portes de l'Orient, & enflâmme tout l'horison. Ses yeux creux & austeres se changent en des yeux bleus d'une douceur celeste, & plains d'une flâme divine. Sa barbe grise & negligée disparoit. Des traits nobles & fiers, mêlez de douceur & de grace, se montrent aux yeux de Telemaque éblouïi. Il reconnoit un visage de femme, avec un teint plus uni qu'une fleur tendre & nouvellement éclose au Soleil. On y voit la blancheur des Lys mêlee de roses naissantes. Sur ce visage fleurit une éternelle jeunesse, avec une majesté simple & negligée. Une ordeur d'ambroisie se répand de ses cheveux flotans. Ses habits éclatant comme les vives couleurs, dont le Soleil en se levant, peint les sombres voutes du Ciel, & les nuages qu'il vient dorer. Cette

Divi-

Divinité ne touchoit pas du pied à terre, elle coule legerement dans l'air comme un oiseau le fend de ses aîles. Elle tient de sa puissante main une lance brillante, capable de faire trembler les Villes, & les Nations les plus guerrieres. Mars même en seroit effraïé. Sa voix est douce & moderée, mais forte & insinuante. Toutes ses paroles sont des traits de feu qui percent le cœur de Telemaque; & qui lui font ressentir je ne sai quelle douleur delicieuse. Sur son casque paroit l'oiseau triste d'Athenes; & sur sa poîtrine brille la redoutable Egide. A ces marques Telemaque reconnoit Minerve.

O Déesse! dit-il; c'est donc vous même, qui avez daigné conduire le fils d'Ulysse pour l'amour de son pere! il vouloit en dire davantage. Mais la voix lui manqua. Ses lévres s'efforçoient en vain d'exprimer les pensées qui sortoient avec impetuosité du fond de son cœur. La Divinité présente l'accabloit, & il étoit comme un homme, qui dans un songe est oppressé jusqu'à perdre la respiration, & qui par l'agitation penible de ses lévres ne peut former aucune voix.

Enfin Minerve prononça ces paroles. Fils d'Ulysse écoutez-moi pour la derniere fois. Je n'ai instruit aucun mortel avec autant de soin que vous. Je vous ai mené par la main au travers des naufrages, des terres inconnuës, des guerres sanglantes, & de tous les maux qui peuvent éprouver le cœur de l'homme. Je vous ai montré par dés experiences sensibles les vraies & les fausses maximes par lesquelles on peut regner. Vos fautes ne vous ont pas été moins utiles que vos malheurs. Car quel est l'homme qui peut gouverner sagement, s'il n'a jamais profité des souffrances où ses fautes l'ont précipité? Vous avez rempli comme vôtre pere, les terres & les mers de vos tristes avantures. Allez, vous êtes maintenant digne de marcher sur ses

ses pas. Il ne vous reste plus qu'un court & facile trajet jusqu'à Ithaque, où il arrive dans ce moment. Combattez avec lui. Obéïssez-lui comme le moindre de ses sujets. Donnez-en l'exemple aux autres. Il vous donnera pour épouse Antiope, & vous serez heureux avec elle pour avoir moins cherché la beauté, que la sagesse & la vertu. Lorsque vous regnerez, mettez toute vôtre gloire à renouveller l'âge d'or. Ecoutez tout le monde. Croiez peu de gens. Gardez-vous bien de vous croire trop vous même. Craignez de vous tromper. Mais ne craignez jamais de laisser voir aux autres que vous avez été trompé. Aimez les peuples. N'oubliez rien pour en être aimé. La crainte est necessaire quand l'amour manque. Mais il la faut toûjours employer à regret comme les remedes les plus violens, & les plus dangereux. Considerez toûjours de loin toutes les suites de ce que vous voudrez entreprendre. Prévoyez les plus terribles inconveniens, & sachez que le vrai courage consiste à envisager tous les perils, & à les mépriser, quand ils deviennent necessaires. Celui qui ne veut pas les voir, n'a pas assez de courage pour en porter tranquillement la vûë. Celui qui les voit tous, qui évite tous ceux qu'on peut éviter, & qui tente les autres sans s'émouvoir, est le seul sage & magnanime. Fuyez la molesse, le faste, la profusion. Mettez vôtre gloire dans la simplicité. Que vos vertus & vos bonnes actions soient les ornemens de vôtre personne & de vôtre Palais, qu'elles soient la garde qui vous environne, & que tout le monde aprenne de vous en quoi consiste le vrai honneur. N'oubliez jamais que les Rois ne regnent point pour leur propre gloire, mais pour le bien des peuples. Les biens qu'ils font, s'étendent jusques dans les siecles les plus éloignez. Les maux qu'ils font, se multiplient de generation en generation, jusqu'à la posterité la plus reculée. Un mauvais regne fait quelque fois la calamité de plusieurs siecles. Surtout soyez en garde contre votre humeur. C'est un ennemi que vous porterez par tout avec vous jusqu'à la mort. Il entrera dans vos conseils, & vous trahira, si vous l'écoutez. L'humeur fait perdre les occasions les plus importantes. Elle donne des inclinations & des aversions d'enfant, au prejudice des plus grands interests. Elle fait decider des plus grandes affaires par les plus petites raisons. Elle obscurcit tous les talens, rabaisse le courage, rend un homme inégal, foible, vil & insupportable: Deffiez vous de cet ennemi. Craignez les Dieux, ô Telemaque; cette crainte est le plus grand tresor du cœur de l'homme. Avec elle vous viendront la sagesse, la justice, la paix, la joye, les plaisirs purs, la vraye liberté, la douce abondance, & la gloire sans tache.

Je vous quitte, ô fils d'Ulysse, mais ma sagesse ne vous quittera point, pourvû que vous sentiez toûjours que vous ne pouvez rien sans elle. Il est tems que vous apreniez à marcher tout seul. Je ne me suis separée de vous en Egypte & à Salente, que pour vous accoûtumer à être privé de cette douceur; comme on sevre les enfans, lors qu'il est tems de leur ôter le lait, pour leur donner des alimens solides.

A peine la Déesse eut achevé ce discours, qu'elle s'éleva dans les airs, & s'envelopa d'un nuage d'or & d'azur, où elle disparut. Telemaque soûpirant, étonné, & hors de lui-même, se prosterna à terre, leva les mains au Ciel. Puis il alla éveiller ses compagnons, se hâta de partir, arriva à Ithaque, & reconnut son pere chez le fidele Euménes.

Fin des Avantures de Telemaque.

ODE.

1.

MOntagnes * de qui l'audace
Va porter jusques aux Cieux
Un front d'éternelle glace,
Soutien du sejour des Dieux:
Dessous vos tétes chenues
Je cueille au dessus des nues
Toutes les fleurs du Printems;
A mes pieds contre la terre
J'entens gronder le tonnerre
Et tomber mille torrens.

2.

Semblables aux monts de Thrace,
Qu'un Geant audacieux
Sur les autres monts entasse
Pour escalader les Cieux:
Vos sommets sont des Campagnes
Qui portent d'autres montagnes,
Et s'élevans par degrez
De leurs orgueilleuses tétes
Vont affronter les tempétes
De tous les vents conjurez.

3.

Dès que la vermeille Aurore
De ses feux étincelans
Ces vertes montagnes dore,
Les tendres agneaux bélans
Errent dans les paturages;
Bientôt les sombres bocages
Plantez le long des ruisseaux
Et que les Zephirs agitent
Bergers & troupeaux invitent
A dormir au bruit des eaux.

* Montagnes d'Auvergne où il étoit dans sa jeunesse.

4.

Mais dans ce rude païsage
Où tout est capricieux
Et d'une beauté sauvage,
Rien ne rapelle à mes yeux
Les bords que mon fleuve arrose,
Fleuve où jamais le vent n'ose
Les moindres flots soulever:
Où le ciel serain nous donne
Le Printems après l'Automne
Sans laisser place à l'Hiver.

5.

Solitude * où la riviere
Ne laisse entendre aucun bruit
Que celui d'une onde claire,
Qui tombe, écume & s'enfuit:
Où deux Iles fortunées,
De rameaux verds couronnées,
Font pour le charme des yeux
Tout ce que le cœur desire:
Que ne puis-je avec ma Lyre
Te chanter du chant des Dieux!

6.

De Zephir la douce haleine,
Qui reveroit nos buissons,
Fait sur le dos de la pleine
Flotter les jaunes moissons,
Dont Cerès remplit nos granges.
Bacchus lui-même aux vendanges
Vient empourprer le raisin,
Et du panchant des collines
Sur les campagnes voisines
Verse des fleuves de vin.

* *Carena*, petite Abaye sur la Dordogne, qu'il avoit alors.

Je

7.

Je vois au bout des campagnes,
Pleines de sillons dorez,
S'enfuir vallons & montagnes
Dans des loimains azurez;
Dont la bizarre figure
Est un jeu de la nature.
Sur les rives du canal
Comme en un miroir fidele
L'Horison se renouvelle
Et se peint dans ce cristal.

8.

Avec les fruits de l'Automne
Sont les parfums du Printems,
Et la vigne se couronne
De mille festons pendants.
Le fleuve aimant les prairies,
Qui dans les Iles fleuries
Ornent ses canaux divers,
Par des eaux, ici dormantes,
Là rapides & bruyantes,
En baigne les tapis verds.

9.

Dansant sur les violettes
Le Berger méle sa voix
Avec le son des musettes,
Des flutes & des haut-bois:
Oiseaux par votre ramage
Tous soucis dans ce bocage
De tous cœurs sont éfacez.
Colombes & tourterelles
Tendres, plaintives, fideles,
Vout seules y gemissez.

10.

Une herbe tendre & fleürie
M'ofre des lits de gazon,
Une douce reverie
Tient mes ſens & ma raiſon.
Avec ces charmes je me livre,
De ce Nectar je m'enivre,
Et les Dieux en ſont jaloux;
De la Cour flateurs menſonges
Vous reſſemblez à mes ſonges:
Trompeurs comme eux, mais moins doux.

11.

A l'abri des noirs orages,
Qui vont foudroyer les Grands,
Je trouve ſous ces feuillages
Un azile en tous les tems.
Là pour commencer à vivre
Je puiſe ſeul & ſans livre
La profonde Verité.
Puis la fable avec l'hiſtoire
Viennent peindre à ma mémoire
L'ingenuë Antiquité.

12.

Des Grecs je voi le plus ſage
Jouët d'un indigne ſort,
Tranquille dans ſon naufrage,
Et circonſpect dans le port.
Vainqueur des vents en furie
Pour ſa ſauvage patrie,
Des Grands il fuit les plaiſirs.
O combien de mon bocage
Le calme, le frais & l'ombrage
Bornent mieux tous mes plaiſirs.

Je

13.

Je goute loin des alarmes
Des Muſes l'heureux loiſir:
Rien n'expoſe au bruit des armes
Mon ſilence & mon plaiſir.
Mon cœur content de ma lyre
A nul autre honneur aſpire
Qu'à chanter un ſi doux bien.
Loin, loin trompeuſe fortune
Et toi faveur importune,
Le monde entier ne m'eſt rien.

14.

En quelque climat que j'erre,
Plus que tous les autres lieux,
Cet heureux coin de la terre
Me plait & rit à mes yeux.
Là pour couronner ma vie
La main d'une Parque amie
Filerâ mon dernier jour.
Là repoſera ma cendre.
Là Tyrſis * viendra repandre
Les pleurs dûs à notre amour.

* Mr. l'Abbé de Langeron.

FIN.

TABLE DES MATIERES.

Amphi-

Com-

D.

EDUCA-

TABLE.

E.

F.

G.

Dan-

Ido-

Le-

Monde.

Pett-

Des

TABLE

Qui

www.ingramcontent.com/pod-product-compliance
Lightning Source LLC
LaVergne TN
LVHW010555110826
845149LV00003B/667

* 9 7 8 2 0 1 9 5 7 0 3 4 7 *